后浪出版公司

IL COLOMBRE

DINO BUZZATI

魔法外套

［意］迪诺·布扎蒂　著

倪安宇　译

四川人民出版社

目　录

真实与虚幻之间的最小距离

（译者序）

一切从上帝开始，最后仍归于上帝。

在天上的主有心启发下，众天使有了在诸星球间加上地球的灵感，并且让那小小的球体上有各式各样会生、老、病、死的生命。上帝也莞尔。于是天使们便兴高采烈地将所有生命的设计图（实物比例）呈献给他们的大家长看。鲸获得满堂彩，恐龙引发议论纷纷，狗、玫瑰和跳蚤显见前途无量。这时猥猥琐琐出现的一个大天使挤到主的面前，不顾众人非议展开了自己的设计图：人类。线条不够流畅，毛发东一撮西一撮，貌似猴子，模样滑稽，笨拙难看。可是设计师说："万物中，他们将是唯一理性、知道您的存在、懂得敬仰您的。他们会兴建巨大的庙宇，浴血奋战，使您荣耀。"上帝不是不知道后果为何（"你是说知识分子？……离知识分子最好远一点……这个人类啊，你给他一点甜头，他可以给你搞出一堆事来……"），然而刺激游戏的诱惑难挡，于是乎有了人类，以及所有因为一时任性所必须付出的代价。上帝的任性之作只有人类吗？

迪诺·布扎蒂（Dino Buzzati）一九〇六年出生于米兰，童年及成年后分别经历了两次世界大战。二十世纪的种种迹象，如果朝现代化及非精英社会迈进，资本主义的发展和帝国主义的扩张，原本昭示着美好的前程，却因为战争顿时化为乌有，意大利在第一次世界大战后面临了政治的积弱不振，社会动荡，心理上渴望强人领导的需求日增，造就了法西斯的崛起，以维持"秩序"之名行强权之实，进而宣布独裁（一九二五年）。毕业自法律系的迪诺·布扎蒂于一九二八年进入报业工作，担任地方记者，一九三九年任非洲特派员。

作为知识分子，却无法发挥知识分子直言敢谏的批判角色，迪诺·布扎蒂应该有极其深刻的内疚和焦虑，还有自抑心理。纵握有一支笔，在必须"客观"陈述的新闻报道中却找不到宣泄管道，他转而寄情于文学。

同时期，卡夫卡的作品已经广为世人所认识。对乌托邦的期待落空，二十世纪初维也纳政治、文化地位的日趋式微对当时整个中－东欧的影响甚巨，视这段历史为人只要存在便无法避免的伤口的卡夫卡，在文字间透露出虚无主义的阴郁、凝滞、空虚，"说尽一切却什么也不予肯定"（加缪语）。迪诺·布扎蒂在结束非洲之旅，着手进行小说《鞑靼人沙漠》的创作时（一九四〇年出版）毫不掩饰他对卡夫卡的仰慕。

但布扎蒂毕竟是新闻人，关注的对象是包括他自己在内的芸芸众生，是入世的。而且不同于卡夫卡的专研语言（锋利、不带感情、超乎现实的隐喻笔触），布扎蒂视语言为媒介、沟通的工具，然后在看似"正常"的基础上架构一个神秘、荒谬的世界，随着故事铺陈，让挥之不去的心底梦魇慢慢在文字间浮现。

在一九六六年出版的这本短篇小说集《魔法外套》中，他屡次借造物主或第一人称表达对知识分子的鄙夷，说明了布扎蒂即使在极权时代结束后对自身角色认识上仍抱持相当的不信任与焦虑，在偌大的不安笼罩下，虽然有时候撇开了沉重的说教式叙述，改以戏谑口吻对第二次世界大战后怀抱重建梦的人说出自己的悲观看法，却挥不去自然形成的神秘色彩。这些神秘色彩仿佛为人类种种无常找到了依靠和借口。

以报道者（上帝？）之姿端坐于现实之上居高俯瞰，看尽人间百态，有得失，有嘲讽，有觉悟，有批判，直看到起了《凡心》，因为在人类的追求过程中"又找到了生气、活力、哭泣、绝望、青春的生涩力量和对未来的无限憧憬"。刹那间天上一人间／真实一虚幻的距离被拉近了，人们对极乐至福的渴望不再遥不可及，因为造物主决定纵身一跳，与我们同在。虽说当他点头同意人类的设计图时，是这一切苦难、喜悦、期待的开始，却也是现实真正落地生根的时候。

倪安宇

意大利文版导读

"你看到那个浮出海面跟着我们的，"罗伊船长跟他的儿子史蒂凡诺说，"不是一个东西，是一只鲨。是全世界水手闻之丧胆的鲨鱼。神秘、凶猛……"

史蒂凡诺继承父志后（一开始也曾经试着要过陆上生活），终其一生跑遍了五湖四海。而那魔鬼，如影随形，出现在每一处海平线上默默地守候。来日不多的史蒂凡诺决定向命运挑战，主动去找鲨。结果，"我跟你走遍全世界，不是你所认为的是为了吃你，"鲨对史蒂凡诺说，"只是因为海神要我把这个交给你。"史蒂凡诺认出那是象征财富、权力和爱情的海珍珠，明白自己错了，可是太迟了。

有被迫害妄想的布扎蒂，不能不摇身一变，成为作家布扎蒂。鲨是永远紧咬着我们不放的厄运、疾病、死亡。但也有可能代表幸福、好运。你怎么知道?

　　未揭示的秘密如此遥远,一直呼唤着,而人始终选错时机,于是只得透过永远互相矛盾的种种来诠释一生。我们被命运所左右,未必注定乖舛,可是我们不相信,因而与之对立。遍寻蛛丝马迹,又不懂得解读。或许是代代相传的恐惧,人类流传这样的神话:我们不愿接受命运不确定性和等待的安排。我们什么都要,一刻也等不及,却总是晚一步或错失时机。

　　迪诺·布扎蒂,一九○六年十月十六日生于意大利贝鲁诺市(Belluno)附近的圣佩雷葛林诺(San Pellegrino),出身于富裕的威尼托家族,为匈牙利后裔,有深厚的文化传统。父亲朱利欧·契撒雷是帕维亚大学(Universita di Pavia)和米兰博孔尼大学(Universita Bocconi di Milano)的国际法教授;母亲阿芭·芒托瓦尼是位多愁善感、饱读诗书的女性;外祖父行医,舅舅则是知名作家迪诺·芒托瓦尼。迪诺·布扎蒂从小就热爱音乐,小提琴和钢琴都很拿手,初中和高中皆就读于米兰的帕理尼中学;为接续家庭文人传统,大学读的是米兰大学法律系,一九二八年毕业。

　　一九二六年至一九二八年布扎蒂入伍服役,成为军校学生。这期间他开始对同胞最反感的种种产生了高度兴趣:纪律、责任感、时间,这些军中生活的"几何理论"在他后来的作品《鞑靼人沙漠》,及许多短篇中都是相当重要的主题。

　　退伍后,应征《晚邮报》的工作,于一九二八年十月七日以实习生名义被录用。热忱、积极及他的个人特质与聪颖,都有助于他在新闻工作上的表现。结束了七年忙碌但丰富的地方记者生活后，他从音乐评论版副主编，到地方版主编、特派员、战地记者，做到总编；后来拒接社长一职，只是因为过于自谦，类似这样的例子日后还会出现，甚至接近自我贬抑。

布扎蒂开始在文学领域崭露头角时（一九三〇年着手长篇小说《山上的巴纳伯》的写作，于一九三三年出版），文学界掌握在亲法西斯的作家和艺术家手中。可是布扎蒂编织幻想世界、与读者分享人性挣扎的风格，跟极权思想及其执行面保持了一定的距离。

《山上的巴纳伯》之后，一九三五年出版了《老森林的秘密》，用心底欲望、童年景象或无意识的幽暗影像来表现似梦似幻或者身处噩梦中的氛围，奠定了布扎蒂道德寓言作家的名声。

一九三九年，布扎蒂正式展开他的特派员生涯：除了埃塞俄比亚外，他的足迹还到过东非和南非。看到埃塞俄比亚一望无际的凄凉、悲伤景象，开始构思后来出现在长篇小说《鞑靼人沙漠》中的"沙漠"这个隐喻场所。

一九四〇年《鞑靼人沙漠》出版，立刻确定了布扎蒂的文学地位：不仅是对他过去作品的见证，由此也预见了他未来的成绩。期待、焦虑、挣扎、时间、孤独、迷惘的爱、死亡都是他最常诠释的情感，也是对他和所有人而言最值得玩味的议题。

布扎蒂因《鞑靼人沙漠》获得评论界的青睐，他小说中的神秘、晦涩氛围，人与外界非理性、荒诞、匪夷所思的关系，为他博得了"意大利卡夫卡"之名，不过此说曾引起多方争议，后来予以重新评估。《鞑靼人沙漠》之后，足足过了二十年，布扎蒂的第二本长篇小说才问世。这期间，他出版的作品主要是短篇小说集，如《七位信使》（一九四二年）、《史卡拉歌剧院之谜》（一九四九年）、《那一刻》（一九五○年）、《垮台的巴利维纳》（一九五七年）、《短篇六十则》（一九五八年）、《魔法演练》（一九五八年）。

一九六○年《伟大肖像》出版，是一部着眼于科幻、心理问题的长篇小说。此外，那几年对已经享誉国内外的布扎蒂而言，比较重要的事件还有《临床案例》经加缪翻译后搬上法国舞台；至于个人方面，一九六一年母亲去世。

一九六三年，布扎蒂以长篇小说《相爱一场》在意大利文学界喧腾一时，毁誉参半，有人评价其为现代文学诠释情感的最佳力作，有人则认为是沉沦于情欲的淫秽之作。

布扎蒂同时也是位诗人，一九六五年出版了两本诗集：《皮克上尉及其他诗选》，以及《对不起，主教堂是在哪一个方向？》。

除此之外，他也展现了其他才华：绘画并非只是业余的喜好，一九六九年出版的《漫画诗篇》是现代版的奥菲欧和爱欧里蒂齐的故事，图文并茂；至于《瓦·莫雷的奇迹》则结合了训世警句及信仰者的还愿图像。

一九六六年他与阿美莉娜·安东尼亚兹结婚，并有短篇小说《魔法外套》的结集出版，两年后问世的是短篇小说精选集《神秘小店》，可以说是他神秘、幻想风格的代表作品。

七十年代初，布扎蒂的健康情形每况愈下，按他自己的说法是"举步维艰"，已走到了人生尽头。一九七一年住进米兰的圣母疗养院，只来得及看到《暗夜》（发表在《晚邮报》文章的选集）出版，却不及看到收录早期精彩新闻报道的《人间报道》（一九七二年）的印行。

一九七二年一月二十八日下午，布扎蒂逝世。当天风雨交加，米兰都会呈现出意想不到的奇幻风貌，以他笔下某些英雄人物同样的优雅姿态，布扎蒂离开了人世。

他死后，作品不断再版，其书信、短文、随笔和众多已整理好但尚未发表的作品也陆续结集成册。尽管布扎蒂与"梦幻"被画上了等号，那是他打开事实之门最恰当的钥匙，是异于此时、此地的表现手法，是对可能性的不设限的质疑，但布扎蒂留给我们的财产更是他掷地有声、就多方面寻求解答的真实创作。由看起来并不丰富的调色盘泉涌出不同的色调、笔触、层次和变幻，灵巧地目视生活中种种变化而相互调和、混合、结合、综合一致。

在《魔法外套》一书中，布扎蒂一贯的嘲讽手法结合了变幻风格（《造物》《床边故事》）；有时候为短篇的悲剧涂上颜色（"撒旦"往往慈眉善目，不过一旦笑眯眯地现身，主角的命运已然注定）；亦有结合写实报道（《无名将军》《周末》）及自我贬抑（《给社长的一封密函》《作家的秘密》《两个司机》）风格的；另外还有嘲讽、感人的短篇如《谦逊》《花园里的小土丘》《嫉妒》。

布扎蒂幻想中亦不乏幽默（《错误的死讯》）；或者利用修辞达到感人效果（《要是？》）；或选择谜语（《暧昧情愫》）；或历

史－存在主义的小品（《可怜的小孩》《账单》）。另外有些短篇则有着社会批判色彩（《老人猎杀小组》《蛋》《坠落的女孩》《衰竭》）；或说教意味（《魔法外套》《分身术》），布扎蒂的作品向来不乏社会及道德寓意。

自然也有一些惊悚的尝试（《第十八洞》《甜蜜夜晚》）；或超现实手法（《泰迪男孩》），及感人、真诚的宗教性（《讨债鬼》《凡心》《圣坛》）；夹杂了诡异气氛、具神学争议性的背景和出人意表的属于形而上的质问。《世纪地狱之旅》算是例外，接近中篇小说，多样的主题难以一一列举，以暗喻手法记录世间人和生活的点点滴滴。

"四月三十七号。"哪一年并不重要，书中的迪诺·布扎蒂以第一人称受命采访米兰地铁。据说地下挖掘工程进行中，找到了——地狱之门。以写实报道手法呈现这出以地狱为背景的喜剧，以世纪地狱之旅为题，布扎蒂向我们描述他的亲身经历。按照那里的规定，凡入境者皆得遵照当地的习俗并承担一切后果。作者便以被打入地狱的身份，在那里住上一段时间。趁机告诉大家相较于地狱，我们的日常生活并没有好到哪里去。布扎蒂最后下结论说："连我这个去过地狱的人都说不清楚究竟地狱真的是在冥界，还是在那里和我们这里之间游走。就我所闻所见，我倒怀疑地狱根本就在我们这里……"

在一次访谈中，布扎蒂曾经说，他的幻想其实始终是以事实做蓝图。他举例时就提到但丁。但丁在地狱里除了前所未闻的妖魔或难以置信的死亡景象外，还看到了朋友、邻居，以及他同一时代的政治、宗教和民间人物。

若以为短篇是文学创作中较为容易的类型就错了。虽然相较于长篇小说其篇幅较短，但绝不代表在追求完美形式、理想文学韵味时所费心力更少。短篇由来已久，兼具传统和创新，有限的篇幅足以赋予人物灵魂、架构剧情，让情感活起来。

如果要问布扎蒂"为什么写短篇"，他一定会毫不犹豫地回复你："为什么要写长篇？"短篇也可以深刻描绘人物、命运、欲望；或罗织魔法、秘密；消解理性的事实，让幻想成真。所以他选择短篇，要感动、震撼读者，引导他们更深入生活并探讨每天面对的生死之谜：探讨不寻常的存在，一如探讨存在的不寻常。

布扎蒂每一本短篇小说集的魅力同时也在于它的架构。有情境的巧妙安排和不同案例的交织穿插；人物因其社会背景及心理描写所以鲜活；场景依据时空而转换（虚构或幻想）。

他短篇的结构形式往往受到新闻稿模式的影响。新闻与文学之间的模糊界限由这位热爱神秘的新闻工作者以不苟的精确找到了良好的关系：所以他的短篇中同时有惊奇与焦虑，纪实与幻想——超现实、虚幻与现实。

"当我在叙述一件虚构事件时，"布扎蒂在他的日记中写道，"我必须让它看起来可行而且不得不然。虚幻应该要尽可能地接近事实。"

关于他的写作风格，布扎蒂说：主题越天马行空，短篇本身就应该越干净、简洁且扼要。所以《魔法外套》一书跟他其他作品一样，简单、节制、一致。他用的是未经修饰、不造作的口语：我们每天交谈、用以沟通的语句。

刻意避开矫饰的语言，布扎蒂展现了他多样的表达能力。在短篇之间，在剧情铺陈和给予解答的游戏之间，即便最平淡无奇的话，甚至陈腔滥调，都有它的模棱两可、玄秘、虚幻和令人害怕的力量。布扎蒂证明了不需要玩弄繁复的风格，一样可以塑造超现实情境。当你越过了常理的分界，或因与果之间的逻辑关系被淡化，或让不可能的事成为可能，对自然法则丧失信心，朦胧和神秘取而代之时，即使最稀松平常的言语、一般的口语、平铺直叙的结构也同样具有震撼力及神奇的魅力。只要一个恰如其分的形容词，适当的韵律、节奏，就可以将朴素、利落的新闻体转换成有无限想象空间、抒发情感的文学作品。

布扎蒂在传递隐喻、启发、死亡、边界、天堂、冥思、走投无路、世界末日这些他创作的基本主题时并不多言。是害怕，就写害怕，他长于运用文字的组合或排列来精确传达惊慌、沉重、心神不宁、不安、魔幻和梦境的感觉。

布扎蒂的写作秘密是可以解释的，却未必能够模仿：第一次阅读布扎蒂或许会觉得浅显天真，其实他对文字的认识与其对人生的领悟同样深刻。

克劳迪欧·托斯卡尼（Claudio Toscani）

无期徒刑

在这城郊专门关无期徒刑犯的巨大监狱里，有一条看似十分人性、实则残忍的规定。

我们每一个被判终身监禁的人，都有一次站在大众面前跟全体市民发表半个小时演说的机会。犯人由牢里被带到典狱长和其他办公室所在的大楼露台上，前方是供听众聚集的三圣广场。演讲结束听众若鼓掌，讲者就重获自由。

听起来好像是天大的恩惠，其实不然。首先，向大众求助的机会只有一次，也就是说一辈子只有那么一次。其次，万一听众不捧场——大多数情况都是如此——这无期徒刑等于是社会大众对你的判决，对犯人来说分外沉重；也因此之后的服刑岁月更难挨，更觉凄凉。

除此之外还有另外一点，它让希望变成折磨。犯人并不知道什么时候轮到自己，一切都由典狱长决定。可能才入狱半小时就被带上露台，也可能需要漫长的等待。有人年纪轻轻入狱，走上命运的露台时已经垂垂老矣，几乎丧失说话能力。所以面对如此艰难的试验，根本无法在平静的心情下进行准备工作。我们会想：说不定明天就轮到我，也许是今天晚上，或一个小时之后。然后便开始焦虑，焦虑中什么都厘不清了，就连最不相干的想法也都夹杂在一起，让人神经衰弱。包括短暂的放风时间我们也不敢跟其他牢友交谈。一般来说，我们这个圈子并不信任和别人交换关于这本该是主要话题的意见。我们都以为自己发现了大秘密，找到了无懈可击的话题来掳获听众的心，都担心万一泄露给别人知道会被抢先一步：也就是说，某些说辞大家听第一遍会被感动，重复听第二遍，就没有兴趣了。

为了解状况，可供参考的就是已做过演说但未获青睐的前人的经验。至少也要探听一下他们采用何种方法。但这些被驳回的家伙一句话都不肯说。不管我们怎么求他们吐露演说的内容、群众的反应，都没有用。只冷冷一笑，不发一言。既然我要在牢狱里度过余生——他们心里一定那么想——你们就都留着吧，休想让我帮你们。反正我本来就是坏蛋。

其实，就算他们守口如瓶，一些小道消息还是会传进我们耳朵。只是没什么具体可用的资料。举个例子吧，据说，犯人主要的陈述有二：自己的清白和对家人的爱，那还用说吗。至于他们是怎么个说法，用字遣词有什么技巧，有没有痛骂或是哀求，有没有落泪，这些，就没人知道了。

最棘手的是来听讲的市民。我们固然是十恶不赦的坏蛋，外面那些自由的男男女女，也不是省油的灯。一宣布有犯人要上露台讲话，他们就蜂拥而至，不是因为有生命决定在他们手上，事关重大，而是以参加庙会、看戏的心情而来。人头攒动中不仅有低下阶层，还有卫道人士、公务人员、专业人士、劳工携家带眷一起来。他们的态度也未必是同情，更多是怜悯和嘲讽。他们也是来看热闹的。我们一身条纹牢服，顶着小平头，看起来就是一副卑鄙、可笑的小人模样。倒霉鬼出现在露台上时，等着他的——可想而知——不是尊敬和令人胆怯的静默，而是口哨、脏话齐飞、阵阵哄笑。本已心情起伏、全身无力的我们，面对这样的舞台能做什么？四面楚歌。

还有，虽然传说中曾经有无期徒刑犯通过这项测验，但只是传说。确定的是从我入狱至今这一年来，没有人成功过。差不多一个月一次，我们其中一个会被带上露台讲话。之后，毫无例外又全都被带回牢里。群众把每一个人都嘘下台。

守卫通知我，轮到我上场了。下午两点。再过两个小时，我就要去面对群众了。我一点都不怕，知道自己该说什么。我相信自己已经为这个测试找到了答案。我想了很久：整整一年，无时无刻不在思考这个问题。不敢奢望我的听众会比其他牢友所面对的听众有教养。

他们打开牢房铁门，带我穿过整个监狱，爬两阶阶梯，进到一间庄严的大厅，然后站上露台。我身后的门被锁上，我一个人，面对黑压压的人群。

我连眼睛都张不开，光太强了。然后我看到至少有三千人，包括最高法官，盯着我看。

台下发出长长的嘘声，骂声四起。我憔悴的脸，担忧造成的惊慌表情，逗得大家乐不可支，这点可由笑声、喧闹、各种鬼脸印证。"喔，绅士出场了！你说话啊，无辜的受害者！快逗我们笑，说点笑话来听。你家有老母在等你，对不对？你想死你的小孩了，对吧？"

我双手扶着栏杆，不为所动。露台下恰好经过一个美丽的姑娘，用手将原本就很暴露的低胸上衣再往下拉，好教我一览无遗。"先生，喜欢吧？"对着我喊，"想不想试试啊？"狂笑走开。

我心里已盘算好了，那说不定是唯一能救我脱困的妙计。我无动于衷，无所谓，既不要求他们安静，也不做任何表示。

很快我就欣慰地发现，我的举动让他们不知所措。显然在我之前站在露台上的牢友都用了另一套策略，或许大吼大叫，或许用软话请下面安静。结果都不讨好。

我还是不说、不动，像尊雕像。嘈杂声渐渐平缓下来，偶尔还冒出一两下嘘声，然后一片静默。

不动。我鼓起全部的勇气，不出声。

最后，一个和气、诚恳的声音说："你说话啊，你说。我们听。"

我孤注一掷。

"我为什么要说话?"我说,"我站在这里是因为轮到我了,如此而已,我并不想感动你们什么。我有罪。我不想再看见我的家人。我不想离开这里。我在这里过得很好。"

台下交头接耳。然后有人喊:"别装了!"

"我过得比你们好,"我说,"我不能说细节,不过我兴致一来,便穿过一条没人知道的秘密通道,从我牢房直通某栋美丽别墅的花园,当然不能跟你们说是哪一栋,反正这附近多的是。那里的人都认识我,很照顾我。还有⋯⋯"

我故意停下。台下的人群一脸的迷惘与失望。好像眼睁睁看着手中猎物跑掉。

"还有一位少女深爱着我。"

"够了,不要再说了!"有人痛心大喊。得知我过得那么幸福,想必触痛了他的伤口。

"所以你们最好别来烦我!"我声嘶力竭,"我求你们。好心人!可怜可怜我吧!让我留在这里!嘘我,快,嘘我呀!"

我意识到群众中传开一股愤恨不平之意,他们恨我。只是还在怀疑我说的是真是假,我真的快乐吗?他们苦恼不已。他们依然犹豫不决。

我整个身体趴到露台外面,做作地颤着声音喊:"答应我,大慈大悲的先生小姐!你们又没有任何损失!求求你们,嘘我这个幸福的犯人吧!"

人群中传出一个恶毒的声音。"你想得美!才没那么好的事!"说完就鼓起掌来,第二个人跟进,然后十个、百个,全场响起一片如雷掌声。

　　我搞定了，这些白痴。我身后的门打了开来。"你走吧，"他们说，"你自由了。"

可怜的小孩

下午三点，天气不好不坏，阳光不强不弱，河面不时吹来微风。克蕾拉太太一如惯常，带着她五岁的孩子到河滨公园玩。

小孩长得并不漂亮，或者可以说难看，瘦巴巴的、发育不良、呆呆的、皮肤颜色死白，几近绿色，所以他的玩伴取笑他，都叫他莴苣。通常皮肤白的小孩都会有一双乌溜溜的大眼睛作为补偿，在无血色的脸庞衬托下更显醒目，且楚楚动人。可是小道夫的眼睛小得平凡无奇，东张西望的时候一点魅力也没有。

那天，绰号莴苣的小道夫有一把新的玩具枪，可以发射没有杀伤力的玩具子弹，但毕竟是把枪。可是他并没有跟其他小朋友玩在一起，因为其他小孩老是捉弄他。小道夫宁愿不玩，自己一个人待着。动物可以无视孤单，自己玩耍，而人却相反，独自玩耍随之而来的焦虑感更甚于以往。

当小朋友经过小道夫面前时，他手里握着武器做出开枪的样子，没胆子来真的，其实是想炫耀一下：你们看，今天我也有枪，我也是个战士，你们为什么不叫我跟你们一起玩？

公园大道上的小孩其实已注意到小道夫的新枪。那个玩具枪并不值钱，可是比他们手上的要新，而且不太一样，光这一点就引起大家的好奇和羡慕。其中一个说："你们有没有看到莴苣有一把枪啊？"另外一个说："他带枪来是想向我们炫耀，让我们生气，可是他不跟我们玩，他自己也不玩。莴苣是个讨厌鬼。他的枪很烂。""他不玩是因为他怕我们。"有人插嘴。之前那个小孩说："或许吧，反正他是个讨厌鬼。"

克蕾拉太太坐在一张长凳上，专心织着毛衣，阳光微微洒在她身上。她的宝宝道夫傻傻地坐在她身边，他不敢带着他的枪去大道上玩，百般无聊地在手上摆弄。时间大约是下午三点，树上有好多不知名的小鸟吵翻了天，表示天快黑了。"道夫，去玩啊！"克蕾拉太太鼓励他，一边依旧低着头工作。"跟谁玩？""当然是跟其他小孩玩啰，你们不是朋友吗？""我们才不是朋友呢，"道夫说，"每次跟他们玩，他们都取笑我。""你是说他们都叫你莴苣？""我不喜欢他们叫我莴苣。""我觉得这个名字很可爱啊，要是我，就不会生气。"他还是坚持："我不喜欢他们叫我莴苣。"

那些小朋友通常都玩战争的游戏，那天也不例外。道夫曾经试过加入他们，可是他们马上莴苣长莴苣短的叫他，而且放声大笑。几乎所有小孩都是金发，他则是黑发，一撮刘海垂在额前，像一撇逗号。大家都腿粗胳膊壮，他的腿细细干干。其他小朋友像只野兔又跑又跳，他再怎么努力也追不上他们。他们有枪、军刀、弹弓、弓、纸弹枪和头盔，其中魏斯工程师的儿子还有一副那种骑兵穿的雪亮盔甲。虽然大家年龄差不多，但他们满口都是难听的粗话，道夫连学都不敢学。他们是强人，道夫是弱者。

可是，今天他也带了武器来。

所以，那些小朋友彼此商量过之后向他走来。"你的枪很漂亮喔！"魏斯工程师的儿子马克斯说，"给我看一下。"道夫没有放手，握着枪让他看。

"还不赖。"马克斯很权威地评论，他自己脖子上挂的那支空气枪至少比这贵上二十倍。道夫很有面子。

"有了这把枪，你也可以来玩战争游戏。"华特半眯着眼，一副高高在上的样子。

"对啊，有这把枪你可以当上尉。"另外一个说。道夫诧异地看着他们。他们没叫他莴苣耶。觉得勇气大增。

然后他们跟他解释那天的战争游戏怎么玩。马克斯将军的军队占领了山头，而另一队由华特将军领导的军队要强行过山。所谓的山头只不过是两畦有零星灌木丛的河滨高地，抢攻的路线是一条窄小的下坡路。华特授予他上尉军衔，两组人马分头准备各自的作战计划。

这是其他小朋友第一次对道夫这么认真。华特交付他一项艰巨的任务，让他负责指挥先遣部队。分派了两个佩有弹弓、神情很拽的小孩给他，派他打头阵，一探究竟。华特和其他小孩都对他笑容可掬，好得有点夸张。

就这样，道夫来到陡峭的下坡路口，两边是有零星灌木丛的河滨高地。可以想见马克斯率领的军队必定躲在灌木丛里，设好埋伏。可是他什么都没发现。

"去吧，道夫上尉，准备进攻，趁敌人还没进入状态。"华特用亲昵的口吻向他下令，"你一冲到下面，我们就会赶到展开反攻。可是你要跑快一点，越快越好，以防万一。"

道夫回头看了看他。察觉到华特和其他战友脸上都有一抹诡异的笑容，有点犹豫。"怎么啦?"将军问，"快啊，上尉，冲啊!"他下令道。

就在那个时候，河对岸有军乐队经过，只闻其声不见其人。小喇叭响亮的乐声传来，仿佛给道夫的心里注入新生命，他紧握着那可笑的玩具枪，荣誉感油然而生。"大家冲啊!"他放开喉咙喊，平常绝对没有这种勇气。由下坡路急奔而下。

同一时间在他背后传出爆笑，来不及转头，直冲出去的他有一只脚被绊住了。他们在离地十公分高的地方拉了一条线。

他一头栽下去，鼻子狠狠着地，手里的枪也弹出去了。热烈的军乐声之外，一阵欢呼鼓掌。他站了起来，此时敌军从灌木丛现身，用和水揉成的泥巴球丢他，全对准他一个人。一粒泥巴球正中他的耳朵，害他又一跤摔了下去，然后大家一拥而上对他又踢又踹。其中还包括他的华特将军，以及他的战友。"接招! 莴苣上尉，吃我一脚!"

大家终于散开，雄壮威武的军乐队也消失在对岸。嚎啕大哭的他摸索着四周寻找他的枪。捡在手中的枪已经报废了，有人把枪管拆了，没有用了。

手上拎着让人心痛的武器残骸，淌着鼻血，膝盖也破了皮，从头到脚都是烂泥巴，道夫走到母亲身边。

"我的天啊，道夫，你怎么搞成这样？"她不问其他人怎么把他搞成这样，却问他怎么搞的。典型家庭主妇的反应，因为孩子身上的衣服全毁了。以及一个做母亲的所感受到的有失颜面：什么样的家庭会生出这种不体面的小孩？他的命运会是如何？为什么她不能像其他母亲一样生个公园里到处都是的金发、结实的宝宝？为什么道夫长得那么矮小？为什么他老是脸色苍白？为什么他不讨人喜欢？为什么他胆子那么小，老是受人家欺负？她努力幻想着再过十五年、二十年后的他。试着幻想他一身军服，雄赳赳地站在骑兵军团的最前面，或是搂着一个标致的女孩，或是成为大型商店的老板，或是船长。想不出来。眼前总是浮现他坐着，手上拿着笔，面前一叠公文，驼着背坐在学校书桌前，驼着背坐在家里的写字台前，驼着背坐在脏兮兮的办公桌前。一个公务员，没有生气、循规蹈矩的平凡人。永远唯唯诺诺，人生的失败者。

"喔，可怜的孩子！"正在跟克蕾拉太太讲话的漂亮小姐表示同情。摇摇头，摸了摸道夫受惊的小脸。

小孩感激地抬起头来，想挤出一丝笑容。一股神采，霎时闪过他苍白的脸庞。那是脆弱、无辜、屈辱、无人保护的小生命所有苦涩的孤独；渴望一点安慰，一点很难形容的真挚、悲怆、美丽的情感。那一瞬间——也是最后一次——他不再是那个不明白，乞求这个世界能善待他一些的温驯、柔顺、伤心的小孩。

须臾即逝。"好了，道夫，回家换衣服!"母亲气冲冲地大力拖着他往回家的方向走。小男孩再度放声大哭，小脸纠成一团，咧开的嘴凶巴巴的。

"这些小孩，真是糟糕!"另外一个太太高声说再见:"希特勒太太，明天见!"

给社长的一封密函

社长先生：

　　我这篇万不得已的沉痛告白会救我，还是会让我无颜见人、名誉受损、陷入绝境，都看您了。

　　说来话长，连我都不知道怎么能隐瞒到今天。我的亲人、朋友、同事从来都没起过疑心。

　　话说三十年前，我是个小记者，在您今天负责的这家报社里跑社会新闻。我不怕苦，不怕累，够认真，可是我一点也不出色。晚上，当我把那些有关偷窃、交通事故、典礼等短文交给主编时，几乎每次都得承受被大刀阔斧修改的污辱；整段被去掉或干脆重写、涂改、删减、重组、补句等等，不一而足。我虽然难过，但也晓得主编不是故意的。怪我，我没有写作天分。报社之所以还留我，只是因为我肯冲，愿意上天下海带消息回来。

尽管如此，在我内心深处，仍有一股对文学的热情在绝望地燃烧。每当有比我年轻的同事文章见报，每当有我同年龄的作者出书，而且那些文章或书广获好评时，妒意像一把毒钳夹住我的五脏六腑。

偶尔，我也试着模仿这些受上天眷顾的人写点小品文、散文、短篇，可是每次写完前几行，就写不下去了。我读了又读，心知不合格，整个人泄了气，心怀怨恨。幸好，这种状况并不会维持太久。文学梦重新蛰伏，用工作分心，想点别的，总的说起来日子过得还算平静。

有一天一个陌生男人到编辑室来找我。年约四十岁，矮个子，微胖，睡眼惺忪的脸上没有表情。要不是人很和善、谦逊有礼，他看起来实在不怎么讨人喜欢。谦逊是他最大的优点。他说他叫伊雷亚诺·比萨得，特伦托人，是我中学同学的舅舅，已婚，有两个小孩，因为生病被他工作的库房给辞了，不知道怎样才能赚点钱。"我能做什么？"我问。

"是这样的，"他非常非常客气，"我还蛮喜欢写点东西的。我写了一个长篇、一些短篇。恩利克（就是我的中学同学，他的外甥）看过，说写得还不错，建议我来找您。您在一家很重要的报社上班，一定有点关系啊、人脉和声望，您或许可以……"

"我？我是小角色。再说，这个报社只刊载知名作家的东西。"

"可是，您……"

"我又不搞创作，我只是记者。差得远呢。"（未能实现的文

26

学梦像根针，在肋间刺了一下。）

他暗示地笑了笑："其实您对创作有兴趣?"

"这当然，但是要有天分啊!"

"布扎蒂先生，不要轻言放弃! 您还年轻，还有的是时间。会有那一天的，您看着好了。打扰您太久了，我告辞了。这是我不足挂齿的作品，留给您。要是您有空，就花半个小时看一眼。没空也没关系。"

"我说过了，我帮不上忙，不是我不愿意。"

"难说。"他已到了门口，深深鞠了几个躬，"开了头就会有结果。您看看嘛，不会后悔的。"

那包手稿他就留在桌上。我想看才有鬼。我把稿子带回家，丢在五斗柜上面，跟其他的书和一叠一叠杂七杂八的纸混在一起，至少两个月。

要不是有一天晚上睡不着，兴起了写点东西的念头，那件事我根本忘得一干二净。其实我灵感有限，是那该死的文学梦在作祟。

只是平日放稿纸的抽屉空了，我记得五斗柜上面的书堆中有一本才开封的陈年笔记本。翻找的时候撞落一叠纸，散了一地。

纯属巧合。就在我收拾的时候，眼睛瞄到笔记本中间夹着一张字打得密密麻麻的纸。我看完第一行又看第二行，好奇心大发，一口气看完，又找出第二页看了起来。然后一页又一页。那是伊雷亚诺·比萨得的小说。

突然心里妒火中烧，即便在过了三十年的今天，仍然不能平复。该死。那本小说很怪异，不落俗套，很美。或许不能说很美，或差强人意，甚至可以说写得并不好。可是怪就怪在跟我味道很合，很像我，仿佛是我的作品。完完全全就是我想写但写不出来的东西，是我的世界、我的感觉、我的恨。真想去死。

羡慕？才不，是生气，气昏了：有一个人做了我从小就梦想要做，却做不到的事。实在太巧了。现在那个家伙将他的作品公之于世，我就不用混了。他将率先进入那神秘的殿堂，而我，抱着微弱的希望，还在奢想怎样才能打开一条路。就算我说我终于灵感泉涌而来，又算什么呢？抄袭，欺骗。

伊雷亚诺·比萨得没有留下地址，没办法找他，得等他自己出现。可是我要跟他说什么呢？

又过了整整一个月他才现身。比上次更谄媚、谦虚："您看了吗？"

"看了。"很犹豫要不要说实话。

"您觉得呢？"

"嗯……还可以。不过不适合这个报纸……"

"因为没人知道我是谁？"

"嗯。"

他沉思了一会儿。然后说："先生，您老实说……如果今天这不是我这个无名小卒写的，而是您写的，是不是就会有可能刊登呢？您是编辑，是这个大家族的一分子。"

"我的天啊，我也不知道。确实社长是个很开放的人，也很有魄力。"

比萨得惨白的脸顿时容光焕发："既然如此，我们为什么不试一试？"

"试什么？"

"您听我说，您要相信我。我只需要钱，我没有什么野心。您若是愿意帮助我，我双手奉送。"

"什么意思？"

"我送给您。这是您的了，您想怎么处置都可以。虽然是我写的，可以挂您的大名。您这么年轻，我比您大二十岁，我老了。捧一个老人，大家都兴趣寥寥，评论家对年轻新秀的态度可就不同了。我们一定会成功的。"

"可是，那是欺骗，而且乘人之危太卑鄙。"

"怎么会？您付我钱啊。您帮我把产品推到市场上，换个牌子对我有何妨碍？这样就扯平了。重要的是我的文章由您挂名。"

"这太荒谬，太荒谬了。我冒的风险太大了。万一事情被人揭发呢？还有，等这些作品刊完，没有稿子了，那我怎么办？"

"我会在您身旁，我可以继续供给您稿子。看着我。您觉得我像是会背弃您的人吗？您怕的是这个吧？噢，我该怎么办？"

"如果您生病呢？"

"那段时间您就也生病。"

"报社要是派我出差呢？"

"我跟您去。"

"我出钱？"

"这，按常理来说是的。我要求不高，也没什么不良嗜好。"

讨论了很久，我们签下一纸欺世盗名的契约，那将是我的紧箍咒，他可以榨干我，让我万劫不复。可是诱惑太强，比萨得的作品又精彩，成名的欲望席卷了我。

契约内容很简单。他得依我的需求为我写稿，作品由我挂名，万一遇到出差、撰写新闻稿，他得跟着我，协助我；严禁对外透露契约内容；不可以他自己姓名发表作品或为第三者写稿。我所得的百分之八十是他的酬劳。双方达成协议。

我去找社长，求他看我的一个短篇。他看看我，对我眨了眨眼睛，把文章丢到一个抽屉里。我乖乖离开。这种反应早在预料之中，傻瓜才会别有期望，不过（比萨得的）短篇摆在最上面，我有十足信心。

四天后，作品在文艺版刊出，一鸣惊人，我和同事皆一片错愕。可怕的是：我不但不会觉得愧疚或不好意思，反而沾沾自喜。我大剌剌地接受大家对我的赞扬，仿佛本来就是我的功劳。差一点以为那短篇真是我写的。

又发表了其他小品，接下来的长篇小说造成轰动，我变成了"话题人物"，我的照片开始出现在公众场合，我开始接受访谈。我意外发现自己的说谎能力和厚脸皮有超凡水准。

说起比萨得，实在没得埋怨。存稿用尽后，他继续供货，而且我觉得功力越见成熟。他很谨慎地躲在幕后。人们对我的怀疑，慢慢都被推翻了。人生得意莫过于此。我离开了新闻组，变成"文艺版特约作家",收入水涨船高。这段时间比萨得又生了三个小孩,在海边买了一栋别墅还有一辆车。

然而他依旧那么谄媚、谦虚,出现在我面前的时候从来不会暗讽我是因为他才有今天。可是他的钱永远不够用,把我的血都吸干了。

薪资是不公开的,可是在大型企业里难免会走漏消息。大家或多或少知道我每个月月底都有一大笔可观的钞票入袋,就是不懂为什么我还没开名车,身边没有一身钻石、貂皮大衣的年轻美人,没有游艇、时髦跑车。所有那些钱我都干吗去了?这是个谜。结果便有传言说我超级吝啬。总得找个理由嘛。

这就是大概情形。现在,社长先生,我要进入主题了。伊雷亚诺·比萨得曾经发誓自己绝无野心,我想也是真的。这个不是问题,问题是他对金钱的贪得无厌;除了他,还有他的家庭,变成了一个无底洞。作品发表后稿费的百分之八十已经不能满足他了,他逼得我负债累累。但他嘴巴永远那么甜,恭恭敬敬,谦虚得讨人厌。

两个星期前,在我们互相寄生合作无间近三十年后,我们吵架了。他要求契约以外的额外酬劳,数字惊人。我二话不说就回绝了。他没有反驳,没有出言威胁,也没有其他敲竹杠的暗示,只是停止供稿。罢工,停笔不写。而我束手无策。这十五天来读者都无法在我作品中寻求慰藉。

为此,亲爱的社长先生,最后我不得不自曝这无耻的勾当,并请求您的原谅与宽容。您会见死不救吗？您会眼睁睁看着一个，不管是不是用欺骗，把他最好的时光都奉献给这个报社的人的职业生涯就这么毁于一旦吗？您还记得有几篇"我的"作品在今天自扫门前雪的社会所激起的热烈回响吗？不是很棒吗？您帮帮忙嘛。只要帮我小小加个薪，我不知道，一个月多个两三万，我想，加个两万就够了吧。没错，我想现阶段两万就可以了。再不济，借点钱给我也可以，几百万怎么样？这对报社来说是九牛一毛，我却得救了。

除非，您跟我印象中的不一样。除非您认为这是天意，正好把我扫地出门。您知道今天您可以开除我，连一毛钱的遣除费都不用给我，只要您将这封信一字不漏，当作短篇登在文艺版。

不，您不会这么做。因为您一直是一个厚道的人，落井下石的事您绝不会做，即使那个人罪有应得。

再说，您的报纸怎么能登这样一篇不入流的东西呢？我的文字拙劣，没有经验嘛，我不是吃这行饭的。跟比萨得帮我写的、挂我名字的那些差得远了。

不会的。即便做最坏的打算，假设您心术不正，想整我，也绝不会把这么一封丢人现眼的信（我可绞尽了脑汁）公之于世。那样报社的损失将难以估计。

鲨

史蒂凡诺·罗伊过十二岁生日时，要求父亲带他出海作为礼物，他的父亲拥有一艘神气的帆船。

"我长大以后，"他说，"要跟你一样遨游四海，指挥比你旗下的船更威风的大船。"

"孩子，愿你梦想成真。"做父亲的如是回答。正好那天他的船要出海，便将少年带在身边。

晴空万里，风平浪静。第一次乘船出海的史蒂凡诺兴奋地在甲板上走来走去，望着风帆繁复的操作，满心向往。缠着船员们问东问西，他们不厌其烦地微笑着跟他一一解说。

走到船尾，男孩停了下来，好奇地盯着离船两三百公尺、追着尾波、不时露出海面的一个东西看。

帆船在煦煦和风吹拂下破浪飞驰，那个东西始终紧随在后，

33

尽管史蒂凡诺对大自然所识不多，但那未知的海中物深深吸引了他。

父亲不见史蒂凡诺的踪影，大声唤他又没有回答，于是走出驾驶舱找他。

"史蒂凡诺，你杵在那里干吗？"父亲发现他站在船尾，对着海浪发呆。

"爸，你来看。"

父亲顺着儿子指的方向望去，什么也没看到。

"有一个黑黑的东西，偶尔会浮上来，"他说，"跟着我们。"

"我虽然四十多岁了，"父亲说，"视力倒还不差，可是我什么都没看到啊。"

在儿子的坚持下，他用望远镜再对着尾波定睛细瞧。史蒂凡诺看到父亲脸色发白。

"怎么啦？爸，你脸色好难看喔。"

"天啊，怎么会这样。"父亲大惊失色，"这下我真替你担心。你看到那个浮出海面跟着我们的，不是一个东西，是一只鲨。是全世界水手闻之丧胆的鲨鱼。神秘、凶猛，比人类还要狡猾。没有人知道为什么，它会选择自己的目标，一旦选定，可以紧追不舍长达数年，甚至一辈子，直到猎物到口为止。奇怪的是除了猎物本身和他的家人以外，其他人都看不到它。"

"是个传说吧？"

"不，虽然我从未亲眼目睹，可是听过所有对它的描述，我一眼就认出来了。野牛般的鼻子、不断张合的大嘴，以及那可怕的利齿。没错，史蒂凡诺，恐怕那只鲨已经选中了你，只要你在海上一天，它就不会放过你。你听好，现在我们马上掉头上岸，不管什么理由，你再也不准出海。你要答应我。海上生活不适合你，儿子，你认了吧。陆地上一样可以闯出一番事业。"

说到做到，父亲立即下令返航入港，以身体突然不适为由，让儿子下船，然后重新扬帆出发。

少年深受打击，直到风帆、桅杆完全消失在地平线上，仍呆立岸边。港口防波堤外的大海不见半点船影。可是史蒂凡诺定神一看，发现海面上隔一阵子就露出一尖黑影：浮浮沉沉、痴心等着他的，是"他的"鲨。

自此大家千方百计浇熄少年对海的欲望。父亲将他送到数百公里外的内陆城市念书，有好一段时间，因为新环境分神，史蒂凡诺暂忘海中恶魔的存在。不过，等到放暑假回家，刚得空闲，第一件事就是赶到防波堤底端，算是检查吧，虽然心知多此一举。过了这么久，就算父亲说的故事都是真的，那鲨想必已放弃守候。

而史蒂凡诺愣住了，心怦怦乱跳。距离防波堤两三百公里处的大海上，那邪恶的鲨缓缓浮沉，偶尔还从海面抬起脸望向陆地，仿佛在关心史蒂凡诺·罗伊到底来了没有。

于是，那日夜等候他的敌人成了史蒂凡诺挥之不去的魅影。即便身处遥远的城市，也会在半夜惊醒。与鲨相隔数百公里，没错，他是安全的。可是他知道，越过山，越过丛林，越过平原，鲨在那里等着他。他可以移居最偏僻的地方，而鲨还是会埋伏在最近的海面上，带着命运交付的无比耐心。

沉稳、积极的史蒂凡诺，继续认真念书，一离开校门就在城里的商场找到了一份待遇不错的好工作。父亲因病去世后，帆船被母亲卖掉，他因此继承了可观的遗产。工作、朋友、玩乐、恋爱——史蒂凡诺已拥有自己的生活，但是那鲨宛如致命又神秘的幻影，时时浮现脑海，而且日复一日，不但未见消散，反而更为鲜明。

自食其力、不缺钱的安稳日子固然快乐，然而地狱的诱惑更强。才二十二岁的史蒂凡诺跟城里的朋友告别，辞去工作，回到老家，告诉母亲他要继承父业。对神秘鲨鱼一无所知的母亲就欣然接受他的决定。她心底始终认为儿子弃海洋就陆地有违家族传统。

史蒂凡诺开始他的海上生涯，考验自己的水手能耐、体力极限和无畏精神。每一次出航，不分昼夜，不管风平浪静或狂风暴雨，那鲨永远跟在船尾，奋力划水。他知道那是他的诅咒，他的命，但或许正因为如此，他找不到离开的勇气。船上没有人发现鲨的存在，除了他。

"你们有没有看到那边有什么东西?"有时他会指着尾波问其他同伴。

"没有啊，什么都没有。怎么啦?"

"没事。我以为……"

"你该不会看到什么鲨鱼了吧。"大家边笑边比出驱邪的手势。

"有什么好笑的？为什么要比那个手势？"

"因为鲨会记仇。它要是在跟我们这条船，表示说我们其中一个人死定了。"

可是史蒂凡诺不信邪。如影随形的威胁激怒了他，反而让他对海的狂热、他的意志力、面对艰难和危险的勇气大增。

他觉得自己行有余力，便用父亲留下来的那笔财产跟人合资买了一艘货船，之后变成唯一股东，并在几次航运皆顺利的情况下，史蒂凡诺买下了一座自己的船厂，继续拓展他的事业。只是成功、财富，都没办法让他抛开心里不曾稍歇的焦虑；但他也从来没有想过要把船卖掉，重返陆地另闯天地。

海洋、出航，是他不变的心意。漫长的航行结束，双脚才刚踏上某个港口，就迫不及待想离开，重新出发。明知外面那只鲨在等着他，那毁灭的使者。无计可施。一股不知名的力量推着他，不得喘息，航行于五湖四海之间。

直到有一天，史蒂凡诺突然察觉自己老了，真的老了，而他身边的人都无法理解为什么富有如他，还不肯放弃辛苦的海上生活。老了，而且不快乐，因为他的一生都耗在大海中疯狂的追逐，躲避他的死神。相较于不缺钱的安稳日子，地狱显然更具诱惑。

一天晚上，他那雄伟的船在家乡港口下锚。史蒂凡诺自觉死期已近，叫来一向信任的大副，要求他不可对自己将要采取的行动有任何异议。大副以荣誉之名发了誓。

得到保证，史蒂凡诺向错愕的大副诉说了鲨的故事，近五十年的追踪，至今一无所获。

"它跟我走遍了全世界，"他说，"就是最真诚的朋友也做不到。现在我快要死了，它想必也一样，又老又累。我不能背弃它。"

说完，向大副告别，放一艘小船下海，让人找了一副鱼叉给他，然后上了船。

"现在换我去找它，"他说，"我不能让它失望。我会用我最后的力量，奋战到底。"

他费力地划着桨，远离船边。副官和水手看着他消失在平静的海面上，为黑夜笼罩。天空有一弯月亮。

史蒂凡诺并没有划多远。鲨骇人的嘴脸突然出现在小船边。

"我来了，"史蒂凡诺说，"终于，一了百了！"使出仅存的力气，举起鱼叉。

"喔，"鲨哀声道，"我游了很远才找到你。我也快累死了。你害我游个没完，你一直跑，一直跑，你根本没搞懂！"

"怎么说？"史蒂凡诺问，鱼叉指着鱼鼻子。

"我跟你走遍全世界，不是你所认为的是为了吃你，只是因为海神要我把这个交给你。"

鲨伸出舌头，将一粒闪闪发光的小球递给老船长。

史蒂凡诺看着手中的小球。那是一颗大小异于平常的珍珠。他认出那是著名的海珍珠，谁拥有它，便拥有财富、权力、爱情与心灵的平静。太迟了。

"唉!"他悲伤地摇了摇头,"一步错,步步错。我折腾自己折腾了一辈子,还毁了你的一生。"

"永别了,可怜人。"鲨说完,便沉入深海,不再出现。

两个月之后,在海浪推拂下,一艘小船搁浅在陡峭的礁石上,被几个钓鱼人发现。在好奇心驱使下,他们靠近去看。船上,还保持着坐姿的是一具骷髅,细细的指骨间紧握着一粒小圆石。

鲨是一种体积庞大的鱼,看来很吓人,十分稀有。也被叫作kolomber、kahloubrha、kalonga、kalu-balu、chalung-gra,依不同海域以及海边居民而定。奇怪的是自然学家从不谈论它,有人甚至认为它并不存在。

魔法外套

我虽然讲究衣着，但还不至于走火入魔，或注意身边其他人的服装剪裁。

可是，有一晚在米兰的一场晚宴上我认识了一个人，看起来四十岁左右，他真是名副其实的潇洒、利落和简约，我是说他的衣服。

不知道他是谁，我是第一次看到他，凭介绍时寒暄两句就要记得人家的名字，向来很难。但后来不期然地我们坐得很近，就这么打开了话匣子。他看起来温文有礼，带点忧郁。算是有些唐突——这个习惯不知道怎么改——我对他那一身衣服赞美有加，还干脆问他裁缝是谁。

他微笑，仿佛早知道我会这么问他。"没什么人认识他，"他说，"但他真是世界级大师。做不做要看他高兴。量不多。""所以说我？……""试试看嘛。他叫科迪齐拉，亚冯索·科迪齐拉，斐拉拉路十七号。""很昂贵吧？""有可能，真的连我也不知道。这件外套是他三年前做的，到现在还没寄账单给我。""科迪齐拉，斐拉拉路十七号，对吧？""没错。"陌生人说完便转而加入其他人，留下了我。

在斐拉拉路十七号，我找到了亚冯索·科迪齐拉的家，房子并无特殊之处，跟其他裁缝的住家大同小异。是他本人来开的门。一个小老头，一头黑发显然是染的。

出乎意料，他并未推辞。相反，他还殷勤地想拉拢我这个客人。我跟他解释怎么问到他的地址，称赞他的手工，请他为我做一套西装。我们选了一块灰色布料，他量好尺寸，说会带去家里让我试穿。我问他多少钱。不急，他说，这个可以再谈。刚开始觉得这个人很亲切，可是稍晚在回家的路上，才意识到那个老先生给我的感觉并不舒服（或许是因为他讨好、谄媚的微笑）。我并不想再看见他。可是衣服已经订了，二十天以后就好了。

衣服送来，我站在镜子前面试穿。无懈可击。可是，我不知道为什么，或许是记忆中那老头的笑容，让我没有穿那套衣服的欲望。这样过了好几个星期。

我永远会记得那一天。那是四月的一个星期二，下雨。我穿起那套西装——外套、长裤和背心——发现真的是剪裁合宜，完全没有一般新衣服刚穿时的别扭。没话说。

我习惯西装右边口袋不装东西，钱都放左边。所以无意中伸手进右边口袋，摸到一张纸，已经是我进办公室两个小时之后的事。是裁缝的账单吗？

不是。那是一张一万里拉的钞票。

我呆了一会。绝对不是我放的。要说是裁缝科迪齐拉开的玩笑有点牵强。也不会是女佣送我的礼物，她是除了裁缝以外唯一接触过这套衣服的人。难道是假钞？我对着光线仔细观察，还跟其他纸钞一一对照。千真万确。

唯一的可能是，科迪齐拉不小心放进去的。说不定有客人去付钱，临时找不到皮夹，又不想随便丢在桌上，就顺手塞进挂在架子上的我的外套口袋里。发生这种事并不稀奇。

我按铃唤秘书进来。打算写个字条给科迪齐拉，把不属于我的钱还给他——就是在这个时候，我无意识地又将手伸进西装右边口袋。

"您怎么了？不舒服吗？"恰好走进来的秘书问我。我那时大概脸色惨白。因为我在口袋里，又摸到一张几秒钟之前没有的东西。

"没有，没事，没事。"我说，"有点头晕。这阵子常这样，大概太累了。本来要请你写一封信，没关系，我们待会儿再写好了。"

等到秘书离开，我才敢把那张东西从口袋拿出来。又是一张一万里拉。我再伸手进去，果然取出了第三张钞票。

我的心扑通乱跳。觉得自己不明所以地进入了没有人会信为真、说给小孩听的童话故事里。

借口说身体不舒服，我离开办公室提早回家。我需要一个人静一静。幸好打扫卫生的妇人已经走了。关上所有的门，拉下百叶窗。我用最快的速度从口袋里一张接一张将钞票拿出来，那是个聚宝盆。

我神经紧绷到极点，生怕奇迹在下一分钟停止。我想，这样弄到天亮不是就可以累积上亿财富？可是我没力气了。

面前是成堆的万元大钞。现在重要的是把它们藏好，不能让任何人知道。我把一个装地毯的旧皮箱掏空，将钞票一摞摞放好，一边放一边数，足足有五千八百万里拉。

打扫卫生的妇人第二天早上进来，意外地发现我和衣睡在床上。我干笑了几声，解释说前一晚喝多了，突然觉得困就睡着了。

结果差点下不了台：她叫我把衣服脱下来，要帮我拍一拍。

我说得马上走，没有时间换衣服。然后冲到百货公司成衣部买了一件布料相近的西装，可以把那件留给佣人照顾；至于"我的"这件，可以让我在短短几天内成为全世界最有权势的人的西装外套，得藏在一个隐秘的地方。

我是在做梦，是快乐，还是被难料的命运压得透不过气来，我自己也迷糊了。走在路上，隔着风衣，我不断触碰西装那个神奇口袋的位置，然后松一口气。我感觉到纸钞发出窸窸窣窣、让人宽慰的声音。

可是一次突发的巧合将我的狂热浇熄。隔天早上的报纸偌大的标题报道前一天发生的抢劫案。某家银行的运钞车到各分行收完当天的存款，准备运到总行去的途中，在帕马诺瓦大道被四个歹徒袭击，洗劫一空。在躲避警察追捕时，其中一名歹徒为了逃命开枪射击。一个路人中弹身亡。让我觉得最不可思议的是损失金额：不多不少，五千八百万里拉（跟我的一样）。

难道我那从天上掉下来的财富跟这起几乎同时间发生的抢劫案有关？这样讲没什么道理。我也不是迷信的人。但这件事在我心里留下了阴影。

欲望像雪球一样越滚越大。我有那么多钱，生活也很简单，可是对纸醉金迷奢华日子的向往一直啃噬着我。当天晚上我再搬出我的聚宝盆。这回我比较平静，没那么神经质。我的财富又增加了一千三百五十万里拉。

那晚我辗转难眠。是有不祥的预感，还是不劳而获所以良心不安？抑或觉得内疚？晨光乍现，我跳下床，穿好衣服，冲出去买报纸。

打开内页，差点停止呼吸。火神肆虐，一间存放柴油的仓库起火燃烧，市中心圣克罗罗路上的一家工厂半毁。大火还波及一家不动产公司的保险箱业务部，里面有一千三百多万现金。火灾现场，两名消防队员殉职。

得——列举我所犯下的过错吗？是的，我明知道那件外套给我的钱满是罪恶、鲜血、绝望、死亡，来自地狱，可是我心底仍然一意孤行，拒绝承认自己要为这些负责任。然后念头又起，然后手——那么容易！——伸进口袋，手指带着快感急急夹住永远簇新的钞票。钱啊，万能的金钱！

旧公寓仍然留着（以免有人怀疑），我短时间内买了一栋别墅，收集名画，开高级跑车，因为"健康因素"辞去了工厂的工作，在美女的陪伴下环游世界。

我知道，每次我从西装口袋拿钱，这个世界上就会发生不幸的事。没有合情合理的证据，只是我个人的认知。每拿一次钱，我的良知就堕落一次，变得越来越无耻。那个裁缝呢？我打电话问他西装的费用，没人接。到斐拉拉路十七号找他，邻居说他移民了，不知道去了哪里。这一切都说明了我不知不觉中，跟撒旦签了一纸合约。

最后，在我旧宅那边，一位退休的老太太一天早晨被人发现开瓦斯自杀，因为她把前一天领到的三万里拉月退休金弄丢了（进了我的口袋）。

够了，够了！为了不再造孽，我得摆脱那件外套。不能送人，否则罪恶还会延续（谁能抵挡那样的诱惑？），必须销毁。

开车到阿尔卑斯山一个僻静的山谷。把车停在空旷草地上，徒步往树林前进。连个鬼影都没有。穿过树林，我到了冰碛层的石地，在两座矗立的巨石之间，从登山背包里拿出了那件害人不浅的外套，淋上汽油，一把火给烧了，几分钟内就化为灰烬。

只剩最后一星火苗的时候，我身后——大约两三公尺的地方——有人声在说："太迟了，太迟了！"我吓坏了，像蛇一样迅速扭身回头看。不见人影。我跳上一丛又一丛的巨石，巡视四周，要把那个坏蛋揪出来。除了石头，什么都没有。

尽管我惊魂未定，回山谷的路上步伐还是轻盈了许多。终于自由了，而且，富有。

可是草地上的汽车不见了。回到城里，我气派的别墅也消失了，杂草蔓生的地上立着一个牌子"市有土地待售"。所有银行户头，莫名其妙地一毛不剩。我放在保险箱里一叠一叠的股票，不见了。旧皮箱里什么都没有，只有尘土。

我现在勤奋工作，日子还过得去，奇怪的是，没有人对我突然一无所有感到惊讶。

然而我知道事情还没结束。总有一天门铃会响，我去开门，然后会发现站在我面前、带着那抹卑鄙笑容的，是撒旦化身的裁缝，来跟我算最后一笔账。

作家的秘密

盛名不再，但是很快乐。

我还没跌到最谷底，还差一点点，希望能尝尝那个滋味。再说，我已年迈，恐怕来日不多。

这些年来我是恶名昭彰——而且近来这个恶名有甚嚣尘上的趋势——大家都说我作家生涯结束了，肠枯思竭，颓势难以挽回。我每出版一本书，就有人说，或至少有人这么想，我是每况愈下。就这样，一点一点往下沉，走到了今天这个地步。

一切都是我主导的。三十年来我耐着性子、不屈不挠就为了有这般悲惨结局，全都按照事先研究周密的一个计划进行。

所以——有人会问——是你把自己逼上绝路的吗？

各位先生、女士，一点没错。当年作为作家，我成绩斐然、声名远播，总之我已经功成名就了。其实还可以再好一点，只要我愿意，可以不费吹灰之力达到巅峰。

结果没有。我不要。

相反，我宁愿从我到达的位置——高度惊人，可以说在山巅，哪怕不是喜马拉雅山，至少也是罗莎峰——慢慢下滑，沿着我大步踏过的同一山径下山，体验下坡路的种种崎岖；崎岖只是表面，我的朋友，我在里面其实找到了温馨的世界。今晚借这封信——将铅封收好，等我死后才能打开——向大家解释，把我多年的秘密公之于世。

我当时四十一岁，头角峥嵘、志得意满，有一天突然觉悟。我努力的目标——走上世界舞台——也就是说轰动、成名、受欢迎、不限国度受到肯定，顿时全都失去了意义。

跟随荣耀而来的物质因素我不需理会，我已经太有钱了。其他的呢？掌声、胜利的狂喜、教男男女女情愿出卖灵魂的诱人灯光？我每次浅尝，总留下一嘴苦涩。再说——我问自己——怎样才算登峰造极？很简单：你走在路上大家会转过头来窃窃私语，看到没有？是他耶！如此而已，没什么大不了的，却让你心旷神怡。要搞清楚，这种情况只会发生在少数人身上，比如有限的政治人物或当红女星。若是作家，今天要路人注意到你，可不是件简单事。

也有负面效果。我对日常生活中的种种干扰习以为常：回仰慕者的电话和信、访谈、约会、座谈会、照片、广播节目，等等。我真正担心的是：我的每一次成功，对我而言不过尔尔，对为数不少的其他人来说，却是极度的难堪。我某些朋友和同僚的脸，在我最风光的那几天，让人看了好生伤心。他们都是老实、认真的好人，跟我有约定俗成和私人情谊的牵绊，何必折磨他们呢？

我猛然觉醒，开始评估我为了达到设定的荒唐目标，给周遭带来的痛苦。我承认自己从来没想过。深感愧疚。

这才领悟，我要是执意走下去，没错，我会有新的收获，更多的桂冠加顶，付出的代价是伤了许多或许不应该被伤害的心。诸多痛苦都可以找到慰藉，唯有遭嫉妒啮噬的伤口是最血淋淋、最深的，难以愈合，更不用说得到应有的同情。

疗伤，是我该做的，于是我做了一个重要的决定。以我所在的高位，我可以做得很漂亮，感谢主。我的成功给大家心中带来多少苦楚，就得让他们得到同样多的安慰。若不能除去心头之痛，何来喜悦？之前的苦难与之后的欢乐不应该成正比吗？

我继续写，并没有放慢速度，以免让人怀疑我是存心撤退，这对我的同僚们刺激会太大。在巧妙的掩饰下，我模仿自己无懈可击的才华，写出不那么精彩的作品，并且越来越糟，假装我的创造力逐渐衰退。至于那些等待我再一次强力出击的人，对我的走下坡略感惊讶。

通常要写出不出色或很烂的东西应不费力，可是这看起来轻而易举的事对我来说却并不容易，理由有二：

一、得让评论家说出负面评价，而我属于被肯定的作家，在美学市场上行情稳固，推许我写得好已经是蔚成风气的基本说法了。你们知道的，评论家一旦把某个艺术家打入冷宫，是很难再改变主意的。我的意思是说：他们会不会发现我开始写一些不入流的东西呢？还是如我所担心的，坚守他们的公式，继续对我赞誉有加呢？

二、本性难改，我费了多大的心力试图压抑那澎湃、蠢蠢欲动的才华。再怎么努力写些庸俗、平淡无奇的作品，字里行间，总不免透出神秘力量的光芒。对艺术工作者而言，要自己假装另外一个人是件苦差事，即使那个人是个庸才。

但我毕竟做到了。这么多年来我收敛起外显的天赋，去伪装，光看手法之细腻就足以证明我得天独厚之处；我写了一本又一本有违己意的书，越来越无力疲弱、拖泥带水、缺乏原创性、不见新意、文学性有待商榷。慢性自杀。

我每出版一本新书，周围朋友和同僚的脸就愈见平静、和缓，我将他们从嫉妒的不安中一点一点地拉了出来，可怜啊。他们重拾对自己的信心，找回人生的和谐，开始真的喜欢我。大地春回。我是他们多年来背上的芒刺，如今我将那根毒刺缓缓拔出，大家都松了一口气。

掌声渐弱，我退居暗处，但我过得更快乐，身边不再是仰慕者急促的呼吸声，而是热情与感恩。我在友伴的语气中重新听到年少不识愁滋味时的坦率、朝气和豪爽。

这么说来——你会问我——你写作只为了那十几个人？你的理想呢？大众呢？你原本可以激励多少后代子孙的人心？所以

你的艺术一文不值啰?

我的回答是:没错,我亏欠我朋友和同僚的,与我对所有人应负的责任相比实是微不足道。可是对后者,遍布全球、下一个世纪的读者,我并未缺席。这些年,我善用上帝赐予我的天赋,乘着灵感的翅膀,偷偷地写下真正属于我的、可为我带来至上荣耀的作品。我将写好的文稿锁在卧房的箱子里,共十二册,请在我死后再传阅。那时,我的朋友们不会太伤心吧,对死去的人他们也不好多加责难,再说,那个人又写出了传世之作。说不定他们还会笑着摇头说:"他把大家都骗过去了,那个家伙,我们还真以为他老糊涂了。"

所以说啊,我……

此时作者中断了他的叙述。老作家因为死神召唤未尽全信,他被发现的时候还坐在书桌前。折断的笔旁边,银白色的头颅倚在纸上一动不动,已经离世。

家人看完信后,打开作家所说的箱子。内有十二个袋子,每一袋都装有上百张稿纸,稿纸上,没有半个字。

老人猎杀小组

罗伯特·萨吉尼，一家小型纸厂的主管，四十六岁，一头灰发，外形潇洒英挺，深夜两点将车子停在一间兼卖杂货、还没关门的咖啡馆附近。

"我马上回来。"他跟坐在身边的女伴说。她是个年轻的漂亮女孩，在霓虹灯下她鲜红的唇仿佛盛开的花朵。

咖啡馆前面停满了车，他只能把车停过去一点。五月的晚上微风徐徐，有春天的气息。街道上不见人影。

他进咖啡馆买完香烟，步出门口准备往停车的方向走去时，听到怪异的叫声。

是对面的房子里传出来的？还是来自旁边的巷道？莫非是邪恶的沥青发出的声响？两个、三个、五个、七个身影往汽车的方向快速包抄过来。"扁他！扁那个老头！"

接着一声长而凄厉的呼啸，尖且锐利，是那批阿飞吹响了开战的号角：这一声划破深夜的宁静将大家从睡梦中吵醒，打个冷颤急急躲回被窝内，将被猎杀的倒霉鬼托付给上帝。

罗伯特就眼前的危险性做了评估。他们是冲着他来的。那段时间四十岁以上的男人入夜后要外出最好三思而后行。四十岁就算老了，新生代对老人多有鄙夷，孙子对祖父、儿子对父亲都怀有阴郁的仇恨心理。更有甚者：他们还自成组织，结党结派，对老年人难抑满腔的怨恨，认定他们要为自己的不满、郁闷、失望、不快乐负责，这是全世界青少年的通病。到了晚上，这些小混混，尤其是住在郊区的年轻人，就发飙，四处猎杀老人。要是给他们遇到，先施以拳脚，再把老人衣服剥光，用鞭子抽他，身上涂满油漆，然后绑在树干或路灯上。有的时候在兴头上，残忍游戏会玩过头，早上便见到不忍目睹的尸体，被弃置在马路中央。

青少年问题！这世代相传、隐忍在心里未得解脱的怒气，终于爆发出来。报纸、电视、收音机和电影都是帮凶。青少年受到吹捧、同情、阿谀、鼓动、诱惑，愿付出任何代价只求自己能跟上世界潮流。而老年人则被这燎原之火吓到，也投身其中，好找一个托词，公告世人——其实是白费工夫——他们虽然五六十岁高龄，但他们的心依旧开明，他们能体会年轻一辈的期望与伤痛。结果徒劳无功，不管老人怎么说，年轻人都反对，他们才是世界的主宰，而且，他们要的是直到目前为止都握在长辈手中的统治权。"年龄即是罪恶"是他们的口号。

夜间猎杀行动于焉展开，同受恫吓的政府当局睁一只眼，闭一只眼。反正那些老朽的身躯本来就应该待在家里，谁敢老来疯向年轻人挑衅谁就倒霉。

有年轻女伴的老先生是首要目标。猎杀者更是欢声雷动。行动顺利的话，而且还蛮常发生的，男的被绑起来棍棒齐飞，女的则在他面前被同年龄的小流氓用尽各种手段施暴、踩踏。

罗伯特·萨吉尼就眼前的危险性作了评估。他告诉自己：我是来不及躲回车里了，但我可以进咖啡馆避一下，那些混蛋总不敢跟进去吧。她可以逃，应该来得及。

"西薇雅！西薇雅！"他大喊，"开车跑啊。快！快！"

幸好女孩听懂了。屁股一扭坐到驾驶座上，启动车子，挂二挡，轰的一声飙了出去。

男人松了一口气，现在得救自己了。他转身要进咖啡馆避难的时候，铁门猛地被拉了下来。

"开门啊！快开门！"他高声哀求。里面没有人回答。每次都这样，不良少年夜里展开追杀行动时，大家都躲起来视而不见。蒙上眼睛，捂住耳朵，别趟浑水。

不容多想。霓虹灯下清清楚楚的七八个家伙朝他走来，一点都不急，反正他已经是囊中物。

其中一个高个子，白白的，剃了个小平头，身上穿了一件暗红色的毛衣，上头绣着白色大写的 R。"我完了。"萨吉尼心想。

这几个月报纸一直在谈这个 R，是冷血帮派老大塞丘·雷钩拉的名字字首，据说遭他亲下毒手的老人已多达五十几个。

唯一的办法是逃。左边马路尽头有一片空地，架设了临时的游乐场。只要能安全抵达那里，在那些旅行篷车和展馆之间就不难找到藏身处了。

拔脚就跑，身手依然敏捷的他从眼角瞥见右边杀出一个穿着同样毛衣的大块头女生想断他的路。她一张扁平的脸并不惹人讨厌，大大的嘴巴喊着："别动，还想跑，死老头！"右手握着一条沉重的皮鞭。

女孩朝他直扑而来，但他冲得更快，女孩刹不住车，还来不及挥鞭就一跤摔在地上。

突围而出的萨吉尼使出吃奶的力气往黑漆漆的空地奔去。一道临时栅栏横挡在面前，他一跃而过，往他觉得最黑的方向去。其他人紧随在后。

"你还想逃，孬种。"塞丘·雷钩拉好整以暇，反正猎物已逃不出他的手掌心，"困兽之斗！"

跟在他身边的一个同伙说："老大，我有件事要跟你说。"走到游乐场尽头，他们停了下来。

"什么事一定要现在说？"

"希望是我看错了，可是那个家伙好像是我老子。"

"那条猪是你老子？"

"对，我觉得是他。"

"更好。"

"可是我……"

"你不会想临阵脱逃吧?"

"我觉得不太好……"

"你爱他吗?"

"没有啦,那个白痴,一天到晚找我麻烦。"

"所以呢?"

"我说过啦,不太好嘛。"

"你真没用。少丢脸了啦!我是还没遇过我老爸,我猜一定更刺激。好啦,好啦,快把他给找出来……"

跑得上气不接下气,萨吉尼躲在一个大帐篷的角落里,应该是马戏团吧,藏身阴影中,希望就此消失在布幔间。

五六公尺外有一辆吉卜赛篷车,窗子还透出光线。因为那群痞子的怪叫声气氛变得紧张。篷车里一阵骚动,然后一个艳丽的胖女人从小门探出头来,想一探究竟。

"太太,太太。"在朝不保夕的避难所待着的萨吉尼压低了声音叫她。

"干吗?"她一脸漠然。

"拜托,让我进去躲一下,有人在追杀我。"

"不行,我们不想惹麻烦。"

"你让我进去,我给你两万里拉。"

"什么?"

"两万里拉。"

"不，不行，我们都是守法的老百姓。"她缩头进去，关上门，还听到插销将门从里面反锁的声音，灯也熄了。

死寂。没有说话的声音，也听不到脚步声。他们放弃了？遥远的钟声敲响两点一刻。遥远的钟声敲响两点半。遥远的钟声敲响两点三刻。

蹑手蹑脚，萨吉尼不敢发出半点声响，站起身来。也许现在他可以开溜了。

猛一抬头，其中一个小混混就在面前，右手抖啊抖，不知握的是什么。萨吉尼灵光一闪，想起多年前有朋友跟他说过：若是有人要打你，你就瞄准额头给他一击，重点是出拳的时候要跳起来，那一拳打下去是集合了全身的力量。

萨吉尼弹身一跳，拳头打在硬物上，同时听到低沉的噼啪声。"喔!"那个人四脚朝天瘫了下去，发出呻吟，痛得揪在一起的脸往后一仰，萨吉尼认出了他儿子。"艾托雷，是你!"弯下身去想帮他。

这时三四个黑影冒了出来。"在这里，在这里! 扁这个老头!"

像疯子一样，萨吉尼在阴影中东奔西窜，身后是猎杀者急促的呼吸声，越来越沉重，越来越近。冷不防，一根金属器具打横里划过他的脸，一阵剧痛。绝望中他转个方向，想逃，他们已把他逼到栅栏边了，游乐场不再能提供他掩护。

再过去一百公尺处便是公园。绝处求生的潜能让他一口气跑过去没被挡下来。此举果然教那群猎杀者措手不及。一直到他接近树林时，大家才回过神来。"在那里，在那里，你们看他躲进树林了。追啊！"

追捕行动再次展开。他若能撑到拂晓第一道晨光，或许还有救。还要挨多久？钟楼叮咚报时，慌乱中萨吉尼始终数不清楚。冲下河谷，爬上河岸，涉水越过溪流，但他每一次回头，总有三四个阴魂不散、张牙舞爪的恶棍朝他走来。

用仅剩的力气，他攀爬到一座陡直的碉堡堡顶，看见连绵屋宇尽头的天空渐露曙光。可是太迟了，他已筋疲力尽，脸上还受了伤，血流不止。而雷钩拉就要追上他了，隐约可见那人脸上的奸笑。

两人终于在山脊上面对面了。雷钩拉根本不用出手。为了闪躲，萨吉尼退后一步，踩了一个空，跌落下身后石头、荆棘密布的陡坡，扑通一声，然后是痛苦的呻吟。

"他虽然没死，也得到了应有的惩罚。"雷钩拉说，"我们最好离开这里。警察也有心情不好的时候，谁知道呢。"

大家分批散开，一边讨论猎捕的过程，一边放肆地哄笑。今天拖了好久，从来没有老人像他那么死命挣扎的。他们也累了，不知道为什么，觉得全身无力。各自解散。雷钩拉跟那女孩并肩走着，走到一个灯火通明的广场。

"你头上沾到了什么东西？"她说。

"你呢？你也是。"

靠近对方，互相检查。

"天啊，你的脸怎么啦？还有，你头发怎么都白白的？"

"你也是，你的脸也变得好吓人喔。"

突来的恐慌。雷钩拉从没这样过，他贴近一片橱窗想照照自己。

他在玻璃里看到一个五十岁左右的老男人，双颊和眼睛都已失去光彩，颈部像鹈鹕般松垮垮的。他试着微笑，发现门牙掉了。

是在做噩梦吧？转身一看，女孩也不见了。从广场另一端冲出三个年轻人，五个，不，是八个，发出高亢的口哨声。"扁他，扁这个老头！"

雷钩拉拔腿就跑，使出所有力气。可是力气实在不多了，年轻、自负、桀骜不驯的青春，原以为有一辈子那么长，挥洒不尽，却只在一个晚上就燃烧殆尽。如今，无可挥霍。如今，老头是他。轮到他了。

分身术

    我还没决定要不要跟我社长说这件事。在我身上发生了一件骇人听闻的奇事。

    不是说我不信任他。我们认识好多年了，我知道他对我不错，绝不会耍什么坏心眼，更不用说整我了。可是搞新闻像是嗑药，总有一天，虽然不是故意的，为了报社好，他会让我吃不完兜着走。

    我要小心再小心，在日记本里留下这一页已经够危险了，万一让人看到，消息传出去，谁能救我？

    这都是我的怪癖惹的祸。我一直很迷悬疑小说，什么魔法、鬼故事、古老秘密那一类的，我的书架上全都是这种书。

    这些书里面有一本对开的手稿，两百多页，上百年历史了。跟绝大多数的古书一样，封皮不知去向，剩下的是一连串不断句，由三五个字母组成的完全不解其意的斜体拉丁文。举个例子吧，第一页是这么开始的："*Pra fbee silon its tita shi dor dor sbhsa cpu snun eas pioj umeno kai……*"

这部手稿我是在费拉拉一个旧货商那里找到的，好多年了。旧货商不以为意，可是有内行人告诉我那是十七世纪开始广为流传的"神秘咒语"。根据巫师的说法，内有意想不到的秘密。谜语就写在一成不变、无止境的无意义话语中，你也不知道从哪里开始就是咒语，看起来跟前后文没什么两样，只需高声念一遍就会得到一种超能力，预知未来，或者看穿他人心思。困难之处就在于如何在没有头绪的字里行间找到那句咒语。

所以啰，想要找到那句咒语，最简单的方法就是把手稿从头到尾大声读一遍，即便得花上几个月的时间，还是值得。

但事情并非如此。要咒语生效，在读的时候不能夹杂其他不相关的文字，必须不偏不倚从咒语字首开始。照手稿篇幅看来，有如大海捞针，而针的存在与否也没人知道。

一百个咒语中——这是专家说的——至少有十一个是假的。甚至有人认为这世界上其实只有一个咒语，其他都是骗人的。更有甚者怀疑那唯一的咒语已经失灵，因为只要念过一次，魔法就失效了。

总之，就算是为了驱驱霉气也好，我养成了每晚就寝前打开书，看我高兴，随便翻一页，就从那一页的任何一个字开始大声念两行的习惯。

别搞错了，不是我迷信，那可以说是一个小小的求神仪式，防患未然嘛。我又没花多少力气。

然而，就在今年五月十七号星期四晚上，在我大声念完我随机选择的祷文之后（不幸我也不知道是哪两句了，因为当时我并未察觉任何异样，所以没有留神去记），事情就发生了。

我是过了几分钟后才意识到，肉体有一种轻飘飘、活力充沛的舒畅感。当时是有些意外的惊奇，因为我是那种随时随地都觉得累的人。

可是时间不早了，除了上床睡觉什么也不能做。

我脱领带时，突然记起自己把想睡觉前在床上看的书，葛尔藏提出版、隆纳·塞特写的《麦塔潘海角》，忘在书房了。

就在那瞬间，我人已到了书房。

我是怎么过来的？我虽然健忘，但要说自己怎么从一个房间到另一个房间都不记得就太离谱了，可是事实如此。

我并没有多想，反正我常常心不在焉，做的是一件事，想的却是另一件。

只是这个现象随即又重复了一次，这回就更吓人了。我在书房里没找到那本书，这才想起我把书放在报社了。

就在那一秒，我到了报社，索菲里诺路二十八号二楼，我的办公室里，一片漆黑。

我开灯，看了看时间。一点二十。奇怪，脱领带之前我摘下手表，明明看到时间是一点十八分，怎么可能才过了两分钟呢？

还有，我是怎么过来的？完全没印象。不记得离开过家，不记得有搭公车，不记得走过路，不记得踏进报社。

发生什么事了？我一身冷汗，脑中满是惊恐的疑问。是我头脑不清楚？还是……我听说过脑部肿瘤或脑瘤患者会有类似的症状。

这时突然闪过一个荒谬的想法。很可笑，没道理，可是有正面作用：排除生病的假设，这样就安心多了，而且对发生在我身上的现象比较能做合理解释。

想法是：一眨眼就从家里到了报社，是超自然现象吧？难道我那天晚上在手稿里念对了咒语，取得了传说中的分身法力？

很天真、幼稚的想法。为什么不试试看呢？我就想：我要回家。

突然从我们熟知的真实世界进入一个完全不同、神秘的境界，那种感觉实在很难用言语形容。我作为人，比一般人多了一些东西，我拥有的无尽力量是其他人从来没有尝试过的。

转念间，我已回到家中。这表示说我真的能高于光速在瞬间移动，而且无可阻挡。我可以眨个眼就从一个国家到另一个国家，去到最僻静、隐秘的地方，出现在戒备森严的银行金库、政治人物的家里、全世界最美丽的女子的香闺之内。

这是真的吗？难以置信。好像在做梦。我还是没办法完全说服我自己，决定再做一次试验。我要去浴室，我这样想，果然到了浴室。我要去主教堂广场，就到了那里。我要去上海，下一刻我已经在上海了。

长街两旁都是木造房子，一股恶臭，太阳还没升起。

天啊，我告诉自己，什么光速，你看看来这里要多久。然后才想起有时差，这里是清晨，米兰则还不到晚上十点。

路上一群群男男女女都匆忙地往同一个方向走。有人开始打量我，我的穿着太不搭调了。一群人迎面走来，摆出打算盘查我的阵势，其中两个身着军服。我吓到了，心里遂想：我要回家。便又重回米兰家中。

心里七上八下，胜利的激动情绪难平复，想的全是我美好的将来，奇遇、意外惊喜、风流韵事、名扬天下。

想到我的记者生涯。无论什么斯坦莱，什么路易吉·巴济尼，什么传真、电报……科罗拉多州大地震，我都可以立即出现在现场，视警察的隔离线为无物，尽情拍照。十分钟以后回到报社写稿。克里姆林宫政治危机？咻，躲在家具后面，用录音机录下赫鲁晓夫大发雷霆的内容。伊丽莎白·泰勒感情再起风波？只需念头一动，我就带着我的录音机出现在她卧房的窗帘后面。就连《纽约时报》跟我们邮报一比，也得甘拜下风。

还想到钱。我可以随意进出银行、珠宝店、固若金汤的地下金库，所有财富任我取用。但我没再多想。我要那么多钱干什么？报社的待遇优渥，我写的剧本每年给我赚进上千万。还有绘画呢，光靠我的画就可以吃香喝辣，生活无忧无虑了。

倒是该多想想爱情，女人。再也没有一个女人能逃出我的手掌心。何不立即做个试验呢？我就想：我要跟 A.S. 上床（我毕竟是个绅士，不好把她的名字写出来）。

我发誓，我真的就到了她的床上。她已经睡了，一个人，房间全暗，只有百叶窗外路灯反射的光透进来。

我这才发现自己还全身穿戴整齐，包括鞋子都还在脚上。穿着鞋子跟美女上床！我重新评估那疯狂之举。

就在那个时候美艳尤物在睡梦中转身，摸到了我。她醒过来，看到我，放声尖叫。我脑中想的是：用最快速度，回家。

回到宁静的家里，我才意识到自己这样做的危险性。要是让人知道我具备这种神奇能力就糟了。你们想想看那些国家领导人、政客、军事强人会多紧张？他们要是知道我随时可能出现在他们身后，而他们防不胜防，我这条小命就完了。

整整十二天我都没再轻易尝试，照常过我的生活，可是内心忐忑不安，老在脑中盘旋不去的是，我真能够忍住不去使用我的神秘法力吗？我能不去四处招摇吗？我能坚守原则吗？

还有我对异性的期待，越想也越不可行。那些美女正在洗澡或睡觉的时候看到我出现，难道她们就会喜欢我吗？肯定歇斯底里，大喊救命，而我只能落荒而逃。

至于采访工作的成就也不会持续太久。刚开始几次杰出表现之后，势必引起恐慌，然后有人布线追查，发现我的无所不在，我就被抓出来了。迪诺·布扎蒂就完蛋了。指着脑袋的左轮枪，或装了氰化物的针筒将是我一辈子的阴影。

所以我说啊，这种情况下，还谈什么热爱新闻工作、职业热情，追求荣耀，要赔上性命的！我若是跟社长谈这件事，我知道，他不会使用无度，不会让我曝光，可是难免会得寸进尺。

万一有一天为了报社，他要求我去做一件极危险的事，我能临阵脱逃吗？迟早我会变成周旋于五角大楼、瓦赫兰、莫斯科、北京、白金汉宫之间的多面间谍，最后被逮个正着。

不行，当权力过度膨胀，像我这样，最后反而一无所有；运用不当，下场凄凉。我虽然身拥无比能力，却一点也不能施展，除非我活得不耐烦。

也好，这样我就不会去骚扰任何人，不会惊吓到睡梦中的美人，不会窥探大人物的秘密，不会擅闯任何人的住处，假装什么事都没有。

亲爱的社长，对不起啰。不试为妙。

第十八洞

　　史蒂凡诺·梅利兹先生，五十四岁，石油化工厂老板，一个夏日的午后跟朋友贾科莫·英特罗维斯，以及女儿卢琪亚和即将成为她第二任丈夫的强安杰洛·琼克伯爵一起打高尔夫球。那天风和日丽。

　　梅利兹身形臃肿、痴肥，根本不适合运动，之所以打高尔夫球，是希望这个温和但困难的运动能帮助他维持身材。天生神经质，练了七年的小白球却没有任何进步，一百多杆成绩算是很差的了。他不以为意，反正已经放弃了，把点数记录下来主要是为了去去霉气，其实他也乐在其中。朋友英特罗维斯跟他是半斤八两，至于女儿卢琪亚和琼克则球艺过人，前者低于标准杆十杆，后者则是七杆。

　　实力如此悬殊，为使比赛维持一定的趣味性，四个人决定采用"势均力敌"的玩法。卢琪亚和爸爸一组。

那天，可能因为热，梅利兹看起来特别累，走在有巨树环绕的如茵草地上，脚步几乎是用拖的。

开始时，一如往常，梅利兹开了一个很烂的球，球飞到水沟里了。搭档卢琪亚又太大意，笔直有力飞出去的球于一百四十公尺外偏右坠落，掉在树林边缘。那一带杂草丛生，很难对付。琼克的球落点很好，在球道正中央。

下一杆又轮到卢琪亚，这回更惨，白球窜进了草堆中。不要说梅利兹能不能踏上等在数百公尺外的果岭，光把球从陷阱中救出来就是一大问题。

"十号铁杆？"球童问。

"我没问题，随便你！"

通常，正因为知道自己球技不如人，梅利兹挥杆前对细节特别啰唆。这次却没有，好像有点不情愿，可有可无，输赢都无所谓。站好姿势，扬起球杆，空中小停了一下，扭腰一挥。

他碰到球了吗？他击中球了吗？他把球打出去了吗？打了多远？十公分，五十公分，一公尺？听到清脆的嗒喀一声，参赛者和球童难以置信的眼睛盯着小白球划出一条抛物线飞向高空，然后顺势落在果岭的正中央，距离洞口只有十五公分。大家乐翻了。不管是巧合还是运气，这一杆真是登峰造极，大概只有世界冠军才能挥出那么漂亮的一杆。

"爸，知不知道你今天好棒？"打完十七洞的时候卢琪亚向他高喊。不可思议的是除了第一杆以外，梅利兹杆杆精彩。更让人匪夷所思的是他看起来精神萎靡，对面前的奇迹漠不关心。

"你怎么啦？你说说看。"英特罗维斯问他，"你知道你今天有低于标准杆八杆的纪录吗？"

梅利兹在他刚刚表演了令人难忘的一杆进洞的倒数第二个果岭边停了下来，气喘如牛，靠在球杆上犹如拄着拐杖的老人。

"贾科莫，"声音有气无力，"事实是我已经完全不在乎了。这是我心底话。我都看破了，你知道吗，这种心境下打高尔夫球是最佳状况，什么都无所谓，至少对我这种人来说是如此。今天我全都豁出去了。"抬手在眼睛前面挥了挥，好像在驱赶什么东西。"讨厌的苍蝇！"他说，"该死。"

"什么苍蝇？"

"我不知道啊，以前在这里从来没见过，今天从一开始就一直在我旁边飞来飞去。"

"我都没瞧见。"英特罗维斯说，又出发往下一个洞走去。太阳已经西垂，把草地上的影子拉得好长。

梅利兹跟在后面走得很吃力。才走十几步便停下来，差点摔倒。老朋友察觉有异。

"我真搞不懂。你今天打得比你做梦打得还要好，不输年轻小伙子，然后你站在那里一副半死不活的德性，你到底怎么啦？"

"他们把我的血吸光了。"梅利兹沮丧地说。

"谁？"

"大家。我的人生、我老婆、我女儿，他们吸我的血，一直到今天，现在还加上那个要娶我女儿的。血一点一点被吸光。多少年了？日复一日。还有工人、内部委员会；税务、劳保；表亲、穷亲戚；还有那群寄生虫，这你知道的……现在我累了，你懂吗？我什么都不在乎了。我累了，是因为这样我才打得那么好……这些恶心的苍蝇！"手又拿起来挥，驱赶那些飞虫。可是英特罗维斯什么都没看见。

第十八洞，也是最后一洞，长三百八十公尺，而且是上坡。果岭隆起在上坡的尽头，从下面看不到。发球时，梅利兹前所未有地超过卢琪亚十五公尺，情况实在很诡异。对手落后十四个点数，只能干瞪眼了。梅利兹挥第二杆，飞过陡坡，只差一杆了，距离果岭还有一百五十公尺。接下来卢琪亚的"五号铁杆"打得不怎么样，小白球停在一处陡直的草丛上头，岌岌可危。

疲惫不堪的梅利兹要了八号杆，想都不想一杆挥出去。两个球童已经往果岭走去，确认落点。

"是落在果岭上，然后不知道怎么又弹了出去，往水沟那个方向去了。"一个年轻人这么说。太阳已经躲到槐树梢后面，天快黑了。

果岭过去是一片陡坡，衔接未经整理的灌木丛河岸。可是小白球是垂直落下的，那一杆真漂亮，就算弹出去也不应该弹得太远。大家都在找，梅利兹也弯着腰在草丛间搜寻。

天已经黑了，周遭万物越来越像影子，凝思的幻影，人类的心。身边的树林开始传出奇怪的声音，高高的树梢还可见微微的天光。

"爸，爸，你在哪里？"卢琪亚突然呼喊了起来。

同一时间琼克弯腰捡起一样东西："这是谁的杆子？"

空地过去不远的杂草堆里，他找到了一根球杆。八号球杆，几乎全新。

琼克把球杆举高好让大家都看见，然后眼睛盯着前方，整个人都呆住了："我的天啊！"

大家好奇地凑近去看。在比琼克还高的草丛里，有一只硕大的癞蛤蟆。

它面向正在西沉的太阳、最后的霞光。那应该是只不寻常的动物，拥有过难忘的爱，也快乐过，说不定是个王子，仁慈的国王，仙女的朋友，森林里的一方之主。现在快死了。

全身覆盖了无数只在分食它的苍蝇。它应该奋力挣扎过，试图逃脱，可是寡不敌众，现在它昏倒了。密密麻麻邪恶的苍蝇在分食它，吸它的血，有一些等在旁边，有一些在突出的疣周围紧张兮兮地飞来飞去寻找柔嫩的地方下手，有的在附近成群出没，形成一朵灰云，导致国王的轮廓模糊失焦。它曾经奋力挣扎，试图逃脱，可是寡不敌众，现在只能等死。

漫长的痛苦，残忍的酷刑，孤独。它看不到明天的太阳，再也看不到了，还能享受的是林间反射的微弱余光，那象征青春、希望、爱情的阳光。

在苍蝇作恶的蠕动下，它的眼睛还闪着泪光，嘴巴一开一合吸吐着空气。

大家依旧呆呆地围着它。不过是只癞蛤蟆，为什么它的眼神能震慑住每一个人？

突然，它用尽全身力气抬起头，仿佛在哀求一点空气，刹那间卢琪亚与它四目对望。

好像遗忘了什么东西，那年轻、美丽、优雅的女子猛然转头对着灌木丛的方向高声喊着："爸，爸，你在哪里？"但梅利兹先生不见踪迹。

围在癞蛤蟆旁边的人慢慢退后。

造物

　　全能的主造了宇宙，正当他高深莫测地将星斗、星云、星球、彗星做不规则排列，满心欢喜在冥想其变化之美时，手下不计其数的计划工程师之一，负责伟大构想的那位，神色匆忙地向他走来。

　　那是欧德农神，是"新浪潮派"天使中数一数二聪明、活跃的。（你们不要以为他真的背后有翅膀，还穿白色长袍。翅膀和长袍是古代画家因为装饰效果好，自己给加上去的。）

　　"你有什么事吗？"造物者和颜悦色地问他。

　　"是，我的主。"这位建筑师回答道，"在你宣告这非凡的工程完工并赐予你的祝福之前，我想请你看一看我们几个年轻人想出来的点子。好玩而已，跟整个宇宙比起来实在是雕虫小技，我们只是觉得挺有趣的。"他从随身携带的一本簿子里抽出一张纸，上头画了一个球体。

"我看看。"全能的主说，其实他早就了然于心，不过装作对这个设计完全不知情，摆出一副好奇的模样以满足那些最优秀的建筑师。设计图十分精确，已标出了所有的尺寸。

"这是什么呢？"上帝继续他的外交手腕，"在我看来，好像是一个星球，是星球的话，我们已经造了成千上万个了，还需要加上这一个吗？而且不怎么大嘛。"

"没错，是一个小星球。"建筑师天使说，"不过跟其他星球相比，这一个自有其特色。"他解释说他们怎么想到要让它绕着一颗星星转，之间的距离恰好足以取暖，又不致太热；还列举了所有材料的预算，依数量而估的费用。这一切为的是什么？开场白说完，那个小星球上会发生的离奇、有趣的现象是：生命。

自然造物主不需要其他说明。他知道的远比所有建筑师天使、工匠天使和泥水匠天使加起来的还多。他微笑起来。想到这么一个悬在浩瀚星空中的小球上，有许多会生、老、病、死的生命在那里，似乎蛮有意思的。就视为一次挑战吧：尽管设计案是由欧德农和其他伙伴所完成，说来原始构想毕竟是他的，万物之源嘛。

眼见反应良好，建筑师天使勇气大增，发出高亢的口哨声。刹那间，有上千名天使，何止上千、上万，八成有上百万的天使都应声而来。

造物主猛一看，吓了一跳。如果只是一个要求，也就罢了，万一来者每个都要介绍自己的计划，加上相关说明，可得听上好几个世纪。在他慈悲为怀的心里，已准备好接受考验了。讨厌鬼是永难愈合的伤口，只是，唉，他长长地叹了一口气。

不用怕，欧德农请他宽心，所有那些人都只是设计师。新星球执行委员会委托他们设计各种形式的生命：生物、植物、动物和必需品，以臻完善。欧德农跟他的伙伴可没浪费时间，他们呈现的不是只有草图而已，而是连最小的细节都考虑到了。也有可能他们这么勤快，是存心要让上帝面对既成事实难有意见。其实他们多虑了。

原以为会让人筋疲力竭的朝圣团，结果给造物主带来了十分愉悦、生动的一晚。他不仅兴致勃勃地检视了绝大多数的设计——植物和动物——还主动参与设计者之间的讨论。

每一个设计者当然都急于看到自己的工作得到首肯和赞扬，可以明显看出每一个人的性格不同，正如宇宙中四处可见，这里也有许多多谦逊的人闷着头工作。这么说吧，给自然界打好基础，幻想力不够丰富但手上功夫巧的，就一个一个地去画微生物、蕨、苔藓、一般的虫子等一些比较无关紧要的生命。至于那些哗众取宠、有点小聪明的臭屁家伙，一心只想炫耀，引人侧目，所以尽量往稀奇古怪、复杂、异想天开甚至离谱的方向发展。其中几个设计，像十头龙这一类的，就被否决了。

设计图都画在昂贵的纸张上，绘以颜色，而且都是实物尺寸。这一点使得那些体积娇小生物的设计师吃了大亏。像细菌、病毒的作者，也是功不可没，可是几乎没人理睬。他们拿着一张比邮票还小的小纸头，上面是人眼难以辨认（他们自己则没问题）的细微图像。他们之中有一个是缓步类昆虫的设计者，带着一本跟蚊子眼睛一般大的草图晃来晃去，寻找懂得欣赏他那些就线条看来与熊宝宝神似的未来小动物的伯乐。没人在意他。好在什么都逃不过全能的主的眼睛。上帝朝设计师眨了眨眼取代热情的握手，让他大为感动。

骆驼的设计者跟另一位想出单峰驼的同事一度争执不休，两个人都坚持说自己是驼峰的构想原创人，仿佛那是一大发现。大家对骆驼和单峰驼的反应其实很冷淡，甚或认为品味低劣。不过也过关了，就算侥幸吧。

全体一致反对的是恐龙的提案。一组训练有素、野心勃勃的天使用支架举着那些孔武有力的动物的巨幅设计图列队出游，声势果然撼动人。只是这群野兽，无须明说，实在太夸张了，即便它们高大壮硕，也活不了太久。为了不让这些全心投入的优秀艺术家难过，造物主还是放行了。

大象的设计图一拿出来，立刻引起哄堂大笑。长长的鼻子有违常规，十分怪诞。设计者反驳说那不是鼻子而是很特别的工具，他称之为吸管。这个名称听来还不赖，有人鼓掌，造物主微微一笑。大象也通过了测验。

获得满堂彩的是鲸。六名飞天天使举着贴有鲸鱼像的大图纸出场，博得大家极大的好感，一阵热情欢呼。

怎么可能一一描述检阅内容呢？只能在精彩的重点项目里列

举几个过目难忘的，如大蟒蛇、巨杉、始祖鸟、孔雀、狗、玫瑰和跳蚤，大家异口同声认为最后三个定会有长远的光明前程。

围绕在全能的主身边，渴望听到一声赞美的众多天使中，一个腋下夹着卷轴的家伙来来去去，十分讨人嫌。他一脸聪明相，这不容否认，可是态度蛮横，至少有二十来次，他用手肘顶开其他人，试着挤到前面吸引主的注意。他的傲慢引起了同伴的不满，看他不顺眼，反而把他推到后面去。

他越挫越勇，挤啊挤，终于来到了主的脚边，同伴还来不及阻止他，他就已打开卷轴，将他的巧思展现在圣目之前。图纸上是外表一点都不讨喜、甚至让人反感的一只动物，但跟先前所见都不同，予人深刻印象。一边是雄性，一边是雌性；跟大多数动物一样的是也有四肢，不过看图，走路的时候应该只需用到两肢。毛发东一撮西一撮，主要集中在头上，像鬃毛。前肢垂在两侧，模样滑稽。脸与之前高分过关的猴子很像。外观不似鸟、鱼、翘翅昆虫的流畅、和谐与紧凑，线条断断续续、笨拙难看，不够果断，好像设计者突然有所犹豫，加上体力不支。

全能的主瞄了一眼。"不能说漂亮，"声音和蔼，试图缓和评语的不中听，"说不定有什么特殊用途。""有的，我的主。"讨厌鬼回答，"我就不谦虚了，这个发明无与伦比。这是男人，这是女人。撇开脸不谈，那个可以再讨论，我，请原谅我的厚颜，刻意让他们与您，天上的父相仿。万物中，将只有他们是理性的，知道你的存在，懂得敬仰你。他们会兴建巨大的庙宇，浴血奋战，使你荣耀。"

"嗯，喔！你是说知识分子？"全能的主说，"听我说，孩子，离知识分子最好远一点。好在，宇宙间截至目前都还没有这种人，我希望这个情况能维持下去。我不能否认，你的发明的确天才，但是你能告诉我成果是什么？优等品种，大概吧。不过光看外表，我觉得他会制造不少麻烦。我很为你的表现感到高兴，也很乐于颁一个奖章给你，但我认为基于谨慎最好放弃。这个人类啊，你给他一点甜头，他可以给你搞出一堆事来，迟早而已。我看，还是算了吧。"上帝和善地示意他退下。

人类的发明者拉长着一张脸，在同伴的讥笑中讪讪离去。贪多嚼不烂，结局往往如此。递补他的是细嘴松鸡的设计师。

那是值得纪念的快乐的一天：就像美好的事物即将来临而尚未到来、充满希望的伟大时光，青春洋溢的时光。地球和它善良与凶残、受眷顾与惶惶然的、爱与死的生命即将诞生。蜈蚣、槐树、绦虫、鹰、獾、羚羊、杜鹃花，还有狮子！

讨厌鬼仍不死心，带着设计图还在附近转，真是惹人嫌。他一次又一次抬头寻找上帝眼中是否有反悔的表情。只见他专注在几个有趣的话题里面：枭、草履虫、犰狳、葡萄球菌、长鼻袋鼠、浮游生物和鬣蜥。

地球有了甜美和可憎、温驯和野性、骇人、渺小、美丽绝伦的创造物，终于大功告成。从森林和海洋将传出窸窸窣窣、雷声隆隆、水流呜咽、风过萧萧的声音。得到上意肯定的设计师满足地四散而去，留下倦了的主在繁星点缀的辽阔夜空中独自一人。

放松，昏昏欲睡。

忽觉有人轻轻扯了一下他的披风下摆。张开眼睛，往下看，是那个讨厌鬼又回来了：再一次解释了自己的设计，哀求的眼睛望着他。人类！这想法太疯狂了，任性是要付出代价的。可是，游戏很刺激，诱惑难挡。再说，或许是值得的，就让该发生的发生吧。造物的时候，乐观一点也是应该的。

"给我吧。"全能的主说，接过躲不掉的设计图，签名同意。

无名将军

在一个没有人会记得的老战场，位处黄渍斑斑的地图册的第四十七页，混迹于一些罕见的、夹杂了很多H的地名之间，一个考古勘探队在试挖时找到了一位将军。

他为尘土所覆盖——可能是这些时间以来，也好多年了，由风带来的——尽管身为将军，但他躺在那里，跟一般流浪汉、残兵、四海为家的徒步旅人、渴死的骆驼、受唾骂的乞丐没什么区别。只要我们活着，每个人扮演自己的角色，人跟人之间的差异就存在，咽了气之后，死人的姿势都一样，简简单单，很符合永恒定律。

将军状态如下：瘦小、散落的骷髅一具，骨头全在，高约一米七十二，没有骨折，没有伤口，颌骨半开仿佛呼吸费力（喔，有一颗金牙）。

此外，身上的野战服都褪色了，破旧但结实，一堆可能是靴子和皮带的东西，还有手套，一副少了镜片，不知道是遮阳的还是近视用的眼镜。没什么特别的。那些勘探的工作人员都是专业、实际的人，本不应该大惊小怪，要不是：

锁骨处有两面银色肩章，下缀有银流苏；头部的头盔环有一圈金色方形回纹饰带；胸口处一片勋章，所有银质和铜质勋章都用颜色依然鲜艳的彩带固定住（金质勋章则没有）。

在场的工人有人诅咒，有人说噢，有人惊呼。工程师当机立断：拜托，大家千万不要乱碰。他听说过有些埋在地下的古物因年代久远变得格外脆弱、易碎。其实大家根本来不及碰。

那里燠热难耐，太阳高悬，时间是早上九点四十分，工作人员个个汗流浃背，因为热，周遭出现海市蜃楼，景物也都颤颤晃晃，好在不远处的大海间歇地送来海风，夹带而来的海洋气味让人精神为之一振。

大家就眼睁睁看着肩章、勋章和彩带乍与那股活泼、如假包换、强劲的新鲜海风接触，顿时化为碎片，进而变成极细的银粉，随风飞散。一切荣耀，在短短一两分钟的时间内尽成乌有，只留下一顶头盔。

多亏了工程师快手快脚，瞬时用挂在脖子上的相机按了快门，才留下了死者为将军而非一介无名小卒的记录。

工程师和其他工作人员宛如脚下生了根愣在那里，不知道说什么，那可怜的骷髅触动了这些看惯悲惨场面的硬汉的好奇心。

对那场战争，二十三四岁的工作人员几乎完全陌生。工程师稍微好一点，也仅略知一二：战事开打的时候他还小，记不记得不重要。不过大家马上就意识到那是位将军，是个显赫人物（在他那个年代）。

颇小心地，大家在肋骨、胸骨、椎骨和股骨之间翻找，看是否有任何足以证明他身份的文件，或证件、相片、通行证之类的东西。结果什么都没找到，既没姓名，也不见开头字母或其他蛛丝马迹，只知道是将军，没了。

今天这个时代的人，虎背熊腰的年轻人，沉迷于电子和自动化设备的工程师，既没时间也没心情为任何死者哀悼。看到被扭断脖子的小鸟、被大卡车轮胎碾过像奶油那样一层黏在柏油路上的猫咪、被沼泽吸入溺毙的小孩，就算出事的是自己的父母亲，同样无动于衷。

想想看，还有比这个更惨的吗？一个没有人知道姓名、没有人记得、没有人陪伴、没有副官、没有通讯兵、没有私人轿车、没有军号声的将军，如今一阵风又带走了他的勋章，留他孑然一身，无人理睬。

从皮带的宽度可以推断他是个体格魁梧的人，至少五十岁，正统军事学校科班出身，著有专题论文，长于运筹帷幄，妻子是大家闺秀，幽默，热爱艺术，谈吐不俗，前途不可限量。一点没错。

今天失去的作战勋章，曾经全都满满佩挂在身上，独缺第二天才要打的那场战役的勋章，因为就在前一天你阵亡了。

你那银色发光的肩章是荣耀的海市蜃楼，一左一右，在微微弓起的多肉的肩膀上。连这个也没了。当初是谁给你的？

形似笛子，优雅、权威的胫骨，当年靠在马镫上的意气风发，随着军乐声雄赳赳地抖动，梦想着书本、杂志上英雄式的凯旋！

貌似权杖的骨头，如今筷子般细瘦，掌控何物？极可能你藏身底部，目的是控制更广的范围。垂帘听政，他们说。而今却躺在这里。

连一支为无名将军吹立正号的小喇叭都没有。

没有。将军向来不为大家所喜爱，更何况现在！

"他的肚子大概有这么高。"一个工作人员推测说，手比了比，大家都笑了，连风吹过附近的荆棘和毛茸茸的狭长叶子，也发出阵阵嘲笑。

尽管这些年发生了不少事，数次丢国家的脸，然而无名士兵还是招人同情，将军则不然。

将军不会饿肚子，因为他们个人的饮食问题有后勤部队操心。

将军没有会开口笑的大头鞋，不用跟脚过不去。

将军没有远方的情人，一到夜晚就因相思难了而伤心落泪。

将军没有坐在壁炉旁边缝衣等待、偶尔抬眼望着五斗柜上照片的母亲，所以大众不喜欢他们，也不同情他们。

将军不会在大炮、炸弹和机关枪交织而成的枪林弹雨中默默死去，不会没有人察觉并予以记录（躺在这里的这个将军是个例外，有违常情）。所以大众不喜欢他们，不同情他们。

将军不好当，尤其是做已故的将军。以前，或许还有仪式、纪念碑。现在呢？只要你喜欢，可以口出秽言，丢鸡蛋。

一个工作人员用脚将沙子拨进坑洞内，算是帮这个可怜人遮埋。他收拾好工具，跳上吉普车，点上一根烟，跟其他人一起离开。

错误的死讯

一天早晨，隐居维梅卡特乡下多年的四十六岁名画家卢丘·布雷东扎尼打开报纸，当场愣住，因为他看到文艺版右下角第四栏的标题：

意大利艺术界同声哀悼
画家布雷东扎尼辞世

另有小字说明如下：

维梅卡特，二月二十一日晚间，画家卢丘·布雷东扎尼患病经医生治疗无效后过世。遵其遗志，于丧礼结束后始对外发布消息。

接下来有一篇悼念的文章，约一栏，多溢美之词，作者是艺评家乔凡尼·史特凡尼。还附了一张布雷东扎尼二十多年前的照片。

目瞪口呆的布雷东扎尼不敢相信自己的眼睛，紧张地扫了文章一眼，尽管匆忙，一瞥之下发现在赞扬的形容词之间，很圆滑地穿插了几句刻薄的中伤。

"玛蒂德！玛蒂德！"布雷东扎尼好不容易喘过气来，放声呼唤妻子。

"什么事？"她在隔壁房间问。

"快来呀，来呀！"他请求她。

"等一下，我在烫衣服。"

"跟你说了，来嘛！"

他的声音真的吓坏了，玛蒂德丢下熨斗，跑步过来。

"你看，你看。"画家呜咽地把报纸递给她。

她一看之下，脸色发白，女性特有的多愁善感让她哭得泪人儿似的。"喔，我的卢丘，可怜的卢丘，我的心肝啊。"她抽抽噎噎，话不成声。

这回可把布雷东扎尼惹火了。"你疯啦，玛蒂德？你没看到我人在这里吗？这是个误会，天大的误会，你懂不懂啊？"

玛蒂德马上收起眼泪，看着丈夫，表情恢复平静，然后，觉得事情十分可笑，又以刚才以为自己成了寡妇的同样速度，情绪转哀为乐。"喔，我的天啊，太爆笑了。笑死人了……卢丘，对不起……艺术界同声哀悼……而你在这里活蹦乱跳！"她乐不可支，笑到弯下了腰，话都说不清楚。

"够了！够了！"他怒火中烧，开口骂人，"你还不知道事情的严重性？过分，太过分了！我现在就去找报社社长。他开这个玩笑，我让他吃不完兜着走！"

气冲冲赶到城里，布雷东扎尼直奔报社。社长殷勤款待。

"大师，请坐。喔，不，那张沙发坐起来比较舒服。抽烟吗？……这些打火机老是故障，真是头痛……烟灰缸在这儿……请说，您大驾光临，有何贵干？"

是假装还是真的不知道他的报纸摆了一个大乌龙？布雷东扎尼暗自诧异。

"嗯……嗯……今天的报纸……文艺版……说我死了。"

"您死了？"社长拿起书桌上折好的报纸，打开一看，恍然大悟（或许是假装的），短暂的尴尬，仅几分之几秒的时间，便若无其事，清了清喉咙。

"呃，呃，嗯，事情不太对劲，喔？这个跟事实有所出入。"好像是当着无妄被辱骂的过路人训诫自己的儿子，意思意思。

布雷东扎尼失去耐心。"与事实有所出入？"他大吼大叫，"你们把我杀了，你们！太恶劣了！"

"是，是。"社长说，不愠不火，"或许应该这么说……文章内容有违我们的原意……不过希望您懂得我们报社对您艺术成就的尊敬……"

"好一个尊敬！你们把我毁了，完蛋了！"

"不容否认，我们的报道不尽确实……"

"我明明还活着，你们说我死了……这叫不尽确实？我快疯了！我要求你们正式提出更正，同一版面同一个位置。当然，我还要保留这次损失的一切法律追诉权！"

"损失？喔，我的先生啊！"从"大师"变成了"先生"，不是好现象，"您不知道这是天上掉下来的运气。换了其他画家高兴都来不及。"

"运气？"

"运气，当然啰。艺术家一死，他作品的价码就会立即攀升。无心之过，没错，我们的无心之过，提供了您绝佳的服务。"

"所以……所以我要装死？……消失？"

"对，如果您想善加利用这个千载难逢的机会……拜托，您该不会平白放弃吧……您想想看，办场轰动的回顾展，趁机造势……我们会全力投入帮您宣传……是好几百万的生意，大师，好几百万喔！"

"那我呢？我得隐姓埋名？"

"您，有没有兄弟？"

"有啊。问这做什么？他在南非。"

"太棒了。跟您像不像？"

"挺像的，不过他有留胡子。"

"妙啊！您也把胡子留起来。假装是您自己的弟弟！没问题……听我的准没错：最好就这么顺水推舟……您知道的嘛，这种更正启事……对谁都没好处……坦白说，人家会觉得您这个人有些小家子气……没用啦，复活啊什么的，很难讨好……在文艺界，您最清楚的，大家捧完你以后又复活，给大家印象不好啦……"

没办法拒绝。回到乡下的家，躲起来，等胡子留长。他妻子着起丧服。朋友纷纷来探望她，其中奥斯卡·普拉德里最热心，他也是画家，画风一直有布雷东扎尼的影子。接着，买画的画商、收藏家、觉得有利可图的人络绎不绝来报到。以前一幅画最多卖到四万、五万，现在随随便便就叫到二十万。而过着隐居生活的布雷东扎尼继续作画，一幅接一幅，当然，日期都得倒退着填。

一个月过去——胡子够长了——布雷东扎尼冒险外出，自称是布雷东扎尼从南非回来的弟弟。戴上眼镜，故意说话带点外国腔。兄弟两个可真是像，大家都这么说。

禁闭结束后漫步乡间，好奇心作祟，有一次忍不住走到墓园。有石匠正在家族礼拜堂的大理石地板上刻出他的姓名和出生、死亡日期。

说自己是死者弟弟，用钥匙打开青铜门，走下墓穴，家族成员的棺木一个挨着一个。真多！其中一个是新的，很漂亮。"卢丘·布雷东扎尼"写在黄铜牌上，棺盖用螺丝锁住。他心中隐隐不安，用指关节敲了敲棺材侧板，传来空心的声音。好在。

奇怪的是，奥斯卡·普拉德里来访次数越频繁，玛蒂德越见容光焕发，一身素服，反添妖媚。布雷东扎尼看着她的改变，心里既高兴又烦恼。一晚，他发觉自己对她的渴望，这么多年来头一遭，渴望着他自己的寡妇。

普拉德里频频来访好像有点不妥吧？布雷东扎尼提醒玛蒂德，她的反应是愤恨不平："你是怎么想的？可怜的奥斯卡，你唯一的真心朋友，他是唯一一个为你的死而难过的。他担心我寂寞，费心安慰我，你竟然怀疑他。你真是丢人现眼。"

城里办了一场回顾展，十分轰动。除掉开销，赚进了五百五十万。然后人们开始遗忘，速度快得惊人，布雷东扎尼和他的作品行情一路下滑，艺术杂志和专栏提到他的次数越来越少。很快地，一切归于平静。

他这才惊愕地发现这个世界少了他一样过得很好，太阳升起落下依旧，佣人照样每天早上拍打地毯，火车还是在跑，大家该吃就吃想玩就玩，年轻男女沿着公园的黑色栏杆站着亲吻，一切如常。

直到有一天，布雷东扎尼从乡间散完步回家，玄关处认出了好友奥斯卡·普拉德里的风衣。家里特别安静、亲切、舒适，里间传出絮絮的轻声细语，温柔的呼吸。

蹑手蹑脚，布雷东扎尼退回大门口，轻轻地转身离开，往墓园方向走去。恬静的夜晚下着绵绵细雨。

他站在家族礼拜堂前面，环顾四周，没有半个人影。打开青铜门。

天色渐渐变暗，他从容地用小刀转开封住全新棺材的螺丝钉，那是他自己的，卢丘·布雷东扎尼的棺材。

慢慢地，他将盖板打开，假设永恒睡梦中死者会采取的姿势，仰卧在内。比想象中的舒服。

不慌不忙，一点一点，布雷东扎尼将上方的盖板阖起来。只剩下最后一线光的时候，他竖耳倾听，万一有人唤他呢。结果没有人。

遂让盖板完全落下。

谦逊

　　彻雷斯提诺神父决定隐居大都会，因为那里孤独的心最多，对上帝的渴望也最强。只见石头、风沙和太阳的东方沙漠有着无穷的力量，即便目光最短浅的人在面对那样的壮观和永恒的深不可测时，也能意识到自己的渺小，但由人群、噪音、车轮、沥青、霓虹灯和集体在同一时间宣布共同罪罚的时钟所组成的城市沙漠的力量则更庞大。

　　彻雷斯提诺神父就住在这片干涸荒野最偏僻的地方，潜心侍奉主；但苦恼或心绪不宁的人，甚至大老远都慕名而来，向他请益和告解。在一间机械厂房的角落，他神通广大地找到了一辆已经解体的破旧卡车，将玻璃全无的狭小驾驶座，作为告解室。

　　有一晚，天色已暗，听完好几个小时算是忏悔的形形色色的罪孽后，彻雷斯提诺神父正准备要离开时，由暗处走出一个瘦长的身影，要求告解。

一直到陌生人在踏板上跪好时，彻雷斯提诺神父才发现他是一位神父。

"小兄弟，有什么我可以为你效劳的吗?"隐士耐心地柔声问。

"我是来告解的。"他回答道，随即毫不迟疑地开始诉说自己的过错。

彻雷斯提诺已经习惯大家对他吐露心事了，尤其是女性，她们来是纯为告解而告解，琐琐碎碎地描述一些无伤大雅的事烦他。从未遇到这样一点坏心眼都没有的基督教徒。他指控自己的都是些无关紧要、不成立的小事。可是深知人性的彻雷斯提诺知道这位兄弟是在兜圈子，真正的问题还没说出口。

"孩子，时间已晚，老实说，也越来越冷了。我们直接一点吧!"

"神父，我怕。"小神父吞吞吐吐。

"你到底做了什么? 我看你，是个好孩子啊! 你该不会杀了人吧，我想。难道犯了骄傲之戒?"

"正是。"小神父嗫嚅地说。

"杀人?"

"不是，另外那个。"

"骄傲? 可能吗?"

小神父一脸愧疚，表示说是。

"你说啊，解释一下，孩子。虽然今天用得有点泛滥，不过上帝的宽容是不会枯竭的：我想，所余应该足够你用了。"

小神父总算下定决心：

"神父，是这样的，说来是小事，可是很恐怖。我才当上神父没多久，这几天我赴教区到职，结果……"

"说啊，我的孩子，说啊！我发誓不会把你给吃了。"

"结果……当我听到教友们称我为神父时，唉，您一定觉得我很可笑，可是那一刹那，我心里一阵狂喜，仿佛体内有什么东西在发热……"

说实在的，那不是什么大的罪恶；绝大多数的信徒，包括神职人员，可能连为此告解的念头都没有过。即使是人性专家的彻雷斯提诺隐士，都没料到这样的答案。他一时之间找不到话说（生平第一次）。

"嗯……嗯……我懂，这样是不太好……在你心里发热的就算不是恶魔，也相去不远，幸好，你自己有所察觉……而你的羞耻心不愿你发热……你还那么年轻，要是就这么堕落下去是很可惜的。愿主宽恕你。"

过了三四年，彻雷斯提诺神父快要忘记这件事的时候，那不知名的神父再次出现向他告解。

"我见过你，还是我记错了？"

"没错。"

"让我看看你……对了，就是，你是那个……那个喜欢听人家叫你神父的人。我没说错吧？"

"一点没错。"小神父回答说，脸上神情庄严不再那么稚气，但还是跟上一次所见那么年轻和清瘦。他一下子满脸通红。

"噢喔，"彻雷斯提诺挂着没辙的笑容一针见血，"这么久了，还没好？"

"更糟糕。"

"你这样会吓到我，孩子，解释一下。"

"是。"小神父鼓起所有勇气，"现在比之前还糟。我……我……"

"别怕，"彻雷斯提诺握住他的手劝他，"不要让我心跳加速。"

"是这样的：当我听到有人称我为'主教大人'，我……我……"

"一种满足感油然而生？"

"是的。"

"浑身舒畅、暖暖的。"

"一点没错……"

彻雷斯提诺神父几句话就把他打发走了。第一次听起来还挺有趣的，因为稀奇。这次就不觉得了。明摆着——他想——这是个傻蛋，或许是个大好人，大家以捉弄他为乐。还需要寄望救赎吗？彻雷斯提诺神父花两分钟就代上帝宽恕他了。

小神父再度出现时，距上次已经又过了差不多十年，隐士垂垂老矣。小神父也老了，更瘦，更苍白，一头灰发。乍见之下，彻雷斯提诺神父没认出他来，可是他一开口，不变的声音唤起了尘封的记忆。

"你是'神父'和'主教大人'的那个人，我没记错吧？"彻雷斯提诺无奈地笑问。

"您的记忆真好。"

"到现在，过了多久啦？"

"差不多十年啰。"

"十年了，你……你还没解决吗？"

"更糟，更糟。"

"什么意思？"

"神父，现在……当我听到有人称我为'大主教阁下'，我……"

"不用说了，孩子。"彻雷斯提诺神父的忍耐已到了极限，"我都知道了。愿主宽恕你。"

彻雷斯提诺神父在想：唉，这些年来，这个可怜的神父变得越来越天真，头脑简单，大家乐此不疲地取笑他，而他居然信以为真，可怜喔。我敢打赌，再过五六年他会再来找我告解，说大家称他为"红衣主教阁下"等等。

果不其然，他一如预期地又出现了。只是时间上早了一年。

时光如箭，岁月如梭。彻雷斯提诺神父已经老到每天早上要人抱他到他的告解室，然后晚上再抱他回家。

还需要描述那不知名的小神父某一天又再度出现的情景吗？还有，也已年迈的他是怎样更苍白、驼着背、干干瘦瘦，仍然为同样的悔恨所困扰吗？当然不需要。

"我可怜的小神父，"年高德劭的隐士慈爱地跟他打招呼，"你又来为你的骄傲忏悔？"

"您看穿了我的心，神父。"

"今天大家怎么称呼你？'教宗陛下'吧，我猜。"

"正是。"从小神父声音中可听出强烈的自责。

"每一次他们这么称呼你，你都暗自高兴、身心舒畅、热血沸腾，可以说喜悦？"

"惭愧，惭愧。上帝能原谅我吗？"

彻雷斯提诺神父心里暗笑。多年不变的天真其实也很令人感动。不需思索就可以想象这可怜、谦卑、愚蠢的小神父在偏远山区的单调生活，教友们死气沉沉、迟钝或丑恶的嘴脸。日复一日，年复一年，尽管四季移转，他的生活依然一成不变，他越来越忧郁，他的教友越来越狰狞。主教大人……大主教阁下，红衣主教阁下……现在是教宗陛下。乡下人开玩笑太不知节制了。他不但不介意，反而触动了心底愉悦的共鸣。傻瓜蛋，彻雷斯提诺自己下了结论。愿主宽恕你。

知道自己将不久于人世，彻雷斯提诺神父提出了一个要求，这辈子第一次。他想去罗马。在还没闭上眼睛以前，希望能看一眼圣彼得大教堂、梵蒂冈，还有教宗。

谁能拒绝他？大家找来一个担架，将老隐士搬上去，一路将他抬到基督教的心脏地带。这还不够。老先生时间不多了，大家又抬着他走上梵蒂冈的大阶梯带入室内大厅的角落，与其他上千名朝圣者一起等待。

等啊等，终于彻雷斯提诺神父看见人群让开一条路，大厅遥远的另一端走进一个细长的白色身影。教宗！

他是怎样的一个人？长什么样子？彻雷斯提诺神父心中说不出的紧张，跟犀牛一样天生近视的他，发现自己忘了把眼镜带来。

幸好那白色身影一直向他靠近，逐渐放大，最后居然停在他的担架边。老隐士忙用手背拭去眼睛里的盈眶泪水，缓缓抬眼。看到教宗的脸，认出了他。

"噢，是你，我可怜的神父，我可怜的小神父。"老先生难抑激动情绪，惊呼出声。

向来庄严肃穆的梵蒂冈，有史以来第一次出现这样的画面：教宗和一个不明来历的无名神父，手握着手，相望垂泪。

要是？

他是独裁者，几分钟前孔则恩国会大厅中的友谊全球代表大会刚结束报告，散会前他的对手所提提案一败涂地；所以他现在是全世界最有权势的人，从此刻开始，凡提到他的口头或书面文字首字母都得大写，以表敬意。

他已提早到达生命的终点，没有更高的目标需要追求。不过四十五岁，地球的统治者！他拥有这一切并未使用暴力，像习惯那样，而是用工作、忠诚、朴实，加上放弃娱乐、欢笑、肉体享受和世俗美女换来的。他脸色苍白，挂副眼镜，可是他位居千万人之上，也觉得有点累，但是很快乐。

一种原始的快乐，如此浓郁，几乎令人伤感，当他很民主作风地漫步城内大街小巷，思索着自己的成功时，那快乐从肉体深处释放出来笼罩全身。

他是伟大的音乐家，刚才在帝国歌剧院，他聆听了自己的作品；音符在沉醉的听众心中发酵、扩散，一大成功；潮水般轰然而起的掌声，夹杂着高亢的欢呼声，此际仍在脑海中回响；从来没有过这么成功的音乐会，大家完全着迷、感动、臣服。

他是伟大的外科医生，一个小时前，面对已经在跟死神做拉锯战的一个病人，在所有助手以为他失去理智的惊愕声中，做了没有人敢做甚至连想都不敢想的事情，用一双巧手将奄奄一息的病人从大脑不可知的深处重新激活，生命的最后一点余光躲在那里，像条垂死的小狗孤零零爬到森林里，因为它不希望有人看见它不光彩、卑微的结局。就是那微弱的火苗帮助他摆脱噩梦，几近重生，于是病人重新张开双眼，微笑。

他是伟大的金融家，刚经历了一场金融风暴，资金紧缩原是致命的一击，结果他施展妙计迅速反击，把对手打得落花流水。接也接不完的电话如潮水般涌进，计算机和电脑敲打个不停，他的信贷大增，资金有如金色群云聚集；他则端坐其上睨视下方。

他是伟大的科学家，不久前在他狭窄简陋的研究室，灵光一闪，想到固定格式的神圣力量；这一来，世界各地成百上千学者经年累月的努力思考，与之相比，变得可笑、没有意义。所以他又得到心灵祝福，双手紧握的最新真理仿佛是他温柔、不可抵挡的创造物。

他是伟大的军事家，有一次被大军包围，他麾下疲惫、摇摇欲坠的军队在他的狡计和军威并施下，成了一群发飙的大力神；困住他的铜墙铁壁应声而倒，敌人溃不成军，四散逃逸。

他是伟大的工业家、伟大的探险家、伟大的诗人，终于获得胜利的他，多年来经历磨难、默默无名、刻苦、没完没了的劳动，这些在他喜形于色、容光焕发的脸上留下了抹不去的痕迹。

是阳光灿烂的早晨，是暴风雨来临前的夕阳，是温柔的月夜，是风雪交加的寒冷下午，是水晶般纯净的清晨，是只有少数几个人了解的难得、美妙时刻。带着难以言喻的兴奋心情，他漫无目的地走着，身边大楼的排列方式显见是为向他致意刻意的安排。要不是为石头、钢筋、水泥和砖块所造，这些硬邦邦的大楼也会向他鞠躬。还有空中自由变幻的云，一片叠着一片，围成圆形，像是皇冠。

就在那个时候——穿越海军上将公园时——他的眼睛，不经意地，瞥见一位年轻的女郎。

大道旁类似架高阳台，有铸铁围栏。女郎手肘顶着栏杆，心不在焉地往下看。

二十岁上下，脸色苍白，朱唇微张，懒散、苦恼的漠然模样，乌黑的头发高高盘起堆成一个髻，在额前形成阴影。云飘过，她也在云影里，美极了。

穿着一件很简单的灰色夹克，紧身黑裙，整个身体重量都倚在栏杆上，臀部很自然地偏向一边，懒洋洋的。说不定是不羁的前卫学生，随性、不按牌理出牌，自有咄咄逼人之美的那种人，戴着一副大大的蓝色眼镜。最吸引他的，是苍白脸上鲜红的唇，柔软、放松。

由下往上看——仅短暂的一瞬间——他瞥见栏杆间隙之间的腿，只有一小段，因为脚被阳台的边缘遮住而裙子又长。虽然逆光，他的眼睛还是从细瘦的脚踝往令人心动的丰腴渐渐移上去，但没多久，看往小腿的视线就被裙子下摆遮住，她那因阳光照耀变得火红的头发熊熊燃烧。可能是家里的娇娇女，可能是剧场演员，可能是可怜的魔鬼，或许是走失的女孩？

他经过她前面时，大概隔了两公尺半、三公尺的距离。须臾间，已把她看得清清楚楚。

并非有意识地，女孩漠然地——无事可做的她，根本连自己在看什么都不关心——望着他。

才匆匆看了她一眼，就把目光转回前方，有失体统，再说身后还有秘书长和两个护卫跟着他。但忍不住，以最快速度又把头转过去，望向那个女孩。

女孩也在看他。他甚至觉得——应该是错觉——那丰润的唇抖了一下，好像有话要说。

够了！不能再失礼了。再也看不到她了。倾盆大雨，他得注意别一脚踩进大道上的水坑里。隐约觉得后颈热热的，仿佛有人呼气，也许，也许，她还在看他。他加快脚步。

那一刹那，他意识到自己少了某样东西。不可或缺、重要之至的东西。他呼吸急促起来，惊恐地发现先前的喜悦、满足、胜利的感觉全都消失不见。身体是忧伤的负担，好多无趣的事等着他。

为什么？发生什么事了？他不是统治者、伟大的艺术家、天才吗？为什么不再快乐？

继续向前走。海军上将公园已远远在背后。不知道此时此刻那个女孩在哪里？

太荒谬，太愚蠢了，只因为看到了一个女孩。恋爱？就这样，这么突然？不，这不是他的作风。一个陌生女郎，谁晓得正不正经。可是……

可是，几秒钟前，幸福洋溢，现在，一片荒芜沙漠。

再也见不到她了，永远不会认识她，不会跟她说话。她或其他像她的女孩，就这么老去，不曾跟她们说过一句话。在荣耀中老去，可是没有那朱唇、目光茫然的双眸、神秘的肉体。

要是，无意识中，他所做的一切其实都是为了她呢？为了她，还有其他像她那样的女子，他从来没有接触过的陌生、危险的动物？要是所有禁闭、苦难、纪律、贫困、规矩、舍弃，其实只是为了那唯一的目的，要是在他埋头苦修时心底暗藏了那可怖的欲望呢？要是说汲汲营营于地位、权力这些可悲的幌子背后，爱是唯一的原动力呢？

他始终不懂，不曾怀疑过，甚至拿来开个玩笑也没有。光有那样的想法，他都会觉得是令人不齿的疯狂。

就这样，年复一年。今天发现，为时已晚。

暧昧情愫

再缺少幻想力的人也会对单调的日常生活失去耐心，乌巴多·雷瑟拉，四十岁，经营木材生意，一个夏日夜晚从办公室走路回家时，舍弃平日的老路，绕远路穿过一个他几乎完全陌生的社区。他是那种一辈子都住同一栋房子，从不在附近的街道或广场流连的人，那些地方近到无法引起好奇心。

其实那个社区第一眼看去并无特色，整体外貌跟他平日常去的地方大同小异。那天晚上，他是一心想看点新鲜东西，所以有些快快不乐：同样的房子、同样的建筑、人行道上同样发育不全的小树、同样的商店，甚至路人的脸看起来也相仿。没能得到任何疏解。

艾拉克里特大道走到一半，不经意地，视线落在某条次要道路端点的一栋两层楼小洋房上。几条扇状放射出去的马路在那里的一个小广场汇集，小洋房就坐落在其中两条路的交界点，形成一个钝角，房子两侧各有一个小花园。

第一眼只是巧合的匆匆一瞥。可是，就像路上男人与女人迎面走过，视线交会了一瞬间，他并未在意，再向前走几步，男人心底涌起一股骚动，仿佛那双陌生的眼睛给了他什么无法抹去的东西。然后，他被不明所以的声音叫住，放慢脚步，转身看到她也做了同样的动作——就在那一瞬间，脚步未停，却也转过头来。视线第二次相遇，更加局促不安，宛如一根针，刺痛你的心，难解的宿命预感。

已经走过头的雷瑟拉才往前走了十公尺，洋房的影像又重回脑海。真奇怪，他想，那房子不知有什么特别之处，其实他只是在对自己隐瞒事实真相，在他心里，早已了然。

迫不及待想再看见那栋房子，踏着原来的步子倒退回去。可是，为什么在做倒退这个不怎么重要的动作时，要故意装作不在乎，好像之所以回头，只不过是随性之举呢？难道怕羞？担心有人看见他，猜到他的心意？

冒着被人看穿的危险，他继续扮演闲逛的路人，无聊嘛，望望四周，假假地打了一个呵欠掩饰，趁机抬头打量周围房舍。

硬是吓了一跳，至少有三个人在看他，两个在阳台上的老女人，一个打赤膊站在窗台前面的年轻男孩。他还觉得那个年轻人好像对他笑了笑，嘲讽他：不必了，先生，别装了，我们知道你为什么回头。

"别傻了，"雷瑟拉自己安抚自己，"那三个人在看我没什么奇怪的。这个时候，我是唯一的路人，他们自然会把焦点放在我身上。随便他们怎么想，我只是想看看房子，有什么关系？"他心里明白，这个说法是在骗自己。

反正事已至此，再回头，表示对刚才的动作反悔，岂不更是司马昭之心——路人皆知了吗？不管它。

回到交叉路口，他重新看到尽头的小广场，后面挡住了视线的是那栋洋房，这下子感觉更强烈。明知有至少六只眼睛在监视他，他仍抵挡不住心里的冲动，放弃艾拉克里特大道，左转，往洋房走去。

就建筑角度而言，这房子并没有什么特别或奇怪的地方，理性一点来说，她身上找不到什么不规则或挑衅之处，但她就是跟别人不一样。她的形式，如果算得上某种形式的话，应该是二十世纪的小巴洛克，带点奥地利味道，到处都是典雅、细致的装饰，二三十年代很受欢迎。可是她的魅力不在此。周遭多的是这一类风格和建筑装饰的房子，稀松平常，就连放慢脚步以尽情欣赏美景的雷瑟拉，都不明白这个洋房怎么会引起他莫大的兴趣，几近肉欲的兴趣。二楼有一条细细的饰带，服帖的柔顺线条横过不宽的立面，让人忆起十八世纪的某些窗间墙面。下方的影子越往两侧越细，远远看去，仿佛是上翘的唇，对着他——乌巴多·雷瑟拉——懒洋洋、坏坏地笑。那难以形容的和谐或不和谐、组成完美建筑的线条、墙、优雅的窗、韵律、曲线、斜屋顶和屋顶上面奇形怪状的烟囱（有的像猫，有的像邮政标志的那只雕）赋予她一致、刺激、无所谓、欢乐、自负的特性。在那贵族庄严的面具后面藏了什么？有哪些不可泄露的欲望、哪些小小的罪孽？

不清楚到底发生了什么事，有点恍惚的雷瑟拉带着暧昧的激动情愫和渴望，向前靠近。高耸的大门紧闭，门上有一个小小的牌子用图钉固定住："出售中。详情请洽雷武特里欧·史特拉先生，加里波底路七号之三。"雷瑟拉已做好决定。

"阿多，"他妻子说，"我要怎么做才知道你发生什么事了？这阵子你变了，老是闷闷不乐，一天到晚在外面晃。晚上睡觉的时候还念念有词，说梦话。""我说什么？"雷瑟拉吓了一跳。"你担心自己说什么梦话？你会怕？你在瞒我什么？""没有啦，安丽卡，我发誓，我不怕，我也没变，只是有点累。""你知不知道从什么时候开始你不再是以前那个你？从你突然决定要买那个房子开始！我告诉你，也许那个房子像你说的是稳赚不赔，我就是讨厌她！""讨人厌？"他突然变得温柔，滔滔不绝，"怎么会，很漂亮啊。你是念旧，习惯了这个小公寓，你看着好了，那个家我们一定会住得很舒服，做自己的主人，我等不及要搬进去住。"他的眼睛诡异地闪闪发光。妻子看着他，觉得害怕，哭了起来。

那天，雷瑟拉才发现：自己爱上了一栋房子。

跟一般愿望实现了以后的情形大相径庭，住进自己梦寐以求的洋房，雷瑟拉刚开始几乎总是心神不宁。看着他雀跃的样子，原以为自己丈夫有外遇的妻子放下了心中的石头，可是她住在那个房子里很不自在，不懂为什么，压抑不住地反感。

雷瑟拉则尽情享受着两情相悦的温柔感受。他感觉到那个家因为有他而特别快乐，正如他住在里面的快乐。晚上回家，好像她——那洋房——会对他发出意在言外的微笑欢迎他。早上，转过街角之前，他会再回头看一眼，她也会微微倾身向前跟他说再见，似乎想要缩短他们之间的距离。

然而，在他内心深处，隐约有一种不祥的预感，他也无法解释。

住进来还不满一个月，渐渐地，他察觉到洋房对他失去了兴趣。早上转过街角之前回头看她，心不在焉的她理都不理。为谁心不在焉？为避免被发现，他躲在远远的屋角后，伸出两只眼睛监视她：她不止一次对路上的陌生人眨眼微笑，包括一些大老粗。还有，几乎每天都有一辆有司机伺候的黑色房车在广场上逗留许久，车主对着洋房做一些奇怪的手势。

嫉妒，锥心之痛。尤其到了晚上，所有疑心病都一起发作。花园里的鞋印是谁的？那个把黑色房车停在广场上的亿万富翁想干什么？阁楼奇怪的声音，是不是有人在上面？还有，在洋房前面来来去去地走直到天光初亮、假装没事又肆无忌惮向洋房投射注目礼的那两个夜游人又是谁？躲在黑暗花园矮树丛中的他，目不转睛盯着栅栏，等着人赃俱获。

这就是爱情不人道的地方。怎样的安慰才能解痛？痛得已失去理智。被这些状况搞得神经兮兮的妻子，终于开始了解问题所在。她不气他，那个苦命人，令人心疼。

八月一个晚上，他决定自行了断。半夜两点左右他摇醒妻子。"快，快走，房子失火了。""什么？什么？"结结巴巴地，她不敢相信这天大的好消息。他只简单地说："可能是电线走火。"

像火柴盒，洋房一下子烧个精光。广场另一边的拱门下，有人看到雷瑟拉啜泣不已。事有巧合：那天晚上风特别大，消防队员几乎束手无策。

听到警笛声，那个时候还在潜修的主教因为好奇，也探头到窗外看。隔着一簇簇屋顶，看见一片红色火光，还闻到烧焦的味道。

风将银色灰烬吹向城里的各个角落。有一小片，可能是燃烧后的布料，落在主教的袖子上，好似蝴蝶脆弱的翅膀。他小心翼翼地举到鼻子前面一闻，突然觉得触动了某种欲望和厌恶感，或者是恐惧，赶紧大力地拍打袖子。"不可起歹意……"他在胸前划着十字，喃喃念道。

讨债鬼

男人查了一下记事簿，大踏步走进一栋大楼里，直奔二楼的主任办公室，填好会客表格。

"访客：厄内斯特·雷莫拉。受访者：鲁丘·菲尼思提主任。事由：私人理由。"

私人理由？菲尼思提有点犹豫。雷莫拉这个名字没听过，凡有陌生人以"私人理由"求见，都不会有什么好事，最好叫他滚蛋，然后呢？万一真有什么不可告人的秘密？他脑子里想到妻子的一个远房表哥、两个不太检点的女朋友、中学时期的一个老同学，他们每个人都可以惹出一堆麻烦事来。一生中，麻烦事还真不少。

"这个雷莫拉，看起来怎么样？"他问门房。

"还不错。"

“多大岁数？”

“我看，差不多四十吧。”

“好吧，请他进来。”

进来的男人一身剪裁合宜的灰西装，衬衫很干净，不过有些旧。卷舌音有很重的东部沿海特有的鼻音。鞋子普通。“请坐。”

“对不起，主任。”男人压低声音，讲话速度很快而且一气呵成，“不好意思打扰您我知道您一定很忙……一分钟就好要不是雷蒙德委员……您的老朋友对不对？我绝对不敢打扰您……”

“雷蒙德委员？”菲尼思提根本没听过这个名字。

“对啊雷蒙德委员教育局长是他叫我来拜访您的他说您是一位见多识广的人说不定我的计划案会有希望其实谁不知道您呢我晓得不该打扰您这样的名人可是日子难过啊我不是贪心可是总要一试吧或许我也可以抬头挺胸地走进来要不是发生那些不幸的事我也不想浪费您的时间可是我太太住院了而且雷蒙德委员……”

“雷蒙德？”菲尼思提被搞乱了。

“对啊教育局长否则我是不会这么唐突的我要是告诉您我小孩的事如芒刺在背谁不知道您的仁慈呢至于我的计划案原本部里已经通过了可是后来秘书长的太太的亲戚也是我的同事您知道我在说什么对不对这种事情您最清楚了……”

菲尼思提打断他：“对不起……我的时间真的很赶……（看手表）待会有一个会要开……您可不可以告诉我我能够为……”

“不是的，主任。”男人还是不松口，“我表达得不够清楚我的计划案您懂吧我的第三个儿子上个星期得了小儿麻痹症主任您是个善解人意的人医生说是罕见病例很难医所以我今天才会这么窘困实在丢脸啊主任您无意中唤醒了……"

"我无意中怎样？"恼火的菲尼思提冒了一句。

"喔我不是那个意思请原谅我您知道担心的事情太多的时候连话都不会说了主任您大概不知道我对您一直觉得觉得我说真的我很感激您主任别这样看我我仅有的一点勇气……我很希望把我的计划案拿给您看可是……再说谁知道我会发生什么事主任今天我面对您这样的大人物很紧张我太太常跟我说只是昨天她住院了主任在您面前的这个人辛苦工作了一辈子……"

菲尼思提试着阻止他；他觉得反胃，慢慢被搅得晕头转向："总而言之……您说……那个计划案……"

"一个提案对对主任我要谢谢您的关心您结婚了吧?"

"嗯。"菲尼思提投降了。

"家庭是最重要的包括雷蒙德委员您的老朋友对吧伟大的友谊有些时候只有友谊永远在你身边主任我太太明天早上开刀对不起主任您或许急着想知道我的计划案只是关系重大那个教授还把我拉到旁边喔对不起我理解像您这样的大忙人怎么会对我这样冒冒失失跑来的人感兴趣……"

"怎么会？我……"

"没错我们不应该那么自私像您这样身负重任的人有忙不完的事我怎么能拿我的琐事来烦您我只是想表示我的谢意我这个苦命人没用的废物……"

"别这么说……"

"不主任是我的错实在不好意思再说保持距离是对的我在这里打扰您的时候说不定在会客室有好多比我重要的人在等而且其中还有一位美丽的女士而我坐在这里好像……我太太的手术呢好在我们雷彻的医院说……"

"雷彻?"

"是的主任我太太在南部相信我这几天我也老是耳鸣呼吸不顺您知道在生死交关的时候有多无力只有上帝……"

鲁丘·菲尼思提觉得气闷,眼前雾茫茫的,只看到那个该死的家伙滔滔不绝。左手慢慢地伸向裤子口袋去拿皮夹。

男人走出大楼欣赏着手上多出来的一万里拉,脑中飞快地算了一下,摇摇头,还不够,叹一口气。查了一下记事簿,快步穿过广场,沿着大马路走一小段,神色自若地走进另一栋大楼。

这次门房刚好由柜台玻璃后面逮到他,依规定按下室内警铃,保安立刻进入警戒状态,所有门房堵住楼梯口,封锁出口,所有层级的三百名员工全部神经紧绷。已经好几次让这类讨债鬼混进去,引起惊愕与恐慌。

男人胸有成竹,随口跟门房说要找撒林贝内博士。

"今天撒林贝内博士请假。"门房说。

"思马亚博士呢?"

"思马亚博士在开会。"

"贝博士呢?"

"贝博士生病请假。"

"喔，可怜的贝博士。"男人一副很难过的表情，"怎么会这样？如果可能的话……"

男人一个箭步。他突然瞄到人事室副主任普拉提博士正好通过入口大厅，对方根本还没反应过来男人已经到了他身边。

"早啊亲爱的主任运气不错我正要找您关于一个提案……"

普拉提试图甩掉他："老实说……今天真的不适合……事情一大堆。"

"您别担心主任我只需要一分钟的时间我发誓主任要不是贝诺兹工程师我怎么敢麻烦您……"

"贝诺兹工程师？"普拉提从来没听过这个名字。

"对啊贝诺兹工程师公共工程处处长他跟我说普拉提主任您是一位见多识广的人说不定我的计划案会有希望其实谁会不知道您呢我知道我不会耽误您太多时间如果您知道我太太住院而贝诺兹工程师又……"

走出大楼，男人欣赏着手上多出来的五千里拉。跟之前的一万里拉放在一起，小心翼翼地折好，脑中飞快地算了一下，摇摇头，还不够，叹一口气。快步向前，右转，走了几百公尺，停在一间教堂前面，嘴角扬起诡异的笑容，果断地走完七阶台阶，打开门，走进去。

一转眼他摆出一副深深愧疚的表情，右手中指指尖沾了圣水，在胸前画十字。

无声无息碎步向圣坛走去。

阴影中瞄到他，认出他，上帝打了个冷颤躲到柱子后面。

男人面不改色走向前，一副诚惶诚恐的样子，直奔柱子后面。猛一转身，搜寻。

　　上帝更快，闪到另一面。奇怪了，他的无限包容这回遇上敌手了，他真的不想听那个男人的祷告。

　　男人转身再找，可是不管他怎样锲而不舍，就是找不到全能的主。以他邪恶的高度敏感，自然明白是怎么回事。没有那么好的手气，不能贪心。

　　教堂内的圣人，侧殿各祭坛的所有人都隐隐打了一个哆嗦，会轮到谁呢？

　　人见人怕的这个家伙若无其事地在中殿缓步前进，仿佛手持双管猎枪，准备随时开枪的猎人在寻找猎物。

　　他迅雷不及掩耳地跪在右边第三个祭坛前面，祭坛里圣杰洛拉莫吓了一跳，不及闪躲。

　　"喔，至高无上的圣杰洛拉莫，"男人开始他的长篇大论，"你是教堂的台柱你是智者我的太太住院了你制造了那么多奇迹施与那么多恩惠最受人爱戴的你以慈父的爱明天早上的手术你是天上的神医我儿子的小儿麻痹因你站起光明的你我悲伤的灵魂求你……"

　　他的祈祷如河流决堤，一发不可收拾。十分钟，十五分钟，二十分钟，都不用换气。二十五分钟，三十分钟，三十五分钟。气急败坏的圣杰洛拉莫答应了他。

账单

　　瘦弱的老人离开椅子站起身来，小而圆的头颅微微一点，肩膀也塌了一塌，那是他的习惯动作。骨瘦如柴、营养不良、形容枯槁、行将就木，可怜啊。

　　抖着手将摆在桌上的白色信封巍颤颤地交给站在他面前等候的诗人约瑟夫·得·辛特拉。嘴角努力地扬起一丝笑容然后说："耿葛给非思可！"听不懂他在说什么，翻来覆去就只有那一句。

　　他已然风烛残年，何止，岁月已将他摧残得奄奄一息，他今天除了一身燕尾服，华丽的装饰让人目不暇接外，还穿了肩章、缨带、勋章一应俱全的各式制服，将军、海军上将、骑士、空降部队、战车营、炮兵部队、机关枪队，这些制服一件罩着一件，因为他是皇帝陛下、实质和精神的领袖、宇宙联盟的主席、南北最高统领。他是世界之光，人间的太阳，地球三分之二的权力集中在他身上，握有无比的力量。

颤抖但果断的手，面带不完整但灿烂的微笑，将白色的信封交给约瑟夫·得·辛特拉，后者谨慎地将信封对折并以事先演练过的鞠躬回礼。

号角吹响，人群中有几滴泪珠闪烁，掌声不绝；旗帜飘扬，镁光灯此起彼落，摄影机像雷龙脑袋一样纷纷伸长了脖子，最后皇家乐队奏起了宇宙歌颂赞诸神。

就这样，诗人得·辛特拉的颁奖典礼正式落幕；他登上人生荣耀的最高峰，感觉飘飘然，大家说只有极少数的人有过他此刻心情。

但也免不了握在手中胀满空气的纸袋突然爆掉，指间顿时空无一物的那种企盼许久而今拥有的怅然若失的感觉。

拖着燕尾，他穿过皇宫前面的广场，还有零星的掌声、快门声，聚集在四周的十六七岁少女哀求、渴望的眼神，七嘴八舌或白痴或有深度的问题："您《场所》那首诗的含义是什么？内蕴的哲学态度为何？要传递什么样的信息？请您告诉我们您想要传递的信息！大师，您认为只有下一代才能有所体会还是我们也能？……"

他回答说是，那当然，或许吧，没错。心里真想踢他们的屁股，却依然笑容满面、幽默风趣、没有架子。仰慕者紧追不舍，拉着他不放，他仿佛在电流和幸福的溪面上泛舟。去哪里呢？有鸡尾酒会、晚宴、记者会、文学聚会、电视访谈、电影合约，也可以成为女明星的座上嘉宾。是，当然，今晚，还有明晚，永无止境的灯光、衣香鬓影、应酬，自然很无聊，可是也很荣幸。

荣耀！是他辛劳后的收获，一辈子都投入其中（其实想想，也不至于啦）。许许多多孤独的夜晚也曾痛苦，这就是不为人类承认的"为艺术牺牲"。可是，说真心话，比起生活里真实的苦，像三叉神经炎、嫉妒的爱情、癌症面对的丑陋的屈辱，显得如此刺激、自傲、轻松，不要脸的轻松。而这——拒绝内疚——就是艺术的特权，像冉森教派一样是上帝所赐，莫测高深，没有明显理由，即便理由其实是存在的。

夜晚，在异国城市不知名的气派大道上走着，旁边还有一堆堆希望能从他身上沾一点荣耀之光的人群，那让人晕眩、疯狂的感觉，真好。青少年、出版社主编、《纽约客》幽默专栏作家、长得像木乃伊的汉堡著名文艺赞助家、法国那个同性恋石油大王、两个留一把金色胡子的学生，还有，靠左边队伍尾巴那里有一个紧追不舍的家伙，之前的典礼上也留下匆匆一瞥：这个男人高矮适中，肤色健康，一身黑衣，完全不起眼。完全？真的吗？当约瑟夫在跟不同的人交谈时，不经意中，回头看了一眼，那个男人右手握着不知道什么东西试图吸引他的注意。是一张纸，一张名片，小册子，或者是他得·辛特拉以各国语言在全世界出版的众多散文诗集之一。偶尔还出声叫他"先生！先生！"很客气。还会是谁，又是那种纠缠你要照片和签名的追星族，老天爷为什么不让他们绝迹。

跟踪他，耐性十足。直到夜晚蹑手蹑脚逼近，然后冷不防包住整个城市，无边无际幽幽地躺着，时间追赶着我们，毫不留情将无防卫能力的我们吞噬（从湮没在夜雾中黑黝黝的高塔传出一声声钟鸣）。

天下无不散的宴席，好朋友一一互道晚安，只剩约瑟夫·得·辛特拉站在饭店大厅的电梯前面。他一个人。这是一家豪华大饭店，极尽奢华之能事，不止电梯金光闪闪，连服务生，那个殷勤的小伙子也笑容可掬。楼上寂静的廊道铺着厚厚一层绛红色的地毯，厚重的实心门要憋口气使劲才能关上，炫目的灯光，皇室等级的浴室，所有这些物质上的贴心诉说着权力和财富，同时暗示着浪漫的冒险故事。此时此地，虽然荣耀加身，虽然他是诗人约瑟夫·得·辛特拉，这个异乡人兴起一股原始欲望。渴望什么？是物吗？他也理不清，只知道自己极度地不快乐。

心里空了一块，约瑟夫·得·辛特拉正要转进四十三号房间时，看见精雕细琢的暗处出现一个人影。之前那个男人，右手拿着不知道是一张纸还是一本小册子的那个不起眼的黑衣男子。

"对不起，先生。"他开口说话了，会吃掉尾音。得·辛特拉回头看着他。就这一眼，他已晓得，隐约晓得：那不是一般的仰慕者，也不是签名、题字的收集狂，不是文艺通讯员，不是虚荣的笨蛋，不是纠缠不清的讨厌鬼，不是不识大体的闯入者。"请进。"

两个人一起进到房间，得·辛特拉看清那个人要交给他的东西。那是一个白色的信封，跟七个小时前国王陛下颁给诗人的极为相似。

"是账单。"陌生人说得很含糊。

"账单？什么账单？"得·辛特拉问，有点模糊的预感，"请坐啊，请坐。"那个人只是站着。

得·辛特拉这才发现对方比自己高得多，不怒自威、沉默寡言的脸，好像罗斯柴尔银行的保险箱。

"你就是苦闷诗人？"男人不慌不忙地说，"大家称你为启示录大师？"

得·辛特拉表示说是，有些畏怯。

"你一直在谈恐惧、噩梦和死亡。夜幕低垂时，你让成千上万的人潸然泪下。你用不安的字眼带来伤痛。你歌颂眼泪、孤独、绝望和血腥。你玩弄生命中的残酷面，将其转换为你们所谓的艺术。呵，呵，你的灵感来源叫作痛苦，你从中赚取名和利，今天攀赴巅峰。而那些痛苦都不是你的，是其他人的。你冷眼旁观，然后下笔。"

"可是我心怀同情，还有怜悯。"诗人试图为自己辩护。

男人摇摇头。"或许是真的，只是地球上的定律是：凡事需付出代价。而你……"

"我？……"

"艺术的代价是最昂贵的，而诗尤胜于其他艺术。是泪水和伤痛，你用借自他人的不幸造就了你火辣辣的诗句。你的每一首名诗都是你欠下的一个债。你以为可以不劳而获吗？你得还债。现在，我的朋友，此时此刻。"

"怎么还？我要怎么还？"结结巴巴。

"你自己看吧。"使者尽量和颜悦色。把信封递给他。

"什么意思？里面是什么？"他机械地接过来。男人像影子一样消失无踪。

他呆立在饭店的富丽堂皇中，他，无忧的幸运儿，美女垂青，男人嫉妒，永远的桂冠诗人。他不需要打开信封，内容是什么，他已经知道了。

所有那些他呕心沥血描写的经历感受，他人的经历感受，而今全都变成他的，感同身受。倏忽之间，他直到那一刻所活过的人生，消散殆尽，变成一则遥远、难以相信的童话。他什么都不在乎，荣耀、金钱、掌声、名誉，无所谓自己还是不是一个干练、有魅力的人，据说，既不管还有那么多天的庆祝活动等着他，也不管自己是住在一个梦寐以求的饭店房间里。可怕、滚烫的不知名物在胸口抽搐。

呼吸困难，他把窗户打开。看见偌大的城市都熟睡了，没有人想到他，也无能为力。很冷，雾蒙蒙的。汽车喇叭闷着声音喊叫。断断续续由楼下传来的音乐好像是《圣詹姆斯医院》，久远的年轻回忆。

倒在床上。谁能帮助他？平静、纯真、平和的日子结束了，发现自己在啜泣。那是应该的，他知道那是应该的，只是从来没想过。

周末

　　在米兰有一处地方，比起城里任何地方还更能感受有钱人的夏日气息，不是耶稣路那些大楼铺了一地欧伯松地毯，挂满蔡斯、卡纳雷托、祖卡雷利油画的路易十六大厅，不是史卡拉歌剧院装潢得乌漆抹黑的包厢，不是陷入夏日昏睡的贵族花园，不是放长假的地下俱乐部（弥漫着一股狂欢永不再来的独特霉味），也不是摩天大厦顶楼露台，平静无波的温水游泳池面漂着一只只死蚊子，守卫嘴里咬着雪茄在晚上爬上来给盆栽浇水，叶片滴滴答答，他则坐在白漆剥落的椅子上发呆。

　　真的有那么一个地方给你很强烈的大家都出发去玩了的感觉，那些幸运儿或去了岩岸峭壁上面海、有私人码头的别墅，或待在八十吨的环岛游艇上，或在只为少数特定顾客服务、隐私第一的豪华大饭店，或在司提利亚杉木林中的狩猎俱乐部、叟涅峡湾、兹翁公园、波利尼西亚群岛。今天是星期五，有钱人的周末从周五就开始了，你们要是好奇，差不多下午两点半、三点，我可不是开玩笑的，阳光最猛的时候，可以到纪念墓园去看一看。

那里一个挨着一个长眠的都是米兰工业的巨头，有权有势的传奇人物，不知疲倦地一年三百六十五天以身作则每天早上七点上班，而今终于在此休息。隔着数百平方公尺远，有所有这些"大佬"的父亲、祖父、曾祖父。从来没有这么孤单过。

在这适于登山、戏水、踏青的美丽下午，你们这些钢铁业、纺织业、纸业、陶瓷业、家电业的头子，还关在那里面做什么？没有秘书没有董事会没有长期工或约雇工人，没有妻子没有儿子也没有亲戚，孤零零的做什么？

各位老板们，如果不介意的话，我想问这么多大理石重不重啊？礼拜堂、地下室、石碑、金字塔、方尖碑、列柱、天使、耶稣、圣人、圣女、英雄、泰坦神，还有骷髅、幽灵、马、裸女也跟动也不动成堆的碑尖、圆顶、小塔、惶恐的神像纠缠不清。钢铁业和纺织业的内部竞争在这里总算告一段落，一大堆无奇不有的纪念碑挤在一起，争奇斗艳不计成本，看起来好像集体同意，要庆祝这苦涩的胜利。

有什么用？刚走掉一个外国游览车旅游团，人人热到面无表情、神志不清，导游的解说是有听没懂，他们重新上路后，墓园又恢复死寂，卵石路上不闻足声，空气中不觉一丝微风。

这个礼拜堂堂主手下有两万名工人，这个地下墓室主人的财产包括维珍庭纳拱门一带的一个个烟囱，加上库房、下游工厂、

132

经销商和分公司。这个小小的教堂则是三千名职员加上一万六千名男女店员。今天谁还记得你们?

昨天一身黑衣的管家受死者的公爵侄女之托(她是从度假的马拉提打电话来的),前来整理晚香玉和山仙菖蒲,打理妥当。然后他也走了。

炎夏、闷热,对这些纺织机械、锅炉、医药、锯木、电缆、酿酒、成衣、炼油、水管、汽水和百货公司的王国创始人来说特别觉得凄凉。放眼望去,那些每天出现在报纸、墙壁、电视机、点心盒子、牙膏管上面我们想躲也躲不掉的名字,现在就这么冷冰冰地躺在那里。

昨天因为长牙而微微发烧的曾孙佛菲诺,今天早上有没有用阿巴塔克斯沐浴乳洗澡?不知道小阿多雷在他表哥苏格兰的城堡里玩得高不高兴。家族的新希望,聪明的强法奥斯托真的在纽泽西的罗特杰取得学士学位啦?在多年后仍完好如初的瑞典三层锌板棺木里,一手建立起今日王国的统治者兼授勋者兼工程师一无所知,他怎么会知道,没人来,没人打电话,没人用钥匙转动玛祖寇特利出品的铸铁栅栏上的门锁。

名人爷爷的墓地是否听得到流着他同样血液的小朋友快乐尖叫的声音?听得到孙子皮耶·费德里科在圣安德鲁长杆一挥,小白球弹出去的声音?还是载着五十来岁跟他同姓、臃肿、自负的身躯,从米诺卡岛乘浪出游的游艇引擎发动的声音?聊以安慰也好。只是那些欢乐、充满生命力的声响永远也传不到这些法老陵寝来，在空虚、在寂寥、在八月最后一个星期的热浪中，这墓园比山村外面为某天早晨在破旧饲料房里发现的无名流浪汉所立的十字架还要更凄凉、孤单、令人唏嘘。

曾经每天八点他在工厂门口步下座车，所有部门的职员、员工和工人便都正襟危坐，像推骨牌一样个个肃然起敬。美好时光。而今你能期望那个神经兮兮的玛琪亚小姐离开她的瑞士小屋来探望祖父吗？反正等她回去以后还不是一切如旧？

众多名人墓之中，有一面崭新的墓碑宛如昨天才立。上面写着"一九一五年八月二日，于海拔二〇〇三公尺的琵帕尔山，奋不顾身，英勇作战阵亡，时为阿尔卑斯山狙击队少尉，先前已于利比亚之役获颁勋章……"海拔二〇〇三公尺的琵帕尔山上，今天有一群度假人士去野餐。其中一个所穿的外套牌子，跟左下方巨大的塔状壁龛下缘刻的名字一样，他女朋友鞋子的牌子，则跟远处一号墓地那一整块石头雕成的孔武雕像顶上，用青铜铸就的姓名分毫不差。一地的收音机、矿泉水、开胃酒、餐巾、乳酪、餐具、坐垫、镇静剂、背包、书。这些远足用的每一样东西，就等于这里的一个地下墓室、陵墓、礼拜堂和装点得富丽堂皇的天使。

在石头和雕塑下面，这些老始祖、一族之长、公司老板还继续出声，赫赫有名的他们仍然出现在水、苦艾酒、乳酪、布、毛衣和我们日常生活里大大小小的东西上。

只是他们的出声流于形式，因为他们已经被淘汰了。当年盖在布里安扎、引以为傲的别墅被卖了，主管单位搬到一栋新的大楼，甚至连工厂的标志都重新做了设计，因为太花了。发号施令的不再是他们。

由建筑师设计的美丽盒子，由雕刻家一刀一刀凿出的雕像，由画家装饰、光土地就价值数百万元、以吨计的大理石，以百公斤计的青铜，三十年代扎扎实实的百万元，他们难道还不满意吗？度个周末绰绰有余吧？这么多婀娜多姿的纯白雕像陪着，有圣母、圣女、精灵、水神、林中仙女点缀着墓园，还不够吗？

睡了？就让他们睡吧，梦想着一个欣欣向荣、快乐进取的意大利，生产和红利指数不断攀升，工厂规模越来越大，工人笑呵呵，年底结算永远有盈余，税制日渐松散。真的都没有人传递消息，没人通报市场行情，没人打电话来，没人打开栅栏露个脸说一声。因为没人想扫他们的兴。宝宝睡，快睡，我们跑，我们出海，我们在空中飞，我们晒太阳，我们跳舞，曾经权高位倾的祖父，你安心地睡吧，挥挥小手说再见呀。

又是谁来了？是谁？

没人，只是警卫在做例行巡逻。

这个声音呢？是铁链弹开的声音？栅栏开了？

没有，是有一个圣法兰契斯科用青铜板压制的长袍因为热胀冷缩的关系，发出吱吱嘎嘎的声音。

这是谁的声音？谁在低声祷告？即便在荒凉的八月还是有知恩图报的好人？

听错了。只是喷泉。

床边故事

下午，阳光仍然灿烂。在路上遇到一个家伙。"早啊。"我说。他看了看我，然后回答说："晚安。"

1. 生日

今天是十月十六日，我满五十八岁。很可怕。等那一天到来你们就知道。

就其本身而言，不过就是生日嘛，只是因为数字渐长的关系，比起前几次略感沉重。还有就是我父亲正好死于五十八岁，难免会加以比较。

每当我参观大型美术馆，做这一类的比较几乎是本能反应，比完心里又怅然若失。画框下缘每每有这样的字样：拉斐尔，一四八三——一五二〇。我就开始算：他才活了三十七岁，换成是我不已经死了二十一年了。还有，卡拉瓦乔，一五六九——一六〇九。年仅四十岁，我比他多活了十八年。梵高，一八五三——一八九〇。三十七岁，跟拉斐尔一样。莫迪里阿尼，一八八四——一九二〇，才三十六岁。我要是他，二十二年前就进棺材了。

这几位可没虚度光阴，出生，成长，转眼与世诀别，短短几个寒暑就争得永垂不朽。而我这一生做了什么？不是说我要跟天才比。可是我有什么成就？跟他们其中一个比，我多活了二十年，再跟另外几个人比，我也多活了十年、十五年。我无所事事，坐着傻等，仿佛好运会从天上掉下来，无须着急。我霎时坠入万丈深渊，悔恨自己浪费生命，为我的空虚、自负而心虚。

在美术馆玩的这个数字游戏虽然令人灰心丧志，但毕竟对象都是古代或传奇人物，距离我甚远。跟自己的父亲相比，就更让人心慌，无所适从。

我父亲去世的时候我还小，对他印象很模糊。可能因为那一脸络腮胡，让他看起来比实际年龄老了至少十岁，所以我一直觉得他很老，认定老年人便该如此，感觉上他活了好久好久，我要活到他那把年纪简直是天方夜谭。

结果今天我已达到了当年以为是神话的目标，心中五味杂陈。老实说，我希望能再活久一点，可是活得比我父亲久的这个念头好像亵渎了谁，是大不敬，不可取的贪婪无度。再活下去，对我这个浑浑噩噩的人根本无济于事，是多余，受之有愧。

可是我心里还有另外一个相反的声音。你们或许会笑我，从三十岁起我的生活态度就没有什么值得称颂的转变，根本是一成不变。当然可供挥霍的体力明显变差了，品质倒是维持了一定水准。我的意思是：以前我可以一口气工作八个小时不觉得累，如今则最多连续工作四个小时，工作状态一致。我曾经可以一天从罗莎峰滑雪下山七八趟，如今能滑三趟我就很满足了。我的滑雪技术一样，甚至可能还更为纯熟。所以我一直荒谬或者愚蠢地认为自己一切如旧，青春尚与我同在。即使镜子里的我、出生日期、身边的人对我的态度，还有日渐衰退的体力，都无时不在提醒我。

所以，今天，一九六四年十月十六日，顺着时间的推移，查证属实，至少理论上来说，我的时代结束了，结束的还有对遥远未来的信心、梦想、希望，害人不浅的希望！

2. 麻雀

财团老板风光不再，信用垮台，他觉得好累。隐居在乡下的别墅，朋友一个一个离他而去。坐在花园里，一整天什么都不做，就只观察和聆听在周围树上筑巢的麻雀，慢慢听懂了它们的语言，还跟它们聊起天来。一天可以聊上好几个小时。觉得无趣、待遇又差的佣人们纷纷请辞。一天早晨，老板发现自己变成了麻雀，其他小鸟分给他一个破旧的鸟巢养老，只是年老又没经验的他无力整修，而大家也都迟迟未伸出援手。他的巢筑在临公路的枝丫上，遇雨无处躲藏。入夜后，湿答答、冻僵了的财团老板缩着颤抖的翅膀，看着他以前的同行驾着房车，在美丽的女秘书陪伴下，谈完大生意后离开，准备回家。

3. 家

你进家门的时候，其他房客都会兴高采烈地欢迎你。他们都是和善的好人，都对你诚挚以待，像吉拉杜兹，真是个好孩子。还有佛撒多卡夫妇，不是慈悲心肠的大好人吗？你一定会跟医生波帕先生、钢琴老师玛思托娜小姐、钟表师拉特拉尼先生，应该说跟所有人都变成朋友。你会觉得很自在，仿佛在自己家，在大家的温情保护下抵抗外面世界的纷扰。

只是有一天你会在门口听到有人在讲悄悄话。你探头出去：是牙医契拉密尼和四楼的朱哲莉小姐在偷笑。"什么？你不知道？"他们会这么跟你说，"你没听说佛撒多卡夫妇的事？""发生什么事了？""他们啊，"他们会压低嗓子在你耳边说："如此如此……这般这般……你不觉得很丢脸吗？"

隔天玛思托娜小姐拦住你。"怎么？你还没听说？拉特拉尼……""他怎么啦？""啊，我也不是亲眼看到，可是大家都说他如此如此……这般这般……"

再隔一天换拉特拉尼告诉你关于玛思托娜小姐不可告人的

140

事，玛思托娜小姐说医生波帕先生，波帕先生又说朱哲莉小姐，错综复杂，没完没了。

然后你会发现同样的事也发生在你身上。佛撒多卡太太说："你跟拉特拉尼讲话要小心，换作是我就不会那么相信他。你知道大家传你什么吗？""什么？""大家说你如此如此……这般这般……"等你遇到拉特拉尼，"你不知道，我听到吉拉杜兹昨天那样说你的时候我有多生气……""为什么？他说我什么？""他说你如此如此……这般这般……"接下来你会发现包括朱哲莉、波帕、佛撒多卡，所有你的好朋友在你刚一转身就开始嚼你的舌根。你这才醒悟，原来你的好朋友，不论交情深浅，都是小混蛋，你要是出点什么事，他们才幸灾乐祸呢。即便大家都受过洗，原罪亦是蠢蠢欲动。

你可不能放弃喔，拜托。你万万不可随波逐流，你万万不可以牙还牙。这正是考验你还记不记得古老训示的大好时机。你呢，要同情宽恕、真心真意，这是不二法则（如果你做得到）。说不定那些好朋友最后会……

4. 狗

琵亚维大道上，傍晚时分，拳师狗悠闲地走在正跟一个年轻人在聊天的老主人前面。狗偶尔会停下来，抬头望望上面。是看树吗？看完又看。不是，它不是在看树。路边已经不见树影，但它依旧抬着头。在看天？主人在它身后，拳师狗重新出发往前走，慢条斯理。

5. 看手相

死刑犯被问到死前最后一个愿望。

"我想找人替我看看手相。"他说。

"找谁？"

"阿梅丽亚，"他说，"国王的算命师。"

阿梅丽亚确实是国内算命师的第一把交椅，国王做任何决定之前都一定要先问过她。

死刑犯被带到算命师面前，她并不知道自己对面那个人是谁。看完他的左手手心后她微笑着说："小伙子，你是个幸运儿，会长命百岁。"

"我知道这就够了。"死刑犯说，让人带他回监狱。

消息立刻传了开来，闻者无不捧腹大笑。第二天犯人被带上断头台，刽子手举起斧头准备斩首时，手高悬在半空中，开始啜泣。

"不，不行！"他大喊，"我不能这么做！倘若国王陛下知道了该怎么办！我不能这么做！"他抛开了斧头。

6. 战役

那是一次精彩的短兵相接，我方年轻力壮，号角吹响。奋战中，敌军节节撤退，我方步步推进，气势如虹。可是，众人诧异声中，我们其中之一受伤倒地，然后接二连三倒地不起。我们依旧出色，敌军节节撤退，可是我们身边的同伴也一个接一个阵亡。在怯懦的心深处，我们庆幸倒下的是别人不是我们，我们还在作战，越见骁勇。直到所有的战友都牺牲了，只剩下我们。敌方亦不剩一兵一卒。

胜利，胜利！我们高声欢呼。给谁听？

蛋

　　国际紫十字要在皇家花园里举办一场寻蛋比赛，参赛者必须是十二岁以下的儿童。入场门票两万里拉。

　　所有的蛋都藏在一堆堆的草料下面。比赛开始。小朋友挖出多少，那些蛋就是他的。什么样式、什么大小的蛋都有，有巧克力的，有金属的，有纸做的，里面还装有美丽的礼物。

　　吉达·索索，钟点女佣，在她帮佣的泽讷塔家听到这件事。泽讷塔太太会带她四个小孩去，一共是八万里拉。

　　吉达·索索，二十五岁，姿色平庸，个头不大，一脸机灵，很努力但也有许多愿望——有一个四岁的女儿，娇憨可爱，只是父亲不详。她想带女儿去参加。

　　比赛当天，她替女儿安东内拉披上新的大衣，戴上呢帽，打扮得跟有钱人家的小孩一样。

吉达要打扮成贵妇人就难了，她的衣服太破旧了。她想到更好的点子：用一顶宽边女帽把自己装扮成保姆样，只要你不拿油灯照着细看，还以为她真是那种拿到日内瓦文凭的高级保姆。

她们就这么赶赴皇家花园，吉达候在门口东张西望，好像在等女主人。川流不息的汽车载来名流绅士的小孩参加寻蛋比赛。泽讷塔太太也带着她四个小孩来了，吉达忙闪到一边免得被看到。

吉达会白忙一场吗？要趁混乱、骚动的时刻带着女儿偷溜进去不是件容易的事。

寻蛋比赛三点开始。两点五十五分驶近一辆总统级座车，是某位部长夫人特意从罗马带她的两个孩子来参加。国际紫十字的主席、理事和几个女慈善家一拥而上招呼、迎接。人一多，场面就有些失控。

于是假扮成保姆的钟点女佣吉达跟女儿顺利进入花园，再次叮嘱女儿不要被比她大和比她诈的小孩欺负。

草地上东一个西一个地散布着大大小小的草料堆，有上百个。其中一个至少有三公尺高，天知道下面藏了什么，说不定什么都没有。

号角吹响，宣布比赛开始，代表起跑线的绳子一落，小朋友发出难以形容的喊声，争先恐后冲了出去。

那些大户人家的小孩还是会让安东内拉害怕。其他小朋友开始在草料堆下面摸索，而她跑来跑去都无法下决定，有的小孩甚至已经抱着硕大、不知道里面藏了什么惊喜的巧克力蛋或五彩缤纷的纸蛋跑向妈妈。

终于安东内拉也把小手伸进草料堆下面，触到极为光滑、平整的表面，那样的弧度应该是枚巨蛋。喜出望外的她高兴地大喊："我找到了！我找到了！"试着把蛋抱出来，突然杀出一个女生像玩美式橄榄球般往地上一蹿，然后迅速离开，怀里抱着壮观的战利品，还回头做鬼脸嘲笑安东内拉。

那些小孩身手好快。比赛三点开始，才三点一刻，最漂亮、最好的都被抢光了。吉达的宝宝双手空空地寻找打扮成保姆的妈妈，她挫折感好重，但绝不让眼泪流下来，不能让其他小孩看到，太没面子了。每个人都有斩获，或多或少，唯有安东内拉一无所有。

有一个六七岁左右的金发女孩抢到的战利品多到连走都走不动，安东内拉看傻了眼。

"你什么都没找到？"金发女孩客气地问她。"嗯，没找到。""你如果想要的话，我可以分你一个。""真的？哪一个？""随便一个小的。""这个好不好？""好吧，那个给你。"

"谢谢你。"安东内拉说，甚感温馨，"你叫什么名字？"

"伊聂芝娅。"金发女孩回答道。

这时一位高大的太太介入，八成是伊聂芝娅的妈妈："你为什么要给她一枚蛋呢？"

"我没有给她，是她自己拿的。"伊聂芝娅胸有成竹地回答，小孩特有的不认账。

"才不是呢！"安东内拉大叫，"是她给我的！"那是一枚亮晶晶的纸蛋，像小盒子一样可以打开，里面说不定有玩具、洋娃娃的餐具组或者是钩花边的全套设备。

注意到她们的争论，紫十字的一位成员走了过来，一身白衣，年约五十岁。

"发生什么事了，可爱的小女孩？"她面带微笑询问，笑容假假的，"有什么不满意的地方吗？"

"没事，没事。"伊聂芝娅的妈妈说，"这个小鬼，也不知道是谁家的，拿了一枚我女儿的蛋。哎哟，没关系啦。我说啊，就给她好了。伊聂芝娅，我们走！"母女就一起离开了。

但是这位慈善家觉得事情还没了："这蛋是你拿的吗？"她问安东内拉。"我没有，是她给我的。""是这样吗？你叫什么名字？""安东内拉·索索。""你妈妈呢？你妈妈在哪里？"

就在那个时候安东内拉发现妈妈就在现场，在四公尺外，呆呆站着，目睹整个事情的经过。

"在那里。"安东内拉用手指了指。

"那边那个？"太太又问，"嗯，那不是保姆吗？"

吉达走过来："我是她妈妈。"

太太困惑地看了她一眼："对不起，太太，您有票吗？麻烦您给我看一下好吗？"

"我没有票。"吉达站到女儿身边。"您把票弄丢了？""不是，我没有买票。""你们是偷溜进来的？那就不一样了。小朋友，这个蛋不属于你。"

她不留情地把安东内拉手上的蛋拿走。"这太可耻了，"她说，"请你们出去。"

小女孩整个人都呆住了，脸上痛苦的表情令天地亦为之变色。

那位女慈善家带着蛋离开的时候，吉达心中的羞辱、苦难、怒气，还有累积多年、逐日增强的所有欲望，一时全都爆发出来。她大吼大叫，用最难听的脏话辱骂那个白衣女人。

现场人很多，有上流社会的淑女名媛，和她们满怀彩蛋的小孩。有人给吓跑了，有人抗议："丢人现眼！太不像话了。有那么多小孩在听！把她抓起来！"

"出去！你给我出去，臭女人，否则我告你。"女慈善家恐吓她。

安东内拉哭得伤心欲绝，石头也会陪她落泪。吉达已经豁出去了，愤怒、羞愧、生气赋予她一股强大、不可挡的力量："你不要脸，抢我宝宝的蛋，她这辈子什么都没有，你是什么玩意儿？王八蛋。"

赶来两名警卫抓住吉达的胳膊。"出去，马上出去！"她用力挣脱。"放开我！放开我！你们这些杂种。"

警卫一扑而上，紧紧压住她，拖到出口。"跟我们到警察局去，看你在看守所里怎么耍赖，还敢不敢骂警察。"

尽管吉达个子娇小，他们都制伏不了她。"不，不！"喊声震天，"我的女儿！我的女儿！放开我，混蛋！"小女孩抓着母亲，混乱中被甩来甩去，哭声中语无伦次地哀求。

男男女女，加起来有十几个人齐声斥责她。"这个女人疯了。送她去精神病院！"囚车来了，车门打开，七手八脚把她从地上整个人抬了起来。紫十字会的那个女人用力抓过小女孩的手。"你跟我来。我会让他们好好教训一下你妈妈。"

大家都忘记了人在遭受极度不公平的对待时，有时会释放出可怖的能量。

"我再说最后一次，"大家准备把她拖到囚车上时，吉达大吼一声，"放开我，否则我要杀人了！"

"够了！把她带走。"忙着驯服小女孩的女慈善家下了命令。

"那就你先死吧。"挣扎得更厉害的吉达回说。

"天啊。"白衣女士便断了气瘫在地上。

"还有你，还不放手。"钟点女佣再下杀令。

接二连三有人倒下，有警察从囚车上滚下没了呼吸，吉达又说了一句话，另外一个也跌倒在地。

一阵惊慌失措。剩下吉达一个人站在中央，旁边的人都不敢轻举妄动。

她牵起安东内拉的手，昂首向前走。"让开，让开，让我过去。"人群纷纷退开，没人敢碰她，等她走远了，隔个二十公尺远远跟着她。正当人群悄悄散去，在救护车和消防车的警笛声中，支援的警力也赶到了。警察局副局长负责这次的任务，听到一个声音在喊："准备！催泪瓦斯！"

吉达坚定地回过头来。"你们试试看，不要后悔。"她是受辱、生气的母亲，是大自然爆发的力量。

武装警察把她围了起来。"把手举起来！"警告的枪声在空中回荡。"我女儿，你们打算连她一起杀吗？"吉达尖叫，"让我过去。"

她面不改色大踏步往前走。连指头都没伸出来，就有六名警察倒地不起。

就这样她回到家。那是位于郊区的集体公寓。警力将其团团围住。

警察局局长拿着扩音器喊话：公寓全体住户有五分钟的时间撤离住处，至于神志不清的母亲应将小孩交出，避免无谓的事端。

吉达从她住的顶楼窗户探头出来喊了几句没人听懂的话，一排一排的警察就突然不由自主地退后，仿佛有无形的军团在推挤他们。"你们干什么？快排好队形！"长官都出声呵斥，可是连他们自己也跌跌撞撞地向后退去。

整栋公寓只剩下吉达和她的小孩。可能正在煮晚饭，因为有一缕轻烟自烟囱冉冉升起。

夜幕低垂，装甲车第七中队在公寓外围成一圈。吉达探出头来喊了几句，一辆重型装甲车开始簌簌抖动，然后轰的一声翻倒在地。再翻第二辆，第三辆，第四辆。一股不知名的力量把这些装甲车当锡铁玩具搬来拨去，等它们东歪西倒停止滚动的时候，已经全都报废了。

全国宣布进入紧急戒严时期，联合国也出兵援助。城里的包围半径拉大，准备黎明展开轰炸。

吉达和女儿站在阳台上安详地观看这场军事表演。不知道为什么没有一发炮弹打得中她们家，都在三四百公尺之外的半空中就提前爆炸。看一会儿吉达就抱着女儿进屋里去了，因为爆炸的隆隆巨声把安东内拉吓得啼哭不止。

他们决定断粮断水让她们投降。关闭供水管。可是每天早上和傍晚烟囱依然飘出缕缕轻烟，表示吉达在做饭。

将军们决定在 X 时刻进攻。时辰一到，数公里以内的大地全都为之一震，战车缩小包围，发出世界末日的巨大声响。

吉达又露面了。"够了，"她大喊，"别烦我们。"

战车车队开始起伏晃动，宛如被无形的巨浪拍打，一辆辆载着死神的铁皮怪兽在震耳欲聋的吱吱嘎嘎声中扭曲变形，变成一堆堆废铁。

联合国秘书长举着一面小白旗走出来，吉达示意请他入内。

联合国秘书长询问钟点女佣和平的条件：全国都筋疲力尽，老百姓和军队濒临精神崩溃边缘。

吉达请他喝咖啡，说："给我女儿一枚蛋。"

一共来了十辆卡车，满载各式各样的蛋，美不胜收，任凭安东内拉选择。其中甚至还有一枚纯金打造、缀满珠宝、直径三十五公分的金蛋。

安东内拉选了一枚小小的彩色纸蛋，跟女慈善家从她手里拿走的一模一样。

狗

圣诞节前夕，娜拉把圣诞马槽的人物一一摆到架子上——今年她不想布置圣诞树，心事重重的她根本提不起劲——尽管两手忙着将跪地祈祷的牧人、羊群、天使和朝圣的三王就位，人却魂不守舍，紧守着心里的伤痛不放，直到听到身后有硬物大力碰撞，砰的一声。

转过头去意外发现葛鲁伯，她心爱的牛头犬，站都站不稳，伸长了鼻子东嗅嗅西闻闻。"葛鲁伯，葛鲁伯。"她叫它，可是小狗并没有像以往那样摇摇摆摆地向她走来，而是停在原地，仿佛不确定自己有没有听懂。

不对劲。娜拉蹲下来，捧着小狗的头问它："葛鲁伯，你怎么啦？你生病啦？你怎么这样看我？"这才发现小狗根本看不到她。

她注意到葛鲁伯眼睛里有一层白色的东西好一阵子了，现在这层白膜已经覆盖住整个瞳孔。娜拉伸手在它眼睛前面挥了两下，一点反应都没有，瞎了，所以刚才会撞那么一下。葛鲁伯在黑暗中撞上了桌脚。

小狗是他送的，是他留下的最后一点记忆。他走了，不见了，丢下她，所以葛鲁伯是她得以活下去的最后依靠。说起来这些故事很可笑，可是真实人生就是如此。

彷徨无助。前所未有惊恐地发现偌大的房子里只有自己一个人，求救无门。似乎那一瞬间，城里常年会有的一种神秘的嗡嗡声，低沉、痛苦的呻吟，也停止了。大厅一片死寂，娜拉突然听到自己的心跳声。

要找兽医。或许只是暂时性的疾病，还可以治疗。但她其实知道兽医是看不出个所以然来的，上一次医生检查葛鲁伯眼睛的时候就吞吞吐吐的，不着边际地讲了一大堆什么中毒啦，然后开了抗生素，那些抗生素一点用都没有。再说，今天是平安夜，全世界的人都忙成一团，找哪个兽医都一样，回答千篇一律："当然，太太，不过要等过完节以后。"过完节？

她在客厅走来走去叫唤着葛鲁伯，看它是否真的什么都看不见，有几次好像它多少还感觉到她的影子，便朝主人走去，有时候它却乱走一通，撞上家具。她为小狗和她自己感到莫大的悲哀，想象明天晚上的圣诞晚餐，她第一次一个人在家，听着隔壁家家户户的音乐和笑声，葛鲁伯一如以往躺在她的脚边，鼻子对着她，暗淡无光的双眼看着她。

世界那么残酷，她不甘心。就算把整个米兰翻过来，也要找到医生：至少可以知道还有没有希望。焦虑中灵光一闪，想到若在平时她会觉得荒唐的做法。打电话给克雷利教授，眼科名医，是她的朋友。只是克雷利会怎么想？叫一位名医去看一只狗，太疯狂了。管他呢，生气也没关系，只要是有良心的人就会理解事情的重要性。

奇怪的是，脑子里已经在想克雷利教授的诊所没人接电话，或回答说他已经走了，要不就是今天不看病，或挂号全满，得预约圣诞节以后了；再不就是电话始终打不进去，或电话故障，或根本就在今天早上克雷利教授心脏发病死了，而他是世界上唯一能帮她的人。结果，不可思议，来接电话的竟然是教授本人。立刻听出她的声音，好像之前发生过什么事他全都知道，她也不隐瞒。当她尽量避免得罪人，笨拙、迂回地解释自己的需要时，他放声大笑说："您说实话，您没有勇气告诉我那是一只狗，对不对……所以说您不是很瞧得起我啰。我呀，还比较爱狗，不爱基督徒……该不会是那只牛头犬吧……就是它？什么？瞎了？可怜的小狗……当然要带它来。我现在要去医院，四点半我在诊所等您。"

她松了一口气。阳光洒在紫色的天鹅绒沙发上，带来一丝生气。窗外，属于城市的嗡嗡声，宣告着圣诞节将至。她不再排斥圣诞节，圣诞节又恢复成她小时候那个温馨、无忧无虑的节庆。不行，不能一遇到困难就认输，这个性真没用。感谢主，这个世界上还是有好人，不是大家都畏首畏尾的。

天气严寒但晴朗，不知道为什么。虽然没有风，空气倒也未因为都市排放且散不掉的黑烟和热气而变得污浊。娜拉在家里，哼着歌，等着时间一到就带葛鲁伯去看眼科医生。小狗也活泼起来，摆出一些姿势，仿佛一年前的它，得意的时候、慵懒怪异的外貌引起路人侧目的时候，像条龙，像个皮囊，像朵云，像头牛，当然得有丰富的想象力。

麻烦的是当娜拉四点半气喘吁吁地将小狗抱下计程车，站在诊所门前的时候，天色已渐渐暗了下来。落日的残红映在高耸的建筑物上檐，圣诞灯饰则在眼前没有章法、热腾腾地亮起。

娜拉什么都不管，踏进大楼，是所有可以让她宽心的理由带着她的脚步往前走。候诊室里挤满了人，大家都对葛鲁伯以及它的病有极大的兴趣，克雷利医生出现，很好心地优先为小狗看诊，听完描述，看看它的眼睛，然后说不用担心，不是眼睛的问题，而是机能衰退，所以还有希望。而小狗到了陌生环境，表现出不安，胆怯地贴紧主人。

听了医生的解释，娜拉觉得整个人说不出来地轻盈了不少。所以不是失明，小狗不会可怜地跌跌撞撞，不会不知所措在家里痛苦煎熬，不是世界末日。（葛鲁伯要是死了，娜拉和心爱的他最后的联系就没有了，人生与堕落的地狱哪还有差别。）不，葛鲁伯不会死，会重见光明，会重新在小朋友的哄笑声中在公园草地上追着球跑。

看诊结束，娜拉离开大楼和挂着项圈的小狗一起站在广场上的时候，夜幕已落下。克雷利医生现在在为其他病人看病，候诊室里的人已经忘了小狗的事情，回头担心起自己，娜拉知道在那一刻，世界上没有半个人想到她。

　　广场上有计程车招呼站，可是那个节庆夜晚，计程车都加入了圣诞节停不下来的疯狂中，没有车。娜拉站着等，葛鲁伯坐在她旁边仰头对着她，不知道发生什么事了。

　　没人理会这只失明的牛头犬，没人理会她，广场在市中心，周围都是灯火辉煌的商店，四处可见的巨幅灯饰按照设定好的节奏激动地一闪一灭。街角那家皮草店，就是两年前他为她买海狸大衣的同一家店，当时也是圣诞节。旁边是一家酒吧，她跟他去了无数次，每次都会起争执，因为时间到了他想回家睡觉，而她要等表演结束。一切的一切，家、展览、霓虹灯、广告，仿佛都在提醒娜拉：你记得吗？你记得吗？可是一切都结束了。

　　计程车不来，寒冷像一把冰刀割在她心里。葛鲁伯冷得受不了，开始低声哭泣。它不再是龙，不再是云，它只是一个被世界遗忘的饥寒交迫、生病、疲倦的老先生。

　　恍惚中，她环顾四周。这么多人是从哪儿来的？好像是从城里最偏僻的角落冒出来故意捉弄她的。男男女女、青少年、小孩、老人，在广场上形成一个圆圈，把她围在里面。每个人都很兴奋，每个人手上都有一包彩纸屑，每个人都面带微笑，每个人都很快乐。该死的圣诞节！

　　圣诞节是魔鬼，把大家弄得晕头转向，男男女女任凭它摆布，人人乐陶陶。她想起等待她回去的空无一人、冷清清的家，那个阴暗的角落，羞愧地发现自己在哭，眼泪顺着两颊滚滚流下，没人理她。他在哪里？会不会他也在这个广场上，夹在欢天喜地的人群中，手上也有一包彩纸屑，拥着比她年轻、漂亮的女子。计程车始终不来，有一个小时了吧，小狗冷得低声哀叫，她无心安慰它。最惨莫过于在节日没人理睬，身边找不到深情的眼眸，她终于明白可怜的葛鲁伯对她没有任何帮助。就算它重见光明，就算它有一百只眼睛，也没有用，因为葛鲁伯只是一只狗，根本不了解她，也不懂她的悲伤。至于他，遥远的爱人，在狗身上没有留下半点痕迹、一个记号、一点气味、一丝感觉。狗是空壳子。

所以她是独自一人。大家走过她旁边，衣角拂过她，甚至在混乱中撞到她，但是都没有人看她，发现她是多么忧伤。圣诞节是孤独，是绝望，是张着一口利齿、啃噬贲门上面那颗心的魔鬼。

甜蜜夜晚

她在睡梦中微微呻吟。

另一端的床尾，坐在沙发上的他在灯光下看书。抬起眼，她抖了一下，摆着头好像想逃离什么东西，睁开眼睛望着他，惊魂未定，仿佛从未见过他，然后微微一笑。

"亲爱的，怎么啦?"

"没事，不知道为什么我睡得不太安稳，觉得紧张。"

"你旅行太累了，每次都这样，而且你有一点发烧，没关系，明天早上就好了。"

她静默了几秒钟，还是盯着他看。对从城里来的他们来说，这乡间的老房子实在太过安静了，一种密室的寂静，仿佛在等待，仿佛墙、梁柱、家具等一切，都屏住了呼吸。

然后她说，比较平静:"卡罗，花园里有什么?"

"花园？"

"卡罗，拜托你一件事好吗？反正你还没上床，拜托啦，你看一下嘛，我怎么觉得……"

"有人在外面？怎么可能？这个时候谁还会待在花园？小偷？"他觉得好笑，"他们才懒得打我们这个破烂房子的主意呢。"

"拜托啦，卡罗，看一下嘛。"

他站起来，打开百叶和窗户，一看外面，傻了。下午刚下过雷阵雨，此刻，柠檬般的月亮照亮整个花园，有一种不可思议的纯净感觉，静止、空灵、安静，连蟋蟀和青蛙都闭上了嘴。

花园很简单，一片绿地，从白色卵石铺成的环状步道分叉出去的小路发出若隐若现的光，步道外围镶了一圈花。这是他童年的花园、生命中的伤痛、逝去欢乐的象征，在有月光的夜晚，看起来总像在对他诉说热情、难解的呓语。因为逆光而一片漆黑的东边，是用栎木挖一个圆拱做成的栅栏，南边是黄杨木的篱笆，北边有几阶楼梯通往菜园以及罗曼蒂克的谷仓，西边就是住家。这一切都是顺应沉睡在月光下的大自然巧妙安排而成，无法解释原因。可是，这个景色始终让他内心深处忐忑不安，他可以为这表情丰富的美景陷入沉思，却无法自行静下心来。

"卡罗，"玛利亚看他站在窗前动也不动，开始紧张，"你看到什么？"

他关上玻璃窗，拉下百叶，回头说："什么都没有，亲爱的。今晚月光好美，从没见过这么宁静的夜晚。"他重新拿起书，坐回沙发上。

十一点十分。

就在那个时候，花园东南方枥树的影子下，草丛中一片看起来像活板门的东西突然站了起来，移向另一边，露出了通往地底下的一个洞。一个矮胖、近黑色的身影从洞口冒了出来，左扭右摆地一溜烟跑不见了。

一只新生蚱蜢趴在叶茎上，快乐的、软软的绿色肚子随着呼吸的节奏上下起伏。蜘蛛的钩子手恶狠狠地插入它的胸口，一撕几瓣。小蚱蜢长长的后腿还想挣扎，但也就踢了那么一下。毛茸茸的脚已解决了头的部分，现在又在啃食腹部。体液从撕裂处不断流出，掠食者贪婪地吸吮。

全神贯注享受美食，没来得及察觉一个巨大的黑色影子正向它逼近。咻！脚下还紧抓着猎物不放的蜘蛛，就已经消失在癞蛤蟆的嘴里了。

尽管如此，花园还是一派祥和及诗情画意。

毒针戳进往菜园爬行的蜗牛的柔软肉体，它转过头来，身体还继续前进了两公分，然后发现脚已不听使唤，知道自己完了，渐入昏迷，感觉到攻击它的毛毛虫正张口一块块咬下自己的肉，在它曾经自豪的、圆润有弹性的身体留下一个个丑陋的凹洞。

死相难看的它最后一次抽搐时，欣慰地看到那该死的毛毛虫被蜘蛛叉起，转眼就被撕成碎片。

过去一点，是平静的田园生活。小灯笼一闪一闪的雄萤火虫，在娇滴滴伏在绿叶上的诱人雌虫的稳定亮光附近转来转去。

要，不要？要，不要？决定靠近她，轻抚她，她没有拒绝。它被爱情冲昏了头，忘记月光下的草地是最无情的地狱，正准备要拥抱它的女人时，一只金色的步行虫一刀划过，让它开膛破肚。小灯笼还兀自闪着"要，不要"，掠食者已经把它吞进肚里。

不到半公尺外同一时间正上演另一出惨剧。前后仅几秒钟的时间，巨大的黑影静悄悄地从天俯冲而下。先前那只癞蛤蟆背脊一痛，才想转身，已经悬在半空中，死在经验老到的猫头鹰的利爪下。

可是光看，却什么都看不到，花园中一派祥和及诗情画意。

死神随着黑暗一起来临，此刻进入最高峰，这样要持续到黎明。到处是屠杀、惨死、血肉横飞。凿刀插入头骨，钩子切断大腿，鳞甲被掀开内脏流一地，钳子夹裂外壳；无坚不摧的利爪、囫囵吞嚼的嘴、致死的毒针和麻醉针、隐形陷阱的丝线、活生生将俘虏液化的腐蚀毒液。从寄生苔藓的微小生物开始，轮虫、节肢动物、阿米巴变形虫、毛毛虫、蜘蛛、步行虫、蜈蚣，一直到蜥蜴、蝎子、癞蛤蟆、鼹、猫头鹰。无以数计的突袭杀手群起厮杀、啃噬、撕咬、分食、杀戮，就跟大城市里一样，每晚都有千名嗜血杀手全副武装倾巢而出，潜入民宅，割断睡梦中的人的咽喉。

那边少年蟋蟀突然断了歌声，惨死在鼹的突击下。篱笆边，被步行虫撕碎的萤火虫的灯笼也灭了。青蛙在蛇的紧紧缠绕下，乐声戛然而止。在蝙蝠肚子里扭曲变形、翅膀折断的飞蛾不会再来扑打玻璃窗。惊恐、焦虑、担心、挣扎、死亡，对其他成千上万的生物来说，这不过是一个二十公尺宽、三十公尺长、在夜晚中沉睡的花园。发生在邻近村落的情形也一样，还有在清澄月光照耀下，银白、神秘的山区也没有不同。夜晚一旦来临，全世界每一个角落都上演同样的故事：屠杀、毁灭、吞噬。当夜晚结束，太阳出现，另一场杀戮战争又开始，换一批杀手，冷血依旧。这从创世纪至今未变，到世界末日也不会有所改变。

床上的玛利亚显露出不安，断断续续吐出一些听不懂的话，又睁开眼睛，吓坏了。

"卡罗，你不知道我做了一个好可怕的梦，我梦到外面花园里有人被杀。"

"亲爱的，放轻松一点，我也要来睡了。"

"卡罗，别生气，我还是有种奇怪的感觉，我不知道，好像花园那里发生了什么事。"

"你在想什么？"

"好啦，卡罗，拜托嘛，我求你看一眼就好。"

他笑着摇摇头，站起来，打开玻璃窗往外看。

无尽大地笼罩在月光下。同样令人陶醉的感觉，同样难以言喻的恼人。

"安心睡吧，外面什么都没有，你没看到有多平静。"

电梯

我从住处的国民摩天大楼第三十一层踏进电梯准备下楼时，看到显示板上第二十七楼和第二十四楼的灯也亮着，就知道电梯还会停下来载人。

两扇门关上后，电梯开始急速下滑。那电梯速度惊人。

从第三十一层到第二十七层只是一眨眼的时间，在第二十七层电梯停了下来。门自动打开，我一看，觉得胸口那里一紧，甜蜜得晕眩。

进来的是她，这几个月来我在附近常常遇到她，而每次相遇我都一阵脸红心跳。

女孩大约十七岁，我遇到她多半在早上，她挽着菜篮，不是优雅那一类的，也不到不修边幅的地步，乌溜溜的长发用发带束起来高高扎在脑后。最吸引我的有两点：她的脸——瘦长、紧实、有力；颧骨很高，嘴巴小小的，坚定而高傲，一脸倔强。还有就是她走路的样子，坚决、经典，对身体有狂妄的自信，仿佛她是宇宙主宰。

她走进电梯，今天她没带菜篮，头发还是用发带扎在脑后，一样没有擦口红，其实她坚定、高傲的唇有着美丽的弧线，不需要口红。

进来的时候不知道有没有看我一眼，她冷漠地盯着墙壁。要说有什么地方不认识的人相遇会摆出一脸痴呆相的，非电梯莫属。就连她，那个女孩，也无法避免露出痴呆的神情，然而痴呆中依旧任性、自信满满。

这时电梯又在第二十四楼停了下来，我们两个人之间的私密，纯属偶然的私密，就此打住。两扇门打开，进来一位五十五岁左右的先生，有点邋遢，身材适中，头几乎全秃了，脸上有岁月的痕迹和精明。

女孩抬头挺胸地站着，右脚微微朝外开，服装模特儿拍照时的习惯姿势。脚上一双高跟漆皮凉鞋。手上拎着一个白色小皮包，很普通的皮包，说不定是假皮。双眼还是盯着前方，十分冷漠。

她是典型的宁死不屈的臭脾气。像我这样害羞的人会有希望吗？绝对无望。还有，她若真是帮佣的，一定会像佣人对主人那样对我极度不信任。

奇怪的是，电梯从二十四楼再度启动时不如以往冲劲十足，温吞吞的，下降速度也变得缓慢。我看电梯里面贴的那张说明：

"四个人以内，高速运行，四到八个人，慢速运行"。也就是说，重量超过时，电梯会自动减缓移动速度。

"怪了，"我说，"我们才三个人，又不是很胖。"

我看看那女孩，希望她起码瞄我一下，结果她毫无反应。

"我不胖，"那位五十五岁的先生笑容可掬，"可是我可不轻喔。"

"多重？"

"很重，很重。再加上这个行李箱。"

两扇门各有一个小玻璃窗，可以看到每层楼的隔门和楼层数。可是电梯为什么那么慢呢？简直就像停了下来。

我心中窃喜。电梯走得越慢，我在她身边的时间就越久。下降，下降，慢如蜗牛，没人讲话。

过了一分钟，两分钟。每层楼由下而上经过门上的小窗。还有几楼？应该到一楼了吧。

可是电梯继续下降，慢得离谱，还在降。

她终于看了看四周，有些不安，然后她问那位先生："发生什么事了？"

他平静地说："你是说我们应该已经过了一楼了？对呀，小姐，一点没错，有时候会这样。我们现在在地下了，你看，已经没有各楼的隔门了。"

真的，两扇玻璃窗外滑过的是肮脏的白色水泥墙面。

"您是在开玩笑吧？"女孩说。

"没有啊。这也不是每天发生，有时候会这样。"

"电梯要去哪里？"

"谁知道？"他难以捉摸地笑了笑，"总之我觉得我们会在这里困一会儿，最好彼此认识一下。"在与我握手前，他先与女孩握手："我是史奇亚索，您是？"

"佩罗西。"女孩说。

"佩罗西，名字呢？"换我握手的时候，我放胆问她。

"艾斯特。"她有点勉强、担心。

无法解释的奇特现象，电梯一直往地心方向下沉，怪恐怖的，换别的情况我早就吓得半死，可是此刻我很快乐，我们就像三个漂流到荒岛上的难民。照常理推断，她应该是会跟我凑成一对。我还没满三十，长得还不赖，她怎么可能舍我而选择另外那个年老力衰的家伙呢？

"我们到底要去哪里？去哪里？"艾斯特抓着史奇亚索的袖子。

"放轻松，放轻松，孩子，没有危险的。你看我们下降速度很稳。"

她为什么没来抓我呢？我觉得被打了一巴掌。

"艾斯特小姐，"我说，"我有一件事要告诉你，你知道我想了多久了？你知道我喜欢你吗？"

"可是我们今天才第一次见面！"她冷冰冰地说。

"我几乎每天都遇到你，"我说，"早上你去买菜的时候。"

我说错话了。果然她回答说："喔，所以你知道我是给人帮佣的？"

168

我试图挽回："你是佣人？不可能！我发誓绝对想象不到。"

"不然你以为我是谁？公主吗？"

"好了，艾斯特小姐，"史奇亚索和颜悦色地说，"这好像不是吵架的好时机，我们现在在同一条船上。"

我其实很感激他，但同时也有点恼火："史奇亚索先生，请原谅我的冒昧，您是谁？"

"谁知道？我自己也问过好多次，只能说是多面人吧。商人、哲学家、医生、会计师、军火商，视情况而定。"

"所以也可以是魔术师啰？您该不会偶尔也客串一下撒旦吧？"

我为自己感到意外，在如此恶劣的情况下，我居然这么自在，觉得自己简直太伟大了。史奇亚索大笑几声。电梯还在下沉，下沉，我看手表，已经超过一个小时了。

艾斯特哭了起来。我温柔地揽着她的肩膀。"不要哭，别哭了，不会有事的。"

"要是一直这样呢？"她抽抽噎噎地问，"要是一直这样呢？"说不出别的了。

"喔，不会的，小姐，"史奇亚索说，"我们不会饿死也不会渴死，我这个行李箱里面有所有必需品。至少可以撑三个月。"

我看着他，不对劲。那家伙早就知道了？是他搞的鬼？难道他真是撒旦吗？就算他是，又怎么样？我觉得自己年轻、强壮，又有自信。

"艾斯特，"我在她耳边低声说，"艾斯特，不要拒绝我。谁知道我们还要在这里困多久。艾斯特，你说，愿不愿意嫁给我？"

"嫁给你？"她的语气已经让我精神为之一振，"你怎么会想到要在这里娶我呢？"

"这个的话，"史奇亚索说，"我的孩子，我也是神父。"

"你是做什么的？"艾斯特问，总算镇静了下来。

"工业专家，薪水不差。你可以相信我，我的名字是迪诺。"

"你考虑一下，"史奇亚索说，"也可能是一个机会。"

"决定了没？"我一点都不放松。电梯还继续下降，我们已经在地底不知几百公尺了。

艾斯特惊慌的表情有些奇怪。"迪诺先生，我答应你，其实我并不讨厌你，你知道吗？"

我搂住她，揽着她的腰。为了不要吓到她，仅仅在额头上亲了一下。

"上帝祝福你们。"史奇亚索说，像神职人员那样举起双手。

就在那瞬间，电梯停了，我们悬在那里。接下来会发生什么事？会跌入谷底吗？难道是大难来临前的休息吗？

相反，长叹一口气之后，电梯开始缓缓上升。

"放开我，迪诺，拜托你。"艾斯特马上改口，我还把她抱在怀里。

电梯继续上升。

"不要这样。"我搔艾斯特的痒。她说："现在危险过了，你想都别想……你要的话再跟我爸妈谈……订婚？你太猴急了吧……拜托，那只是闹着玩的好不好？我以为你知道……"

电梯继续上升。

"你不要闹了好不好……好，好，你爱我，我知道，老套……你知不知道你很烦？"

上升速度快到让人头晕。

"明天见面？我们干吗明天要见面？我根本不认识你……再说我哪有时间……你以为我是什么？你以为我是佣人就好欺负？"

我抓住她的手。"艾斯特，不要这样，我求你，乖嘛！"

她生气了。"放开我，放开我……这是什么态度？你疯啦？真丢脸。我说了，放开我……史奇亚索先生，你评评理啊，这个讨厌鬼。"可是史奇亚索莫名其妙地不见了。

电梯停了。电梯门轻轻地打开，我们到一楼了。

艾斯特用力一扯，挣脱了我。"够了！要不然我一嚷嚷，让你一辈子都记得！"

她瞪了我一眼就离开了。越走越远，头也不回，自负的步伐是我心口的痛。

超车

我站在阳台上，我妈的旁边，看着下方人来人往（那些被观看而不自觉的人看起来特别有趣）。

我饭也吃了，烟也抽了，书也看完了，所有义务履行完毕，所以妈妈让我在阳台上看男人，看女人，看年轻的孩子（当然主要是看男人啰，我是个正经的小伙子，心中只有课业）。

突然我妈跟我说："那不是巴塔齐吗?"

我一看，正是巴塔齐开车经过，车牌 M1201，描述车牌是为了让你们了解我是哪一个古老年代的人。（古老得只有年代，其他的，就别提了！）

我说："是他没错。"

我妈说："他的车挺时髦的。"

"很时髦。"我回答。

"他不是你高中同学吗?"

"是啊,是高中同学。"

"车蛮神气的喔。"

"对啊。"觉得沮丧,我困坐阳台,他开车四处逛,跟我同年。

"别丧气,"我妈说,"你还小,有一天会轮到你。"

"或许吧。"可是我忍不住会想,巴塔齐不晓得走多远了,我永远也追不上他。

"谁知道呢,"我妈看着我,"这年头什么事都有可能。"

或许之前我被迫待在家里的时候还比较好,现在我东奔西跑,情况复杂多了。两眼直视正前方,哪敢欣赏风景,全神贯注于速度、方向盘,不容有分秒怠忽。不懂为什么每个人都急吼吼的,你只要慢人家一秒,就严重落后。以前开车没那么紧张,以前悠闲多了。

好在,我还可以问自愿陪在我身边的娇小可爱的玛丽亚车外发生的事。

"右边有什么好看的?"

"右边有一条狗、一座天桥,还有一个告示板,上面写着'兑换点券'。"

"左边呢?"

"左边有教堂、工厂,又一家工厂,三家,四家,还有两个写着'兑换点券'的告示板。"

"有没有看到是谁超我们的车?"

"有啊,是你朋友索兹。"

"你觉得他看到我了吗?"

"有啊,他看到你了。他过去的时候还做了个手势跟我们打招呼,很拽的样子。"

"现在超我们车的又是谁?"

"是契里欧利,你当兵时候的朋友,他的车好像一只鲨鱼喔。"

"可是他那张脸看了就讨厌,不管你说他有多厉害,他那脸就是讨打,看了想吐。你说是不是,玛丽亚?"

"什么?"

"你不觉得契里欧利一副……"

她打断我:"你知道刚刚谁超了我们的车吗?"

"谁?"

"道格斯·皮童尼,我没记错的话应该是你的远房表亲。"

"可是他不是十分钟前就超过我们的车啦!"

"看样子他玩上瘾了……又来了,你知道谁正在超我们的车吗?"

"知道,我从后视镜里看到了。没看错的话,应该是乔治·纳塔斯,那个下流胚子。"

"亲爱的,我们这到底是什么鸟车,怎么大家都跑到我们前面去了?"

"那是因为,"我说,"我还没试过车,我这辆车要比较久才会进入状态。"

"这到底是什么车型?"

"这是二二〇〇,说起来其实就是二一〇〇的新款车。"

"二一〇〇好像是一八〇〇的改良版。"

"没错。好玩的是一八〇〇是一五〇〇的调整版。"

"一五〇〇则是颇受好评的一四〇〇的下一代。"

"答对了。还有啊,从整体结构看来,一四〇〇和一三〇〇差别不大。"

"也可以说,两者都是一一〇〇的延续。"

"一一〇〇不是七五〇的姐妹版吗?"

"这我不知道,我倒是知道七五〇和六〇〇根本就是换汤不换药。"

"所以,追根究底,五〇〇、六〇〇、七五〇、一一〇〇、一二〇〇、一三〇〇、一四〇〇、一五〇〇、一八〇〇、二一〇〇、二二〇〇其实是同一型?"

"还用说?"

"那为什么你这个破车这么没力?难道它今天扮演五〇〇,不演二二〇〇啊?"

"不是,我跟你说过啦,车子还新,我不能太使力,要等它自己慢慢适应。"

"真是太过瘾了,亲爱的,你怎么变得那么神?你知道你把大家都甩到后面去了吗?"

"心情问题，还有，今天早上我给轮胎打了气，用的是圣摩里斯气，好贵，可是他们说保证有效。我还换了空气滤网。"

"给我看，好嘛，嘴巴张开……再开一点……说'啊'。对，就是这样，这样看得很清楚，这滤网不错嘛，又是新旅程的开始。"

"我还试过车了，你发现没有？"

"亲爱的，不要太夸张就好。"

天啊，我真的很行。急驰如电，简直在飞！我就是风，小指一翘，仿佛车尾装了火箭筒飚射出去，其他车的速度根本没得比，它们好像道路两边的护栏，原地踏步。

"玛丽亚，你说，刚被我们超过的车子里面坐了谁？"

"是你的远房表亲道格斯·皮童尼。"

"另外这辆呢？"

"不敢确定，好像是巴塔齐。他脸好臭喔。"

"这辆呢？"

"随便你猜。"

"谁？难道是那个欠打的契里欧利？太爽了。"

"就是他，真的。你怎么猜到的？……你怎么猜得那么准？你知道大家都望尘莫及吗？你昨天还是老牛拖车，今天怎么……哎，我找不到适当的形容词了。"

"我也说不上来，玛丽亚，事出突然，连我也不知道原因，还有，这是怎么回事？"

"你真的很神耶。"

"是啊，玛丽亚，我也觉得很过瘾，真的很过瘾，这种感觉真好。咦，刚被我们超过的那辆美国车上坐的是谁?"

"你知道是谁吗? 是马斯楚安尼耶。"

"那一辆呢?"

"希望我没看错，不过好像是方法尼议员。"

"那辆劳斯莱斯车上呢?"

"这个我看清楚了，是英国女王跟她的两个小孩。"

"你仔细看那辆金光闪闪的车里有谁，我很好奇……你看到了没有?"

"没办法，他们把车帘拉了下来，不过车门上有两只钥匙交叉的徽记。"

"亲爱的，你真的觉得需要做这次的保养吗?"

"我哪知道? 就跟每年一样我去检查，那个家伙说他听到下面有杂音，我问什么杂音，他说他不喜欢那个杂音可是也说不出是什么，说不定什么都没有，也可能是大问题。我哪懂，说不定是汽缸报销了，要打开才会知道，要我点头他才能打开，不是小工程，还有责任问题等，我觉得他看起来头脑还清楚，就说好，你打开吧。才半个小时，玛丽亚，你没看到，像屠宰场一样，零件散了一地，我还在想这回好了，谁会装回去? 至少要好几年工夫，谁知才两天，你看我不是又在你面前了吗? 值得耶，你听现在的声音又跟以前一样啦，就跟新的没两样。"

"我是觉得，最好少让人家敲敲打打，拆开关上，不知道搞什么。"

"你感觉一下那股冲劲，不是跟以前一样吗？我们会再一次腾云驾雾，领先群雄。像刚才被我们甩在后面的那辆黄车有谁在车上？"

"是甘洒迪全家周末出来玩。"

"我就说嘛，玛丽亚你也不能否认，修一下还是需要的。我现在比以前有劲，对不对？"

"没错，可是……"

"可是什么？"

"不知道，后面好像……好像有一辆车慢慢在接近我们，我已经观察它一会儿了，看起来是落后，但其实一直在逼近当中。"

"是什么车？"

"有的时候感觉是大车，可是有时候又看似小车，一直逼近，要是让它超过去就好玩了，亲爱的，有多少年没人超过你的车了？"

"准确时间我也不知道，大约三十年了吧。"

"呵，你也该满意了吧。"

"满意，满意！现在有个混蛋想超我的车，玛丽亚，你看一下到底那是什么车？看一下那是谁？"

"好，好……咦……喔，我看清楚了。是钟表先生。"

"那个会滴答响的？"

"就是他。车上还有他丈母娘，沙漏女公爵。"

"闷不吭声，一天到晚都在钩毛衣的那个？"

"是她。"

"还不死。那一家最讨厌了。我就知道，我就知道，最后结局是这样。"

风

傍晚六点，我在街角等她。那是米开朗基罗路、玛提利街、玛格丽特皇后大道、马索利诺·达·庞奇阿雷路、摩朗多提路、八月十六日大道、卡普亚街、纳欣贝内街、戈齐街、玛特多明尼路、克里思皮路、罗马大道、帕斯奎内利路、圣贾可摩路、帕陆波街、赛拉路、布拉街等街道的交叉口。对我而言跟她相遇的地点很重要，那里是我一生中所知道的所有街道和许多其他从来没听过的街道的交会处。

我等她，风在吹。一些铁铸的广告板吱吱嘎嘎地响，枯叶和纸屑在柏油路上哀怨地扫来扫去。那晚我心中也有风在吹，把我的情绪吹得忽上忽下，自己也搞不清楚怎么回事：是气，是爱，是恨，是怜悯，还是报复的欲望。

通常她最少会让我等十五分钟。但是我猜这次她会准时出现，而且我知道为什么。一如以往，我东张西望，急着想看到她，又企图掩饰自己的心焦。六点过两分，我心跳加速。我可以在数百公里外的人群中认出她。而她却也一如以往，仿佛从地下冒出来似的，突然出现在我眼前。踏着骄傲、青春无忧的步伐向前走来，没有人可以阻拦她，全世界都在等她，渴望她。她迎面走来，脸上带着微笑，还有什么比那个微笑更纯真、无邪、孩子气？

可是她一看到我，以女性的天赋直觉，便猜出我已经都知道了（莫名其妙的电话、突然的应酬、挂瑞士车牌的灰色汽车，还有他，陌生男子，这混蛋不知道载她去了哪里）。我并没有摆出臭脸，我很确定，说话语气也很祥和，我还取笑她的帽子，这个星期她已经戴三次了。然而，她还是懂了。

她挽着我的臂弯，我们向前走。她唇上的笑意不见了，是的，现在她的脸色阴郁，我假装若无其事。我们继续谈谈笑笑，说些傻话。她的手不再挽我那么紧，已经隐隐想要松开。

"我们去哪？"她声音有点抖。在风的吹拂下，有一绺黑发在她额前翻飞，有如用旧的牙刷。

"哪里都不去。"我说。是真的，因为我们两人不管朝哪一个方向走，前面除了风、漆黑和一片荒芜的无尽凄凉外，什么都没有。

"我有话要跟你说。"她开口说，重新挽紧我，因为她可以忍受无理取闹，可是这种不确定教她恼火。她大概在很短的时间内做过盘算——我猜想——那些事我真正知道的有多少，并想好了对策。外面和我心里的风越来越强，耳边听那沉吟的呼啸声渐渐扬起。

我强自镇静，并没有立刻出声。不知道为什么，周围的人看着我们，或许是风催促的缘故，大家都走得格外匆忙，只有我们两个步履蹒跚。我在预先演练她的谎言，已经知道会天衣无缝，不会留下任何让你怀疑的蛛丝马迹。已经知道我对她无力招架，又要打一次败仗。"什么事？"我说。

"我跟你说……"她又重复了一次。大概还不够有信心。谁知道呢，或许她正在罗织另外一个更完美的故事。

我缄默不作声，不懂向来软弱的我，怎能如此自制，不动声色。

"我是要跟你说，"她开始了，"昨天晚上……"这时一阵强风袭来，句子后面被吹散了。要不然就是她没说完。

"什么？"我一副冷淡、漠不关心的态度，仿佛话题很无聊，顺手把香烟扔了。风那种吹法，抽烟就跟没抽一样。

"昨天晚上，"她又从头说起，声音很哆，身体贴着我，"昨天晚上，我去的不是我跟你说要去的地方……"

一股凉意贯穿全身。我不知所措，始料未及的害怕：万一这一次她不骗我，把实话统统讲出来呢？那我怎么办？我要说什么？我的脸色苍白，有如槁木死灰，慌了手脚。说话时望着空洞辽阔前方的她并没发现。"主啊，"我在心里懦弱地祈祷，"求您让她说谎，让我继续相信，就再让她骗我一次吧。"

她滔滔不绝，一五一十地说下去。显然是她认为我全都知道，其实我仅知皮毛，起了疑心，但她不愿冒险说谎。那时我们走过公园，漆黑的树林传来簌簌风声。

"我是跟特利兹去跳舞了。"停了好一会儿，她才又接着说，"你认识他吗？"

挽着她的我的臂膀变得僵直，我怎么不认识他！那个自以为是的老粗。"没听过。"我说。

我们是逆风前进。她放开了我的手。

"她若是跟我承认一切，"我在想，"就表示说她不再爱我。她要是还有一点在乎我，一定会天花乱坠胡说一通。"我心里有一个新的东西在成形：仿佛一块冰冷的石头，渐渐膨胀。我听到自己不愠不火的声音问："之后呢？"

"什么之后？"她说，不再战战兢兢，恢复了自信，决心坦白；我觉得，语调中还有一丝嘲讽。

我们各走各的。我不知道是自己往哪里走，她也不问。"我是说，跳完舞之后，你们做了什么？"

她为什么笑？是什么恶毒的念头让她变得这么坏？她难道预见了一切？我对自己向来没把握，从没想过在这类情况下能如此镇定。

她放声笑，而风莫名其妙变得狂暴，直扑我们而来，好像费尽全力要阻止我们前进，在我们耳边呜咽着："别走了！停下来！快回头，趁你们还来得及。"强风中身上的衣服简直像画在裸体上的布。我不让步，她也不抱怨，低着头奋力前进，仿佛冲刺的野牛，每一步都踏得好辛苦。

与风搏斗中，还有一股罪恶的快感，觉得格外有劲、悲愤、与众不同。

感觉上风强到可以把我们撕裂，好像我们两个、言语、手势、我们卑微的故事、周遭的一切都只是一张纸，在北风的蹂躏、摧残下化为碎片。

桥到了，曾经，在日落时分充满浪漫情怀，而今却像鬼影……

"之后呢？"我再问，认不出自己的声音。那居高临下、雄伟、漆黑、冰冷的桥也是宿命之桥。踏上桥头时，强风迎面扫过来，她靠在栏……

"你真的想知道？不后悔？"她试着笑，但强风打断了她高亢的声……

"对。"我大喊，她应该也没听到吧，"我真的想……"

我不记得我是谁，全忘了。下面有河，可是水声、悦耳的淙淙流水，被怒吼的北风压……

我也紧抓栏杆免得被风吹走。等她回答，度日如年地等……风衣的衣角拍打着我的腿，仿佛失控的旗子。然后……她诡谲地看着我："你想我们会到哪？……"

"你知道我是怎么想的。"我抓住她的手臂，而她……

"噢！噢！"我什么都听不见。然后是呜呜的……"什么？你说什么？"我大……

她也大喊，去……自由，快……大概是教我将小刀插下去，就插在……

185

我抓住她？她不抵抗？她的脸好近……突然间她的脸变成一张小女孩的脸，苍白，两只吓坏了的大眼……

　　我心里有东西再也关不住，犹如巨……弹簧一触……

　　她呻吟："不，不。"她呻吟："不是……"她呻吟："不是真的。"她呻……

　　这么简单。我不敢相……她的小脸蛋毁……退后然后……就一下，刺……干净利……伸手不见五指的漆黑中那个可爱的没有血色……惊呼中……北风扫……北……听到扑通……

泰迪男孩

　　那些住在城郊的年轻人昏了头。不甘于待在上帝让他们出生的地方做安分的庶民，想自抬身价扮成主子，跟我——流着贵族血液的士绅阶级——平起平坐。那些可怜虫，根本不懂我们之间无法跨越的鸿沟。

　　他们开始模仿我们，天晓得他们玩了什么把戏，花了多少心力，弄到一些跟我们所穿的差不多的衣服，远看还几可乱真，有些乡巴佬在看到他们经过时还把帽子举个老高。可是一近看，只有瞎子才认不出这些粗人的破绽！有些背心做得过分滑稽地贴身，或者加了太多奇奇怪怪难看的皱褶，有些长裤软趴趴的，有些鞋子破旧不堪。还有剑。那些傻瓜过度炫耀挂在身侧的佩剑，那是骑士的象征，法律是禁止他们这种贱民佩带的。据说他们利用某些中庭作为击剑学校，请了几个不入流的打手来教授剑术。

这一切都是为了能够跟我们一样。

这也就罢了。他们的胆大妄为已经到了这样的程度：入夜后，三两成群，离开他们的贫民窟，到贵族专属禁地的老城市中心附近闲晃。何止附近，还有人甚至冒险潜入我们的宫殿之中，公然挑衅。

而总督大人的巡逻队，维持夜间治安和负责执法的为数不多的扈从都是些孬种，看到那些粗人踏着自以为是的步子靠近，他们就溜之大吉，闪到门廊和城壕里躲起来。

所以呢？所以，为了维持几世纪以来归我们管辖的这几个地方的尊严，身为贵族之子的我们，不得不介入。于是我们也三五成群，当起守卫来了。

就在一六八六这一年，余兴节目开锣啰。一晚，三个十六七岁冒充贵族的混小子在执政官广场上游荡，法毕利兹欧·科特扎尼、法兰兹·德拉·胡特，还有我，李欧内托·安特拉弥，埋伏在拱门阴影下面。这三个人走过我们旁边的时候，法毕利兹欧大笑了几声，把那三个没看到我们的家伙吓了一大跳。

"怎么啦？"法毕利兹欧说，"你们会怕啊？你们不是剑侠吗？"

"滚开！"他们之中身形最魁梧、有张马夫脸的开口说，"你们想打架是吧，少爷？最好溜之大吉，否则让你们后悔莫及。"跨开腿站稳了，右手紧握剑柄。

"你这小杂……"法毕利兹欧回他，"你知道这是我们的地盘吧？让开。"

法兰兹和我退到一边，准备观战。万万没想到，那个老粗的两个同伴居然也回避一旁袖手旁观。为什么呢？那些贱民嚣张到这个地步：他们也要摆绅士架子。

剑在晦暗的灯光下一闪，决斗开始。那个蠢蛋的体型是法毕利兹欧的两倍，可是那么多的肌肉、肥油有什么用？实力悬殊。难道一个乡下老粗能击败贵族之子？

一切快到根本来不及反应。那笨蛋出击时虚晃一招，做了一个假动作，而法毕利兹欧已经一剑穿心，亮晃晃的剑尖透出对方的背后。

大个儿扑通一声倒地，痛苦呻吟。另外两个已经不知去向。

那是第一次。接下来，夜复一夜，这类比试变成了我们最喜欢的活动。对从小就拜在拿坡里和西班牙名师门下学习剑术的我们来说，干掉这些小白痴简直是易如反掌，他们什么都不会。每天晚上都有没经验的新手来报到，第二天早上，就看到这边一个、那边一个地躺在血泊中。

当然，不是每个人都有跟我们较量的胆子，就像有一个一身黑衣、面无血色的瘦高驼子，他至少亲眼看见我五次以高超剑术击败他的同伴。之后他见到我总是畏首畏尾的。"喂，"我在背后喊他，"看得挺过瘾的吧？你要不要自己试一试？"他转过头来看着我，眼中的恨意，是对我的最高礼赞。他用那双凹陷、睁得老大的黑眼看着我，然后走开。他应该记得我了，或许还晓得我的名字，他知道当我拔剑出鞘，就已经宣判了对方的命运。

坦白说我对那家伙十分提防：他可以偷袭、暗算我，或以多欺寡。不过我先前说过，那些小白痴不知道为什么也懂得遵守游戏规则，总是一对一。正是这一点让人生气，好像在说："不要以为只有你们才懂什么是教养，我们就是命不要，也要做给你们看。"

可是我刚刚说的那个躲避我的年轻人，纵使眼睛喷火、充满敌意，但还是夹着尾巴跑了。我是真心想教他击剑的艺术，让他见识过后，永生难忘。

是命运不让我跟他面对面？他不高大，不壮硕，不身强体健，可是他的同伴都没有他看起来那么惹人嫌。

嘘，别出声，或许今晚时机成熟。沿着卡托提巷走过来的那个是谁？半夜两点，到现在都还一无所获。马尔克托·沙凡伯爵先走了，陪我等在皮里祐利广场角落的（绝佳地点，我在那里已经撂倒了六七个瘪三了）只剩德伊·史塔齐侯爵。

你们看，那不就是他，那个黑衣驼子吗？简直不敢相信，他落单了。我跟德伊两个人仿佛两尊石像，动也不动，站在巷口的另一端。卡托提巷虽然灯光昏暗，但逆光中的剪影就是他没错。

我们相隔不过十来公尺，不会更多。他的脸惨白，跟死人没两样，眼睛盯着我，像两洼恨意满盈的洞窟。看一个人这么害怕别有趣味。可是他若害怕，为什么一直向前呢？难道他想找死？

"乔思，"我问德伊·史塔齐，"你说为什么这家伙要撞我？"

我们两个人站了出来，明摆了在等他。

"你喝醉啦？"德伊·史塔齐冷冰冰地问他，"你为什么踩这位

190

先生的脚？"

他就在我们面前，在欧梅亚宫的火把照耀下看得一清二楚。瘦小、卑微、猥琐，身上披一块黑布，假扮贵族。那张脸、低矮的额头、不正的鼻子、歪斜的嘴巴，说明了几百年来的穷困和低贱。

"我……我……"那可怜人舌头都打结了，"我没有踩……"

"快跟伯爵道歉，我们就饶过你。"侯爵微笑着说。

那家伙迟疑了一会儿，也许是吓傻了。是惊吓吗？

终于拿定了主意："我可以道歉，如果……"

"跪下，"我说，"跪下道歉！"

他用那双眼盯着我，全身僵直，敏捷地向旁边一纵，离开巷子，随即后退两步，伸手握住剑柄。

"伯爵先生，你对自己这么有自信？"他声音沙哑地问。

剑出鞘，声如啸。这几个星期我就在等这一天，不过我会慢慢来，我要玩个高兴，先造成他的错觉。好玩，这游戏太好玩了。

我们两个人都已就位，我觉得自己活力充沛，跃跃欲试。双剑交锋，我立刻知道他落了下风。

"龌龊鼠辈，"我问他，"你干吗要送死？"

"为了她。"他回答。

"她，是谁？"

"为了她。"他重复道，并用左手指向一扇窗户；那里探出头来看着我们的，是我的恋人茱丽安娜。

"混蛋，我让你再也说不出来。"我拿剑尖指着他的眼睛，对他发出怒吼。

我原本想在结束他之前逗他玩玩，激怒他，但他的傲慢让我改变了主意。不，我不能再等了。

我使出我的绝招，声东击西，杀他个措手不及。他果然手忙脚乱，我感觉我的剑刺到了什么东西。

结果没有，那个小人很笨拙地躲了开来。

"刚刚那个你不喜欢？那看我这招！"我失去耐性，看他还好端端站在我面前，我就火冒三丈。

可是他的剑，明明因为害怕都乱砍乱打，却总能避开我的攻势。

奇怪，怎么他好像比刚才高，几乎跟我差不多。他歪斜的嘴微微张开，我可以看到他的牙齿，他在笑。

"你还笑，混蛋！"我身子一跃，闪电出击压住他的剑，他这回逃不掉了。

太离谱了，不可能，只有天知道他是怎么挡下来的，在千钧一发之际，他诡异地身形一变，躲过那一击。

那小人放声大笑。他又长高了，超过我一个头，恶狠狠地盯着我看，那双凹陷、睁得老大的黑眼像骷髅头似的。他不止两只脚，有三只、四只，甚至更多，细细长长，灵活迅速。他手上不止一把剑，有两把、五把、五十把剑怒气腾腾地铿锵作响。我疑惑地用眼角瞄了一下我的同伴，他靠在墙上，呆呆的，表情很奇怪。

可怖的蜘蛛把我惹毛了。我挡，我再挡。手腕一麻，我挂彩了。我还撑得下去吗？气喘吁吁，我得快一点，使那一招阿拉伯剑法好了，虽然有违传统但是情况紧急……呵！

胸膛上一朵血花溅开，胸口刺痛，越来越深。谁把灯熄了？怎么这么黑？

气球

周日早晨，圣欧内托和秘书长两位圣人听完弥撒之后，舒舒服服地坐在两张黑皮沙发椅上，看着下方的地球，看那些人类在搞些什么花样。

"秘书长，"静默之后圣欧内托开口问，"你一生中快乐过吗？"

"这个问题啊，"秘书长微笑回答，"地球上没有人是快乐的！"一边说一边从口袋掏出一包万宝路香烟。"抽烟吗？"

"太好了，谢谢。"圣欧内托说，"我平常早上是不抽烟的，不过今天是假日……某些情况下，我想快乐……"

秘书长打断他："你有过亲身经历吗？"

"我个人是没有，但是我相信……"

"你看看他们，看看他们！"秘书长指指下面，感叹道，"人类有几十亿，今天是星期天，星期天最美好的上午还没过完，晴空万里，气候凉爽，和风煦煦；树木冒出新芽，草地一片新绿，春天到了，再加上经济奇迹，他们应该满足了吧，对不对？好，你在这么多人里面指一个快乐的给我看，一个就好，我也不多要求。你要是找得到，我就请你吃大餐。"

"一言为定。"圣欧内托说，睁大了眼睛在密密麻麻的人群中搜寻。他很清楚，这样看一眼就能找到目标是痴心妄想，至少也得花上好几天的工夫，不过谁知道呢。

秘书长带着一丝嘲讽的微笑看着他。（不要误会，是善意的嘲讽，否则他算什么圣人呢？）

"哈，那里有一个机会！"圣欧内托突然从沙发上直起身子。

"哪里？"

"那个广场上，"他指向一个毫不起眼的山腰上的小村落，"那里，从教堂出来的人群中……你看到那个小女孩了吗？"

"那个脚怪怪的？"

"对，就是她……我注意到……"

小女孩诺蕾塔才四岁，她的脚有些畸形，身体瘦可见骨，摇摇欲坠，好像生过一场大病。妈妈牵着她的手，一看就知道家境清苦，可是小女孩身上还是穿了一件有蕾丝的白色洋装作为弥撒服，天晓得付出了多少代价。

教堂大阶梯下面有许多小贩，有卖花的、卖胸针的、卖宗教画像的，表示最近有宗教节庆，还有一个卖气球的小贩，一堆五彩缤纷的美丽气球在小贩头上，随着每一次微风吹过优雅地起伏飘荡。

　　和妈妈手牵手的小女孩停在气球小贩前面，露出让人无法抗拒的微笑，抬头看着母亲，眼神中充满了期待、盼望、祈求、疼惜，就算地狱使者也不能说不。正因为幼小、脆弱和纯真，或许吧，只有孩童（还有某些受虐的小动物）的眼神才拥有如此强大的力量。

　　所以深谙此道的圣欧内托才会锁定这个小女孩，他的逻辑是这样的：她想要一个气球的渴望是那么强烈，如果上帝见怜，做妈妈的会买给她，小孩一定会很快乐，即便只有短短几个小时，还是快乐。果真如此，我就赢了跟秘书长的这场赌局了。

　　圣欧内托可以看到下面广场上的一举一动，可是听不到小女孩跟母亲说的话，也听不到母亲回答小孩什么：这是很奇怪的矛盾，没有人知道为什么，天堂的圣人对地球上发生的任何事都看得清清楚楚，仿佛他们的眼睛同时也是高倍数的望远镜，可是地球的声音传不到天堂（我们待会儿看到的少数例子除外）。说不定这项措施的目的是保护圣人的神经系统不受机械的粗暴噪音干扰。

　　妈妈拉着小女孩的手想往前走，那一刹那，圣欧内托真怕这一切就像人类世界每天都在发生的苦涩失望那样，化为乌有。

　　因为就算全世界的装甲部队联合起来也无力抵挡的诺蕾塔哀求的眼神，但是在贫穷面前却无计可施，贫穷没有心肝，也不会为一个小女孩的不快乐而起怜悯之心。

　　幸好诺蕾塔踮起脚，坚持地望着母亲，哀求之意更为殷切。

母亲跟气球小贩说话并给了他几个铜板，小女孩用手一指，小贩便从一大捧气球中挑了一个饱满、结实的美丽黄色气球。

诺蕾塔走在妈妈身边，还不敢相信细绳牵着、飘扬在半空中的气球正随着她的步伐轻盈地摇摆。圣欧内托用手肘顶了顶秘书长，贼贼地一笑，秘书长也笑了，只要人间痛苦能有所减少，即使赌输了，还是高兴都来不及。

带着气球在星期天早晨穿过村落的诺蕾塔，你是谁？你是从教堂出来容光焕发的新娘子；你是凯旋得胜的女王；你是被热情观众抬上肩的伟大歌手；你是全世界最美丽、最富裕的女人；你是爱情与祝福、花朵、音乐、月亮、森林和太阳。所有这些都是你，因为一个树脂气球就能让你快乐。那双细瘦的腿不再病恹恹的，是让年轻运动员在奥林匹克戴上桂冠的腿。

两个圣人伸长了脖子继续盯着她看，妈妈和女儿回到了位于山坡地荒凉郊区的家，妈妈进去做家事，诺蕾塔则坐在街边一块隆起的石头上，看看气球，看看路人：希望全世界都来羡慕她那不凡的财富。虽然街道在高耸、阴郁的房子包围下晒不到一点阳光，但那并不美丽的小脸蛋发出的光却照亮了周围所有房屋。

路过的人群中有三个小混混，游手好闲的他们也被小女孩吸引，她对他们微笑，三个人其中一个，从嘴上取下点燃的香烟，仿佛天经地义，顺手就拿去烧气球。气球啪一声爆了，原本笔直朝天的细绳和绑在另一端的一小截气球碎片垂落女孩手中。

一时之间诺蕾塔没搞懂发生什么事，惊恐地望着那三个小流氓狂笑而去。然后她才明白，气球没有了，她生命中唯一的喜悦被永远剥夺了。她的小脸先抽搐了几下，然后整个扭曲变形，她开始绝望地放声大哭。

那种痛无法量计，太残忍，太野蛮了，无法补救。天堂乐园里，之前说过，人类的声音是传不进来的，不管是马达的嘈杂、警笛、枪声、喊叫或原子弹的隆隆巨响。可是这回却听到小女孩的哭声，而且久久回荡不散。天堂纵然是永恒的净土，但也有极限，难道这些圣人就可以对人间疾苦充耳不闻吗？

这个事件，对平日沉溺于崇高情操的圣人来说，打击颇大，阴影覆盖了光之国度，心中凄凄然。要用什么才能弥补小女孩的痛？

秘书长看着朋友圣欧内托，默默无言。

"这个世界真丑陋！"圣欧内托说，将手上刚点燃的香烟抛了出去。

往地球坠落的香烟在空中划出奇怪、长长的光痕，有人抬头看到，误以为是飞碟。

公园自杀事件

　　一年前，我朋友，也是我同事，三十四岁的史迪凡诺得了汽车狂热症。

　　史迪凡诺原本有一辆甲壳虫，看不出他有任何汽车狂热症的征兆。

　　但他的病却一下就发作了，正如致命的吸引力，一旦缠上就脱不了身，短短几天内史迪凡诺变得歇斯底里，三句话不离汽车。

　　汽车！指的不是每天代步的工具，而是名车，是成功的象征、个性的选择、世界的主宰、自我的扩张、冒险的装备，还有，是今天所谓快乐的表征。

　　渴望、企盼、望眼欲穿的是车中翘楚，光彩夺目、强劲有力、新颖、难以驾驭、有个性，让亿万富翁也为之向往。

这种感情是傻气、纯真，还是愚蠢？我不知道，我从来没有过，最好不要轻易猜测别人的心思。这年头不知有多少人得了同样的病，他们的人生目标不是平静和谐的家庭生活，不是工作成就和高薪，不是权势或艺术创作，也不是心灵的升华。皮肤晒成古铜色的少爷们和事业有成的企业家们，坐在最新潮的咖啡馆里侃侃而谈的他们的梦想，是如此如此的稀世名车。只是史迪凡诺收入微薄，他的白日梦确实遥不可及。

史迪凡诺的狂热困扰他自己，让朋友避之唯恐不及，更让深爱着他的娇妻法奥丝婷娜深感烦恼。

不知多少次，我在他们家听到这样冗长、让人难堪的对话。

"你喜不喜欢？"他拿某些超级名车的广告给法奥丝婷娜看。

她随便瞄了一眼，反正心里有数。

"当然喜欢啊。"她回答。

"你真的喜欢？"

"喜欢。"

"你真的很喜欢吗？"

"史迪凡诺，拜托你好不好。"她露出像面对神志不清的病人时那样安抚的微笑。

沉默许久后，他说："你知道多少钱吗？"

法奥丝婷娜企图缓和气氛，开开玩笑："我看还是不要知道的好。"

"为什么？"

"你比我还清楚为什么，因为这么昂贵的东西我们永远也买不起。"

"你看，"史迪凡诺火大了，"你至少……不要扫我的兴嘛……你都还不知道……"

"扫你的兴？"

"对，而且你还是故意的，你明知道我爱车，这对我很重要，是我最大的快乐……而你，你不但不鼓励我，还嘲笑我……"

"史迪凡诺，你这样说太不公平了，我没有嘲笑你。"

"你还不知道这车多少钱，就先跟我唱反调……"

他们就这样吵了几个小时。

我还记得有一天，趁着她先生在另一边听不见，法奥丝婷娜跟我说："车子这件事，已经变成一大困扰，我们家唯一的话题，从早到晚，都是法拉利、捷豹、玛莎拉蒂这些该死的车，好像我们明天就要去买似的……我不知道怎么办，我已经不认得他了，你也知道以前史迪凡诺多可爱……有时候我都怀疑他是不是有哪里不对劲。你说有没有可能？我们还年轻，彼此相爱，还有好长一段路要走。史迪凡诺工作表现不错，同事也都喜欢他，我们为什么要自毁前途呢？我发誓，只要这一切能告一段落，能实现他的汽车梦，我发誓，就算让我……我还是别说了！"她已眼泪汪汪。

疯了？神志不清？谁知道。我很喜欢史迪凡诺，或许在他对汽车的憧憬里有某些东西，具象的亮丽、完美的汽车之外的某些东西，不是我们能懂的，对他而言是护身符，是一把能打开命运之门的钥匙。

那天史迪凡诺出现在我面前——我永远都不会忘记，我们约在市中心圣巴比拉——开着一辆从来没见过的车，长车身、低底盘的天蓝色两人座全新跑车，轻巧、曲线优美，车头向前伸展出去，至少要五百万，天晓得史迪凡诺哪里弄来那么多钱。

"是你的?"我问他。他点头。

"喔，恭喜，你终于如愿以偿了。"

"哎……存钱，存钱，还是存钱……"

我绕了车子一圈，看不出是哪一个厂的，引擎盖上的标志是一环很复杂的草写字母。

"这是什么车?"

"是英国车。"他说，"机会难得。这个牌子几乎没什么人知道，应该是戴姆勒的分支。"

连我这个门外汉都觉得它的确无懈可击：流畅的线条、结实的车身、四轮自信的跳跃、细部的一丝不苟、祭坛般端庄的仪表盘，黑得发亮的皮椅可比四月微风的轻柔。

"来啊，上来。"他说，"我载你兜一圈。"

没有杂音，安安静静，只有呼吸，听起来像运动员的和谐的喘息声，每一次吸气，两旁的房屋就飞似的向后狂奔。

"怎么样?"

"太棒了。"我找不到更好的形容词，"怎么说? 法奥丝婷娜?"

我看他脸沉了下来，沉默不语。

"怎么啦? 她反对?"

"不是。"

"那是怎样？"

"法奥丝婷娜走了。"

安静。

"她走了，她说她不能再这样跟我过下去。"

"原因呢？"

"你说呢？唉，女人。"他点燃一根烟。

"我还以为她爱我。"

"她当然爱你！"

"那她怎么会走？"

"去哪儿呢？回娘家了吧？"

"她爸妈什么都不知道。她就这样走了，我再没有她的消息。"

我看着他，他脸色有些苍白，同时一手爱怜地抓紧方向盘，一手抚摸排档突出的圆柄，在油门上的脚则像踏在心爱女人肉体上那样温柔地踩踩放放。每一次触摸，车子便精神焕发，微微一颤。

我们出了城，史迪凡诺走高速公路去都灵，只花了四十五分钟。速度惊人，我倒是异于以往，一点都不怕，感觉上车子信心在握。还有，车子似乎能洞悉史迪凡诺的意图，总是早一步就猜到他心里的想法，但我还是生史迪凡诺的气。车子、如愿以偿，我都没意见，可是法奥丝婷娜，那个可爱的女人离开了他，他竟然无动于衷。

不久后，我离开了一段时间，再回来，生活上起了些变化。我跟史迪凡诺还有见面，不过不像以前那么频繁。他换了工作，待遇颇丰，开着他的爱车环游世界，很快乐。

接下来几年，史迪凡诺跟我偶尔还会见面，每次我都问到法奥丝婷娜，而他都说法奥丝婷娜再也没有出现；我再问他车子，他说车子还是好车，只是老了，常常进修车厂，但技师也多半无能为力，外国引擎，构造又复杂，没几个人懂。

后来我在报上看到那则新闻：

汽车逃亡记

昨天傍晚五点，一辆停在摩斯克法路五十八号的咖啡馆前面的天蓝色跑车，在无人驾驶的情况下自行发动。

车子加快速度开过加里波底路，通过蒙特娄路后向左转，再向右转，开上艾尔维齐亚大道，然后撞上公园外围的城墙遗迹，起火燃烧成灰烬。

到底这辆无人驾驶的汽车怎么能走完上面这段路，而且在交通高峰时间没有造成任何意外，同时还能加速前进，实在令人费解。

现场注意到车内无人的人并不多。他们以为车主是恶作剧，躲在方向盘下面，用镜子探路前进。他们的说辞一致：看车子行进中技术熟练、毫不迟疑，完全不像无人驾驶，而且它还为了闪避一辆从科纳尼卡路冲出来的摩托车，紧急转向。

这些细节我们只是当作新闻予以报道。这一类的事件在米兰已经发生不止一次了，不需要穿凿附会说是超自然现象。

至于循车牌查到的车主，是四十三岁的史迪凡诺·殷格拉西亚，从事广告工作，现址芒佛列迪尼路十二号。他承认将车停在摩斯克法路五十八号的咖啡馆前面，但车子当时是熄火状态。

我看完报道，立刻去找史迪凡诺。他人在家，心烦意乱。

"是她吗？"我问他。

他点头。

"是法奥丝婷娜？"

"是她，苦命的法奥丝婷娜。你知道啦？"

"我不知道，有时候我会怀疑，只是这太荒谬了。"

"是很荒谬，"他以手掩面，"可是世界上真的有这些爱情奇迹……一天晚上，一年前，一天晚上我拥着她。好恐怖，真是不可思议，她一边哭一边发抖，然后全身僵直，开始充气。她急忙冲出去，差一点就困在门里了，幸好当时外面半个人都没有。才两三分钟的时间，然后我就看到她在人行道上等着我，簇新、炫目，烤漆还有她最喜欢的香水味。你还记得她有多美吗？"

"然后？"

"然后，我是个胆小鬼，没良心的人，她老了，引擎没力了，一天到晚故障。我就想：是不是该换辆新车呢？我总不能一辈子都开这辆老爷车吧……你看，我有多混蛋，我不是人……你知道我昨天停在摩斯克法路的时候是准备去哪里？我是想把她卖掉，买一辆新车，为了十五万我可以把为我付出生命的老婆给卖掉，太恐怖了……现在你知道她为什么要自杀了。"

凡心

用过午饭后，圣人们习惯在一座高架回廊里散步——有数亿光年那么高——两侧是由铝框镶嵌的一块块方形水晶墙面，并没有天花板。所谓的天花板就是天穹。反正上面也不会下雨。

左壁——望向左边——从许多打开的水晶方块透进天堂难以言喻的空气，只需吸一口便足以使明知快乐遥不可及、也只能独自承受不快乐的我们心醉神迷；远处还传来优美的歌声，类似乡间黄昏时分农民唱的令人心碎的歌曲，只是百倍万倍地更为动听。

右壁却全部封死。不过，透过清澄透明的玻璃，可以瞥见下方的宇宙万物，冰冷、炙热，无数的星云不停地翻腾、轮转。可以分出主轴和副轴，还有各个星球及它们的卫星，全都一清二楚，因为圣人的视界一旦张开，是没有阻碍的。

自然没有圣人，或几乎没有任何圣人会朝右边看。他们怎么还会对那个他们终于摆脱了的世界感兴趣？他们可是吃尽千辛万苦才变成圣人的。不过要是有人在行进间，或跟朋友聊天的时候靠近右壁并且不经意地瞧上一眼，整个星系一览无遗（圣人做事是不分好恶的），绝没有人会惊奇或诧异。宇宙天象还在某些教堂神父建议下变成加强信仰的辅助工具。

事情是这样的，那一晚——说那一晚只是为了方便，其实那上面不分昼夜，永远洋溢着荣光和明亮——圣艾摩杰内在跟朋友闲聊时，走近右边的玻璃墙，看了一眼。

圣艾摩杰内是普受敬重的老者——他出身于贵族家庭，受上帝感召前，生活奢华总不算是他的错吧？其他圣人屡屡以他圣洁之身披着一件比起菲迪亚斯时代的典雅绝对有过之而无不及的华丽披风取笑他。别以为天堂就没有人性弱点、坏心眼，少了这些，即便最神圣的圣德也将只是像霓虹灯一样死板的一束光，索然无味。

圣艾摩杰内并非有意，只是对他原来生活的地方眨了一下眼，那骄奢淫逸、凹凸不平、四分五裂的地球，人类之家。纯属巧合，在地球密密麻麻的景象中，他看到了一个房间。

房间位于市中心，很大，家徒四壁，显见屋主的穷困。房间中央一盏大灯，灯光下八个少年或坐或卧：靠在沙发椅背上、兀自出神的是一个二十来岁的绝色少女，沙发上坐着两个年轻人，另外还有两个站在对面，在沉思；还有三个，两女一男，蜷卧在旁边的地板上；老旧的唱盘吹的是摩里冈的萨克斯风。坐在沙发上的其中一个年轻人侃侃而谈，说他自己，说些傻事、荒唐事，说他将来要做什么，会有不凡、伟大的作品。听起来，应该是位画家在畅谈心中事，虽然属于个人，可是充满了期待、希望和热情。另外几个人，心思相近，便各自沉浸于自己的梦想，或许幼稚，或许没有意义，在那一瞬间每个人的心都飘到远方，飘向未来，飘向深夜里幽黑屋缘与天际交界处慢慢泄出的神秘天光，那是黎明曙光，新的一天的来临；美好的将来，在等着他们。

只那么一眼，圣艾摩杰内才看了那么一眼，却已足够。

圣艾摩杰内将目光望向老家地球时是一张脸，当他转过头来看着和他讲话的朋友时虽然还是同一张脸，神色却已完全不同。换了我们看他，是看不出所以然的，可是他那位圣人朋友对这种事特别敏感，问他："艾摩杰内，你怎么啦？"

"我？没事。"艾摩杰内说，他并没有撒谎，圣人是不会撒谎的，是他自己还没意识到。

然而，就在他说那句话——"我？没事。"——的时候，艾摩杰内突然觉得自己极度不快乐。其他人都在看他，因为如果他们之中有人动了凡心，圣人会迅速察觉的。

我们以基督徒的慈悲，来看看到底他内心发生了什么事。他为什么不快乐？为什么他失去了永生的礼赞？

虽然只是瞬间，他看到了那些年轻的男男女女，在生命之门，他看到了原以为自己已经忘记的二十岁的希望，他又找到了生气、活力、哭泣、绝望、青春的生涩力量和对未来的无限憧憬。

而他，在主的国度里无须渴望，一切是极乐至福，第二天还是极乐至福，永远不变，后天、大后天，淹没你，无止境，永远的永恒。可是——

可是不再青春，不再焦虑、犹豫、急躁、担心、幻想、狂热、恋爱、疯狂。

艾摩杰内傻傻站着，脸色苍白，旁边的同伴吓得纷纷退后。他不再是他们其中一员了，他不再是圣人，他不快乐。艾摩杰内双臂无力下垂。

恰巧经过那里的上帝看到他，停下来跟他说话。上帝拍拍他的肩："艾摩杰内，你怎么啦？"

艾摩杰内用手一指："我看了一眼那下面，看到那个房间……那些孩子们。"

"你感叹逝去的青春？"上帝对他说，"你想像他们那样？"

艾摩杰内点点头。

"宁愿放弃天堂？"

艾摩杰内又点点头。

"你知道他们的命运吗？他们梦想荣耀，可能潦倒一生；梦想财富，可能不得温饱；梦想爱情，却遭爱人背叛；以为自己会长命百岁，可能只活到明天。"

"没关系，"艾摩杰内说，"此刻他们可以大做白日梦。"

"你在这里拥有的正是他们追求的喜悦，而且没有尽头，再说你永远不用担心有人会剥夺。你的绝望不是没有道理吗?"

"没错,我的主,可是他们,"他指了指下方的陌生男女,"他们还有许多的未知在前面,或好或坏,但是他们有希望,您懂吗? 美好的希望。而我……我这个拥有极乐至福、一身荣耀的圣人,还有什么好期待的?"

"嗯,我知道,"全能的主也若有所思,"这是天堂的问题所在: 没有期待。好在——他笑了——这里可以分心的事很多,所以没有人注意到。"

"那现在怎么办?"不再是圣人的艾摩杰内问。

"你要我送你下去吗? 你真的想从头来过,甘冒一切风险?"

"是的,请原谅我,但这确是我要的。"

"万一这一次你失败了呢? 要是这一次你不再受到恩泽? 如果你输掉你的灵魂呢?"

"那就认了,主啊,我在这里反正是不会快乐了。"

"那你就去吧。不过别忘了,孩子,我们在这里等着你,希望你回来的时候恢复正常!"

上帝便轻轻推了他一下。艾摩杰内向后一跌,发现自己变成二十岁的小伙子,跟另外八个年轻人同处一室,与他们相仿,身上也是一条灯芯绒裤、一件套头毛衣,脑袋里对艺术有一堆厘不清的想法,焦躁、叛逆、欲望、忧郁、烦恼。快乐吗? 才不呢。可是内心深处有某个自己也说不出来的美好感觉——是记忆,也是预感——在呼唤他,仿佛地平线那端漆黑中的一线光明。那,是快乐,是心灵宁静,是爱情得偿。那声呼唤就是生命,为得到它吃苦也值得。只是，能得到它吗？

　　"对不起，"他伸着手向大家走去，"我叫艾摩杰内，希望我们能成为好朋友。"

奴隶

并非刻意，纯属偶然，路易吉用钥匙开门的时候没发出半点声音。

既然如此，就给她一个惊喜吧，干脆踮着脚尖走路。

一进门，就察觉到克蕾拉在家。他每次都猜对。不知道为什么女人会让周围的氛围全都改变，感觉很温馨。他是那么爱她，每次回家，都会莫名其妙地担心她是不是已经弃他而去。

蹑手蹑脚，他通过玄关拼花地板的考验，踏上风险较小的瓷砖走廊，伸长了脖子悄悄窥探厨房。

看到克蕾拉，背对着他，相隔不到两公尺。完全没有想到路易吉会回来，她站在桌子前面专心地准备不知什么东西。光看颈背就晓得她在微笑。这可爱的女子。一定在弄他喜欢吃的菜，而她因为预知他的满意所以快乐。

她突然侧过身来，现在路易吉可以看到她四分之三的正面，脸颊的曲线、睫毛末端、俏皮的鼻头、微笑（或者是因为专注？）上扬的嘴唇。

目光从她可爱的脸庞下移到之前看不到的纤纤玉手，这一来路易吉就可以观察克蕾拉在做什么了。

中间铺有蕾丝油纸的长盘上呈几何图形排着十二个酥点，酥点中央点缀着糖渍樱桃，正是他最爱吃的点心。应该已经完成了，但是克蕾拉还不停拨拨弄弄，好像在做最后的修饰。

只是动作有些奇怪。克蕾拉用左手两根指头拎起糖渍樱桃，右手则拿着一个小罐子——看起来是这样——往原来摆樱桃的位置撒上少许白色粉末，然后把樱桃放回原位，压一压。

他真的很疼爱克蕾拉。还有哪一个女人会对他这个年纪一大把、外表又不起眼的男人付出这么多的关爱？真是个好女人，漂亮又风趣，他打赌大家一定都很嫉妒他。

沉浸在自己的幸福中，路易吉正打算现身的时候，察觉克蕾拉的过度专心有些异常——他现在才发现——她好像偷偷摸摸在做什么坏事。转念间——仿佛晴天霹雳——他起了疑心：难道小罐子装的粉末是毒药？

同一时间，闪过几个念头，许多之前他并未留意的枝微末节重新浮现，联想起来，确实令人担心。她的某些冷淡、嫌恶、暧昧眼神、不寻常地坚持他多吃，甚至吃两种主菜。

路易吉懊恼中也试图摈除这可怕的念头。怎么会有这么荒唐的想法？可是这种想法不仅挥之不去，反而愈发强烈，就连他和克蕾拉之间的关系也有了新的诠释，这是他从来没有注意过的。像克蕾拉这样的女人怎么可能真的爱他？要不是有利益考量，还会有什么因素促使她留在自己身边？她的爱都表现在什么上？撒娇、微笑、煮饭？一个女人要伪装简直太容易了，像她这种状况，想早一点拿到为数颇丰的遗产不是很自然吗？

路易吉这时吸了一口气，她猛地转过头来，有零点几秒的时间，可能更短，或者根本就没发生，是幻想在作祟，那张娇俏的脸蛋露出慌张的神色，但随即恢复平静，重新绽开笑容。

"喔，你吓了我一大跳！"克蕾拉惊呼道，"你干吗开这种玩笑啊？"

他说："你在干什么？"

"你自己看嘛，你的小点心啊……"

"那个罐子里面装了什么？"

"罐子？"克蕾拉双手一摊表示她什么都没拿。不知道那罐子是怎么不见的。

"那，你撒的那些粉呢？"

"粉？亲爱的，你在做梦啊？我在摆樱桃啊……你都还没告诉我医生怎么跟你说？"

"医生啊，我觉得他根本看不出个所以然……什么胃溃疡啦，他说……肠绞痛啦……问题是一直痛……我越来越没精神。"

"你们男人喔！一点小事就大惊小怪……好了啦，没事的，这些小病痛你以前也有啊。"

"像这次这么痛可从来没有过。"

"亲爱的，要真有什么问题，你的胃口怎么可能这么好。"

看她举止，听她说话，她不可能说谎，她不会演戏。可是他明明看到那个小罐子，或是小瓶子什么的，到哪里去了呢？难道克蕾拉变戏法藏到自己身上了？桌上没有，柜子上没有，地上没有，垃圾桶里也没有。

他自问：可是克蕾拉为什么要毒害我呢？为了遗产？她怎么知道她是我财产的唯一继承人？我从来没跟她提过。她也没看过遗嘱。

她真的没看过吗？他再度起疑，冲进书房，打开抽屉，拿出一个盒子，从盒子里取出一个密封的信封，上面写着：遗嘱。

信封是封着的没错。路易吉凑近灯下想看仔细。奇怪，逆光下他注意到封口处有胶水的痕迹，好像有人用蒸气薰开过，然后再用胶水封回去。

他陷入苦恼。怕死？怕自己被杀？更糟，怕的是失去克蕾拉。路易吉明白克蕾拉要杀他，不管他怎么做都难以挽回。揭发她？报案，好逮捕她？不管结局如何，他们之间完了。可是少了她，少了克蕾拉，路易吉怎么活呢？

他需要找她谈谈，问清楚缘由。他衷心希望自己弄错了，这一切都是错觉，根本就没有什么毒药（虽然有没有毒药，他心知肚明）。

"克蕾拉！"他喊她。

她的声音从饭厅传来："路易吉，来，开饭了。"

"我来了。"他回答道，到餐厅坐下。今天有番茄焗饭。

"克蕾拉。"他说。

"我有话要跟你说。"

"什么事神秘兮兮的？"

"刚才，我进来的时候，你在做甜点，我看到你……我一定要说出来，我不能……"

她始终微笑看着他：是无辜？是害怕？是嘲讽？

"我进来的时候，"他继续，"我看到你正在忙，手上有一个东西，一个罐子，然后我看到你撒了不知道什么东西到点心上。"

"你眼花了。"她说，一派平静。

"最好如此。"

"为什么最好如此？"她的语气那么真诚，以致他自问是否在做梦，心中更觉不安。

"克蕾拉，我要是不统统说出来，我憋得难受……我看到你那样做的时候……"

"到底做什么啊？你在做梦……"

"让我说完……我差一点……我知道很荒谬，"他心里在颤抖，躲不了了，或许这是他最后一次跟克蕾拉讲话，最后一次看她，光这么想就快疯了，可是又忍不住不说。"……那一瞬间……很荒唐……别这样看我……我是藏不住话的……我怀疑你……"

"我什么？"微笑变成咧开着嘴笑。

219

"我知道很好笑……你看看，我居然怀疑你想毒我……"

克蕾拉盯着他看，依旧笑盈盈的，但不再愉悦，而是冰冷得像一把锐利的刀。然后一咬牙，声音中充满了恨意。

"原来如此……我们两个原来……这就是你所谓的信任……这就是你的爱……我观察你一阵子了……我还给你做什么点心……还下了毒，啊？"

他招架不住："克蕾拉，你不要生气嘛……"

"哼，下毒？你怕吃了肚子痛是吧？好，你看我怎么做？统统倒掉!"拿起装点心的盘子往厨房走，声调越来越高。"我把这些统统倒掉! ……我在这个家待不下去了! 我早就受不了了! 我这就走，我走! 我再也不要看到你了!"

路易吉吓坏了，跟在她后面："克蕾拉，不要这样嘛，我求你，我是开玩笑的，我求你把点心给我!"

"休想，"她说，"你死了我也不会给你。"

为了拦住她，路易吉抱住她的腰。她站住，不动声色。

"乖嘛，把点心给我。"

克蕾拉转过头去，把盘子举得高高的。他伸长了手臂。

"我说了休想! 我统统丢掉……然后我就走人，你听懂没有？"

他扑通跪倒在地，抱住她的大腿："克蕾拉，我求你，"他泣不成声，"你不能走，不能走，克蕾拉，好嘛，把点心给我。"

"向我道歉。"她还是高举着盘子，胜利地说。

"好，克蕾拉，原谅我。"

"说三次'原谅我'。"

"原谅我，原谅我，原谅我。"

"好吧，我给你一个。"她说。

"哎，我都要。"

"那你就吃吧，跪着吃。"她把盘子放下来。

克蕾拉还在，克蕾拉不会走了，心里为之一宽。路易吉拿起一个点心，狼吞虎咽塞进嘴里。死亡即是天堂，因为是她所赐。

埃菲尔铁塔

　　我参与兴建埃菲尔铁塔的时候，那可真是不同凡响的年代，我曾经那么快乐却不自知。

　　兴建埃菲尔铁塔是非常伟大和重要的工程，你们今天是无法理解的。今天的埃菲尔铁塔和当年相比，是小巫见大巫。规模也大不如前。硬邦邦地杵在那里。我如今经过下面，抬眼上望，已经认不出我曾经度过生命中最美好时光的那个世界了。观光客鱼贯走进电梯，到第一层平台，到第二层平台。惊叹、欢呼、拍照、录影。可怜哦，他们什么都不知道，而且永远也不会知道。

　　埃菲尔铁塔导览上说塔高三百公尺，塔顶另有二十公尺高的电信塔台，包括当年的报纸在工程开始前，也是这么写的。三百公尺，对大家来说，已经非比寻常了。

　　何止三百公尺。我原本在内乌利那区的隆尼钢铁工厂工作，是名优秀的技工。一天晚上回家的路上，一位四十来岁的先生开车将我拦下。"您是安德烈·雷哲诺先生吗？"他问我。"正是。"我说，"您是？""我是古斯塔夫·艾菲尔工程师，想找您合作，不过我要先让您看一样东西。请上车吧。"

坐上工程师的车，他载我到郊区空地上的一处厂棚内。那里至少有三百个年轻人围着硕大的设计桌在安静地工作，没人理会我。

工程师带我到大厅底端，墙上钉着一张约两公尺长的高塔设计图。"您看到的这座塔，是我为巴黎，为法国，为全世界所建造的一座铁塔。它将会是全世界最高的塔。"

"有多高？"我问。

"对外宣称的高度是三百公尺，这也是我跟政府谈定的高度，怕太高会吓到人。但其实还要更高。"

"四百公尺吗？"

"年轻人，你要相信我，我现在还不能说，要等时机成熟。总之这不是一般的工程，能参与是项殊荣，我找您是因为有人跟我说您很优秀。您在隆尼薪水多少？"我告诉他我的月薪。"你要是跟我做，"他突然就改用"你"来称呼我了，"薪水是你现在的三倍。"我说"好"。工程师又压低了声音说："安德烈，有件事我忘了。我很高兴你愿意加入我们，不过你得先答应我一件事。"

"希望不是什么违法的事。"我放胆问，对那神秘兮兮的气氛有些好奇。

"保密。"他说。

"什么秘密？"

"你可以向我保证绝对不会向任何人，包括你最亲近的人，谈到我们的工作吗？不跟任何人提及你在做什么和会做什么？不泄漏任何数目、尺寸、资料或数字？想一想，跟我打包票以前，好好想清楚。说不定有一天这个秘密会是一种压力。"

他给我一纸印好的工作合约，上头载明需保守秘密。我签了名。

工厂有上百名员工，也许上千。不要说我没办法一一认识，我们根本就不会同时出现，因为大家二十四小时无休，分三班制轮流上班。

打好水泥地基，就轮到我们技工上工型钢梁。一开始，我们大家很少交谈，多少是因为发誓保密的关系。不过从我零星听到的几句话，大家好像都是冲着优渥待遇才来的。几乎没有人认为这座塔盖得起来，都觉得是疯狂之举，超越人力极限。

地面上的四个巨大柱座架好了，一眨眼钢骨结构也都完成了。工地外围的栅栏后面，人群不分昼夜注视着吊在半空中荡来荡去、小如蚂蚁的我们。

柱座之间的拱门焊接完毕，立起四根接近垂直的主柱，彼此渐渐靠拢合而为一，越往上越细。第八个月盖到一百公尺高，建筑商在城外塞纳河边的一家餐厅宴请全体工人。

不再有人怀疑。工人、工头、技术人员、所有工程师，全都笼罩在一种亢奋的气氛中，仿佛有什么重大事件即将发生。十月的一个早晨，我们被烟雾团团围住。

原以为是巴黎上空云层偏低，但事实并非如此，塔外万里晴空。"你看那根管子。"克劳德·加鲁美说，他是我组内最年轻、最机灵的，我们变成了好朋友。固定在钢架上的偌大的一环橡皮管里冒出的缕缕白烟。塔的每个角落都有这么一根管子，一共四根。浓密的雾气渐渐形成了一朵烟云，不上不下，而我们就在这椭圆形的大伞内继续工作。为什么要这样？为了保密？

盖到两百公尺高的时候，建筑商又请我们吃了一顿，消息还上了报。可是工地外面不再有人驻足围观，那朵诡异的云雾将我们完全阻隔在他们的视线之外。报纸还对此举颇为赞赏：厚重的云雾——它是这样解释的——可以避免在高空工作的工人往下看，造成头晕。一派胡言！我们对在空中工作早就习以为常，就算一时头晕也不会有事，因为每个人身上都绑有安全腰带，用绳索拉着，在鹰架间活动。

两百五十公尺，两百八十公尺，三百公尺，两年过去了，我们的奇遇就要结束了吗？一天晚上艾菲尔工程师让我们在塔底集合，有话要跟我们说。我们的任务——他说——已告完成，我们表现出了无比的毅力、才能与勇气，所以建筑商会额外给我们奖励。想回家的可以回家，但他希望还有人愿意留下来跟他继续下去。继续什么？工程师不愿意说，但大伙都相信他，这一切是值得的。

我跟大多数人一样留了下来。不可思议的是，居然未引起外界任何揣测，因为我们每个人都守口如瓶。

就这样，三百公尺盖完，不但没有拆除塔顶的鹰架，反而层层叠叠架起新的钢梁与天争高。柱接柱，铁接铁，梁接梁，螺丝钉一颗又一颗，锤声震天响，而那团云雾仿佛共鸣箱随之起伏波动。我们成了空中飞人。

攀高再攀高，最后连云团都被我们抛在下方，巴黎市民在那防护罩的遮掩下依然看不到我们，其实我们根本是在风轻云淡的塔尖行走。某些有风的早晨，还可以看到远方白雪皑皑的阿尔卑斯山。

铁塔太高，以致我们上塔和下塔的时间占掉了工作时间的一半以上。那时候还没有电梯，我们真正可利用的工作时间逐日缩短，迟早有一天，才攀上塔顶就得准备下塔了，那时塔就盖不上去了，想再多加一公尺都没办法。

于是我们决定在那上面的梁架之间搭一个可供栖身的棚子，类似鸟窝，反正藏在人工烟雾里，下面也看不见。我们在那里睡，在那里吃，晚上，没有被胜利憧憬冲昏头的时候，也在那里玩牌。只有在节庆时候，会轮流下塔到城里去。

就在那段时间，我们隐约意识到那不寻常的事实，保密的原因。我们不再是技工，而是先锋、探险家；我们是英雄，是圣人。我们心里有数，埃菲尔铁塔永远不会完工，这才理解为什么工程师会设计出那么巨大的柱座，还有那四根看起来实在夸张的庞然大柱。工程永远不会结束，埃菲尔铁塔将不断向天空延伸，超越云端，超越风暴，超越喜马拉雅山巅。只要还有力气，我们就会继续一条一条钢梁往上锁，攀高再攀高，继我们之后还有其他后浪，巴黎那个矮子城市没有人会知道，整个平凡的世界都不会懂。

自然，那下面早晚有人会失去耐性，国会会听到抗议和质询的声音，那座铁塔怎么老盖不完呢？既然已达到三百公尺，那就把塔顶盖完成吧。但我们会找到借口，或干脆在国会或部里安插几个我们的人，堵众人之口，下面世界的人只好投降，而我们越来越高，放逐于云霄。

云雾下面传来一声枪响。我们速速下塔，穿过浓雾，从云团下方探头用望远镜张望，该下地狱、不得好死的宪兵、皇家警卫、警察、探长、校长、狙击手、军队，全都怒气冲冲地朝工地前进。

他们派了一个通讯兵上来："立刻投降下塔，最后通牒六个小时，时间一到就开火，机关枪炮，对付你们这些乱党绰绰有余。"

有犹大出卖我们，是艾菲尔工程师的儿子，他面色苍白的父亲已辞世多年。我们怎么反抗？我们还有家人啊，只好投降。

政府拆了我们在空中的史诗作品，将铁塔于三百公尺处截断，摆上你们今天看到的那个可笑的塔顶。

掩护我们的烟雾也已散去，为了这件事还闹上了塞纳重刑法庭。未尽全功的铁塔被漆成灰色，长长的布幔在阳光下摇曳，今天是开幕典礼。

铜号开场，总统在皇家骑士队伍的簇拥下穿着一身大礼服进场，高亢的军乐声宛如刺刀向天空抛去，贵宾席上美丽仕女互相争艳，总统检阅部队。四处都是卖纪念章和徽章的小贩，阳光、欢乐、气氛庄重。兴建埃菲尔铁塔的我们这些又老又累的工人们，夹杂在无知人群中面面相觑，为那丑陋的外灰色流下眼泪。啊，逝去的青春。

坠落的女孩

　　十一岁的玛塔从摩天大楼顶楼探头下望，傍晚城市闪烁，忽觉一阵晕眩。

　　美丽、恬静的夜晚里，摩天大楼银光闪闪、高不可攀，充满欢乐气氛，微风夹带丝丝绵云吹过美得难以形容的蓝色天幕。这正是一天之中最引人遐想的时刻，少有人不心神荡漾。高空中的女孩看着道路和一簇簇大楼在远方火红的夕阳中弯曲变形，白色的房屋绝迹，展开一片蓝色的海，俯瞰之下仿佛是往天空去。地平线的夜色渐起，城市变成灯光点点的温柔陷阱，微微颤动。那里有名士，有更多淑女，有皮草、小提琴、烤漆耀眼的汽车、夜总会的霓虹灯、风采不再的老男人、喷泉、钻石、静谧的古老花园、宴会、欲望、爱情，还有醉人的夜晚里对功名的向往。

　　看着看着，玛塔整个人都倾到栏杆外面，干脆放开手。她以为自己在空中自由翱翔，其实是向下坠落。摩天大楼高度惊人，与地面的道路和广场距离遥远，天知道要多久才会落地。女孩继续坠落。

最高那几层楼的露台在那个时候正挤满了喝着鸡尾酒、言之无物的珠光宝气的人们，乱糟糟、没有章法的音乐四处流泻，玛塔经过的时候有好些人探头看她。

跳楼并不少见——而且大多数是女孩子——对大楼住户来说还是他们排忧解闷的消遣之一，所以那栋大楼才卖那么贵。

太阳尚未完全落下，集中余光照亮玛塔的衣服。那是一件很便宜的春装，然而诗意的夕阳将它装饰得美丽绝伦。

从亿万富翁家的阳台伸出一双双殷勤的手，有的献花，有的劝杯。"小姐，喝点饮料吧？……美丽的蝴蝶，留下来陪我们一会儿吧？"

风中飞舞的她笑了，满心欢喜（继续坠落）："不了，谢谢，我没办法，我赶时间。"

"去哪？"他们问她。

"喔，不要问我。"玛塔回答道，亲昵地挥手说再见。

一个高大、褐发、英挺的年轻人伸长了手臂想抓住她。玛塔心生好感，但还是闪开他："你怎么可以这样？"匆忙中还用指头点了他鼻子一下。

这些富人都注意到她了，玛塔很有成就感，觉得自己颇具魅力，不落人后。绚丽露台上一身白衣的侍者来来去去，嘶喊着异国歌曲，关于刚才经过的那个女孩（是由上而下，垂直坠落）大家谈了几分钟，或许还不到。有人说她很漂亮，有人认为还可以，一致觉得她很风趣。

"你还这么年轻，"他们跟她说，"干吗这么急呢？想奔波，想忙碌，你还有的是时间，停下来加入我们嘛，先说好这只是朋友间的聚会，不过你一定会玩得很开心。"

她还来不及回答，重力加速度已将她带到下一层楼；她才十一岁，坠落间谈笑风生。

她跟地面之间的距离是如此遥远；当然，比起之前已经缩短了，但依旧可观。

这时太阳变成一朵粉红色的蘑菇，打着哆嗦渐沉入海，再也没有生气勃勃的光束照亮女孩的衣裳，让她成为耀眼的彗星。幸好摩天大楼的窗和阳台都亮起了灯，女孩经过时强烈的反射光都打在她身上。

现在看进大楼里面，玛塔不再只看见玩乐的人潮，偶尔也看到办公室里的职员，一身黑衬衫或蓝衬衫，排排坐在办公桌后面。有不少人跟她一样或比她年轻，一天下来也累了，眼睛不时飘向公文和打字机以外的世界，所以也看到了她。几个人向窗户跑去："你去哪里？为什么那么急？你是谁？"他们对她高喊，声音听起来不无一丝羡慕。

"下面在等我，"她回答道，"我不能停，对不起。"仍然笑眯眯的，坠落时有些摇晃，没之前那么开朗了。夜幕已垂，玛塔开始觉得有些冷。

一低头，看见大楼入口处灯火辉煌，长长的黑色轿车停住后（距离太远，车子跟蚂蚁一般大），走下来的男男女女便匆匆入内。人群中，玛塔隐约看到珠宝闪烁。旗帜在入口上方迎风招展。

显然要举行一场盛大的宴会，正是玛塔从小梦寐以求的那种！怎么能缺席呢！下面是她的机会，是命，是一部小说，是生命真正的开幕典礼。她来得及吗？

懊恼的是她发现离她三十多公尺处有另一个女孩也在坠落。那女孩比玛塔出色，身着小礼服，颇有品味。不知道为什么，她下坠的速度比玛塔快，不理会玛塔的叫唤，一转眼就超越过去消失在夜色中。她肯定会比玛塔先赶赴宴会现场，说不定这一切是早有预谋要排挤玛塔。

然后玛塔才明白坠落的不止她们两个。沿着摩天大楼两边往下方直奔而去的还有许多少女，因为飞行的兴奋而脸部紧绷，双手高兴地挥舞，仿佛在说：我来了，这一刻属于我们，为我们欢呼啊，这世界不是我们的吗？

这是一场比赛。她身上只有一件廉价洋装，其他女孩则个个炫耀着自己的华服，有的甚至在裸露的肩上披着貂皮披肩。往下跳的时候玛塔是那么自信，此刻她觉得心里在颤抖，或许只是因为冷，或许是害怕，怕自己做了一个无法挽回的错误决定。

应该已是深夜了吧，窗户里的灯一盏盏熄灭，飘扬的乐声渐渐散去，办公室都空了，阳台上已不见任何人探头或伸出双手。

几点了？下面大楼入口——现在看得比较清楚，连建筑细部都一览无遗——璀璨依旧，只是车水马龙的现象不再。陆陆续续，人们三三两两从大门走出来，拖着疲惫的步伐离去。接着入口门厅的灯也关了。

玛塔心头一紧。唉，来不及参加宴会了。瞄一眼上面，看见摩天大楼顶端傲视万物的尖塔，天差不多要全黑了，只剩最高那几层楼的零星几扇窗户还透出灯光。楼顶之上，黎明第一道曙光正慢慢扩散。

第二十八层，有一个四十岁左右的男人坐在饭厅里边，喝着早晨的第一杯咖啡看报纸，妻子则在整理卧室。柜子上的钟指着八点四十五分，一个影子出其不意掠过窗前。

"亚伯特，"妻子喊，"你看到没有？刚经过一个女的。"

"长得怎么样？"继续埋首看报。

"老老的，"妻子回答道，"一个老女人，好像吓坏了。"

"每次都这样。"男人嘟囔着说。"我们这几层比较下面的都只看得到老的，漂亮小姐要到五百楼以上才看得到，上面的公寓喊到天价不是没有道理的。"

"我们有我们的好处，"妻子认为，"至少她们着地的时候，我们下面会听到咚的一声。"

"这回，连声音都没有。"凝神听了一会儿之后，丈夫摇摇头，再喝一口咖啡。

魔术师

　　一晚，我又累又沮丧，在回家的路上遇到了史克亚斯教授，（大家是这么叫他的，但名字是什么呢？）我认识那家伙好久了，隔三岔五会在一些奇怪，而且每次都不同的地方遇到他。他说他是我的中学同学，说实在的，我并不记得。

　　他是谁？在做什么？我始终没搞懂。一张尖嘴猴腮的瘦脸，嘴角一抹嘲笑。不过他真正的本事是让每个人都觉得在什么地方看过他，即使那明明是第一次见面，有人甚至说他是魔术师。

　　"你最近做什么？"例行问候之后，他问我，"还在写？"

　　"那是我的工作。"我说，立刻觉得矮了一截。

　　"你还没腻啊？"他紧追不舍，在路灯死白的灯光下，脸上的嘲笑之意更为明显。"不知道耶，我怎么觉得你们这些摇笔杆的，越来越跟时代脱节。作家，还有画家、雕刻家、音乐家。好无力喔，只为了自娱，你明白我在说什么吗?"

"明白。"

"你们这些作家、画家等等挖空心思，搞些莫名其妙、晦涩难懂的东西，想哗众取宠。结果观众越来越少、越冷漠，越来越没有人要听你们说话。恕我直言，迟早有一天你们面前的广场会空无一人。"

"有可能。"我说，无意反驳。可是史克亚斯得寸进尺。

"有一件事你说说看。像你住旅馆的时候他们要登记你的资料，问你的职业，你说作家，是不是有点可笑?"

"没错。"我说，"法国就不会，我们这里是这样没错。"

"作家，作家!"他嘲讽地说，"怎么能期待他们拿你们当回事呢? 这年头作家有什么用? ……我再问你另外一件事，你要老实说喔。当你走进一家书店，看到……"

"看到所有墙面一直到天花板摆满了各式各样的书，几千本，全是这几个月刚出炉的——你想问的是这个吧? ——然后想到自己也在写一本书，于是垂头丧气，就好像市场里有绵延数公里长成堆的蔬菜水果，走进来一个家伙想卖他手中的干瘪马铃薯，你的意思是这个?"

"完全正确。"史克亚斯说完还冷冷一笑。

"好在，"我也不管了，"我们写的东西还是有人看，还是有人买我们的书。"

突然我这位朋友，姑且称之为朋友吧，夸张地弯下腰检查我的鞋。

"你的鞋匠还不错吧?"问我。

感谢老天,我心里想。起码我们可以换个话题了。没有什么比听真话更刺耳的了,尤其当事实对我们不利时。

"非常好。"我说,"他有一双巧手,对鞋子了若指掌,品味一流,他的鞋子都不会磨损。"

"真好!"那个混蛋发出赞叹,"他赚得一定比你少。"

"有可能。"

"你不觉得这很不合理吗?"

"我不知道,"我说,"我从来没想过这个问题。"

"不要误会,"史克亚斯说,"不是说我不喜欢你写的东西,我也不是要找碴,不过你,还有其他那些人,终其一生写些根本不存在的故事,还有出版社愿意出书,有人买,你们赚进大把钞票,报纸也大肆报道,评论家又写了一缸子书评,书评又被刊出来,还有读书会讨论⋯⋯而所有故事都是捏造的⋯⋯在已经有原子弹和卫星的今天,你难道不觉得离谱吗? 这出闹剧还可以演多久?"

"我也不知道,或许你说得对。"我头昏脑胀。

"你们的读者会越来越少,看着好了。"史克亚斯更嚣张了,"文学、艺术,都是空话! 今天艺术不过是一种消费品,就跟牛排、香水、酒一样。大家关心的是什么艺术? 你看那准备淹没一切的浪头。是什么? 靡靡之音、小曲、歌词作者⋯⋯都是现学现卖的商品。这就是功成名就! 你有支好笔,作品才华洋溢超高水准,但随便一个乱唱乱叫的家伙都可以用他的胜利把你压得死死的。大众要的是立竿见影的东西,感官的快乐,摸得到,速食,不花力气，不用动脑筋。"

我点头表示同意，我既没有力量也找不到话来反驳他。史克亚斯还没说过瘾。

"四十年前，作家、画家、音乐家可能还是重要人物，今天呢？只剩下几个老掉牙的，什么海明威、斯特拉文斯基、毕加索，祖父、曾祖父那一代的……你们那些，不过是个游戏，没有用的……你有没有看过抽象画展，读没读过相关的艺评？疯狂，简直疯狂，这是一群劫后余生的乱党的阴谋，诡计多端的他们四处钻，一幅不知所云的画卖两百万里拉。临死前最后的挣扎。你们这些艺术家走一条路，大众走另外一条，越离越远，终有一天形成无法跨越的鸿沟……你们再喊吧，喊破了喉咙也没有人会听你们的。"

就在那一刻，我们相遇的荒凉街道上吹过不知什么东西，无法形容，不是风，因为空气凝滞不动；不是香味，因为空中始终闻到柴油味和刺鼻的恶臭；不是音乐，因为耳朵只听到断断续续的车声。是一种感觉，遥远的记忆，神秘的存在。

"可是……"我说。

"可是什么？"史克亚斯暧昧的笑容失去了颜色。

"可是，"我说，"就算再也没有人读我们写的东西，不管好或坏，展览会场杳无人迹，音乐家对着一排排的空椅子演奏，我们做的事，不是说我，是那些从事我们这一行的……"

"说啊，继续。"他刻薄地挖苦我。

"我们写的故事、画的画、谱的音乐，那些你说没有用、看不懂的破烂东西，永远是人类最高的表现，如假包换的标志。"

"你吓到我了。"史克亚斯惊呼。我也不知道为什么，就是停不下来。我心中怒气难抑，必须宣泄。

"而且，"我说，"你说我们做的那些蠢事，不管是不是完全没有用，也许就是那个不实用性，让我们和牲畜有所区别。才不是什么原子弹、卫星和外星人呢，等哪一天都没有人再做这些蠢事的时候，人类就倒退成原始时代不知蔽体、无知的山顶洞人。因为白蚁建窝、海狸筑堤和现代科技之间的差别微不足道，不值一提，跟白蚁窝和……"

"一首隐逸诗派的十行诗之间的差别比？"史克亚斯帮我接话。

"当然，即使是一首看不出名堂的五行诗。只要有写的冲动，好坏与否不重要……也许我说得不对，但这是我们唯一的寄望。如果……"

史克亚斯放声大笑。怪的是，笑声中并无嘲讽之意，我愣住了。

他大力拍着我的肩膀。"你可终于通了，白痴！"

我张口结舌："你……你是什么意思？"

"没事，没事。"因为里面透出的一种荧光，史克亚斯削长的脸整个亮了起来。"我看你今晚那么颓丧，好像信心全无，我只是试着给你打打气。"

此话不假。就算是错觉也好，我现在觉得自己换了一个人：挣脱束缚，对自己充满自信。我点起一支烟，史克亚斯则像幽灵消失在街头。

罐子

他说："小姐，这样没用的，你要按右边那个钮，这个点唱机是美国的新品种。"

她跟那个小个子技工说了声谢谢，然后回头看他，她始终没发现，他一直在旁边可是都没注意到，到现在才看了他一眼。仅一眼。

点唱机内部的机械装置完成了精细的唱片排列工作，与小男孩小心翼翼、专注的神情如出一辙，然后新的唱片开始旋转。听到清脆的叮当一声，像乳牛脖上的铜铃响。

他说："《罐子》！太好了，我们的兴趣一致。"（还笑了）她没有搭腔。

他说："强尼·梅奇亚声音不错。小姐，你真的很喜欢这首歌吗?"她默不作声。

她第二次快速瞄了他一眼。他泰然自若地看着上面。她赶忙挪开视线。

他说："我是开玩笑的啦。说实在的，这首《罐子》，我觉得不怎么样。不过既然你点了它……你真的很喜欢?"

"我不知道。"她脱口而出。

他说："那你为什么要点它?"

"我不知道。"她脱口而出。

"我知道，"他说，"你为什么那么喜欢这首歌!"

"为什么?"她脱口而出。

"小姐，我告辞了。"他说，"我发现我打扰到你了，我只是喜欢听歌。"

"既然如此，"她脱口而出，"那就留下来吧。"

他也安静下来。唱片唱完了，牛铃声渐渐远去。点唱机内部的机械装置又悄悄地一阵翻动，《罐子》那张唱片被放回原位，一切恢复静止。

她有意离开，只是有意，看得出来有些犹豫。

"你只点了《罐子》一首?"他问。

她没出声，表示想走。

"小姐，你等一下。"他说，"我再点一次你喜欢而且我知道为什么的《罐子》。"

她刹住脚步，正准备跨出去的脚收了回来，仅一秒，就再不能像之前那样走开了，现在事情有了转变，她冲出一句："为什么?"

"你那么喜欢《罐子》，"他说，"是因为它就是你的写照。"

"我长得像《罐子》？"她假装生气。

他笑了，笑得好率真："你像《罐子》？我的天啊！你当然是踢罐子、摔罐子、转得罐子头晕的那个无情人。"

"我？"

"是你。"

"歌词又没有说是男的还是女的。"

"当然是女的啰，只有你们才会……"

他又说："学生，对不对？"

她点点头，不说话。

他在等她回问，等不到，于是微微一笑。他比她整整高出一个头。然后他说："我是装配工工头，想必引不起你兴趣。"

她还是不吭声。

"很难听吧？"他开玩笑，"工头，你一定不习惯，对吧？"

"为什么？"她说，终于露出笑容，"我不懂你在想什么。"

不知不觉他们一起走出了咖啡馆，肩并肩走着。她加快了脚步。

"小姐，我们以后还可以见面吗？"

她不作声。

"你，害怕？"

她抬头看着他。经过一辆小货车，发出震耳欲聋的噪音。

她结巴地说："这些车，讨厌死了。"

他早有准备："我猜你一定有一个很美的名字。"

"猜错了。"

"你的名字不可能难听，即便你叫克蕾欧佛。"

此时她仿佛胸有成竹："你怎么猜到的？"

"克蕾欧佛，"他喃喃自语，"克蕾欧佛小姐。"

"哎哟，不是啦，我叫露易莎。"

"我说嘛！现在你要去哪里？"

"回家。"

"那我们今天晚上见？"

"晚上我不出门。"

"那明天下午啰？我五点下班。"

"下午我有事。"

"每天下午？"

"对，每天下午。我要跟你说再见了，我电车站到了。"

"那，明天见，露易莎小姐，明天这个时候我会去咖啡馆听《罐子》。"

"那就祝你玩得愉快。"

他说："你想不想知道我这几天都做了什么？"

"不想，我不是那种好奇的人。"

"我一直四处碰壁。你为什么喜欢这样整我？你耳朵听一下嘛。好啦，一下就好，听到没有？"

"听什么？"

"叮铃，叮铃，我胸腔里面滚动的声音。"

"你好爱开玩笑。"

"我才没有开玩笑。"

"我们为什么要走这条路？我不喜欢黑。我们回去吧。"

"露易莎，你好香喔。"

她不说话。

"你身上的味道好好闻喔。"

她不出声。

"天啊，我心跳得好快！你手放这里，拜托啦，我胸口这里，感觉到了吗？"

"阿佛列德，不要这样，求求你，我不要嘛。"

"一下，一下就好。"

她说："噢。"

他说："不行，别生气嘛，明天我不行。"

"可是你答应过我。"

"我又不是去玩，对不对？你知道那是公事嘛。"

她不说话。

"你怎么啦？"他说，"干吗摆出个臭脸？"

"你不喜欢我的脸。"

"小乖乖，心爱的，心肝宝贝，来。"

"喔，阿佛列德，为什么你老是这样？"

他说:"喂,喂。"

"是我。"她说。

"喔。"

"什么意思,你不喜欢我打电话给你?"

"不是啦,你知道的嘛,小不点,这是工厂,我在工作……"
她不答腔。

"喂,喂!"他说。

她的声音冰冷到极点:"小不点是谁?"

"什么小不点?"

"你刚才以为我是另外一个人。那个小不点是谁?"

"不是你会是谁?我突然想到这么叫你,你不喜欢?"

"别骗我了,你什么时候这样叫过我?你想唬我,你明明误
以为我是另外一个人。"

"露易莎,别这样,你知道这里我不方便讲话。"

他说:"我迟到了一下子,对不起。"

"一下子?快二十分钟耶。你知道我最痛恨站在街角傻等。
有一堆白痴在附近走来走去,说不定还有人以为我是流莺呢。"

"都是化油器啦,半路故障,看样子我非得把这台摩托车给
换了。"

"你昨天到哪里去了?"

"去看电影。"

"跟谁?"

"我妹妹还有她男朋友。"

"哪一家电影院?"

"豪华。"

"演什么?"

"演什么?我都忘了。喔,演的是《火烧地平线》。"

"《火烧地平线》下片至少一个星期了。你昨天到哪里去了?"

"我跟你说我去看《火烧地平线》了。露易莎,你知道吗,你开始……"

"让你觉得厌烦了,对不对?你不喜欢我了。你说啊,你说啊,你就别再犹豫了,做个决定吧!我……"

"露易莎,好啦,拜托你这个时候别哭好不好……"

"我……我就知道……我早就知道……你走开,走开啦……不要管我……跟你说了不要管我!"

他一句话不说,已经什么都不说了。

她在房间里抽着烟走来走去,她的母亲坐在角落里看着她。

"露易莎,你怎么啦?"她母亲说,"你最近变得神经兮兮的。露易莎,发生什么事了?"

"我跟你说了没事,我只是觉得人不太舒服,也不知道怎么了老是头痛。"

"露易莎,你不相信自己的妈妈啦?你要是有什么不痛快、不高兴……"

"什么不痛快,我说了是头痛。"

"那我们为什么不去看医生呢?"

"那些医生什么都不懂……电话响了。"

"没有啊,我什么都没听到。"

"有啦,是电话……喂,喂……喂!"

"你怎么对电话这么紧张。到底是谁给你打电话?"

她安静了一会儿:"有人摇铃。"

是,确实有叮叮当当的声音,仿佛在叫她。她竖起耳朵,铃声来自街上,好像乳牛行进间偶尔一摇,就会有声音。或者行进间,有人踢什么金属类的东西,类似牛奶罐之类的,还玩得很高兴,踢的时候使出了全力,所以罐子飞起来,然后在地上叮咚滚动。她也随之飞起,在地上滚动。路上空无一人,湿漉漉的,昏暗。

她有气无力地盯着桌子上一些日常用品和一份报纸,有一个标题写着:"刚果问题,联合国引发激烈讨论。"什么是联合国?是什么意思?刚果呢?大家怎么可能对刚果这个微不足道的国家感兴趣呢?它有什么利益?

那个金属的声音正好经过窗子下面。那人每踢一脚,她心里就咚的一声,觉得自己漫无目标地东撞西碰,没有个依靠。

她母亲看着她,吓坏了。叮当,叮当,女孩身上传出铜铃的声音。

圣坛

罗马派到马萨诸塞州朵索雷传教的史蒂凡诺·阿尔芒迪神父，因事必须到他从来没去过的纽约待一天。

史蒂凡诺神父三十四岁，体弱多病，很少旅行，之所以中选主要是因为他的热情与虔诚。

他的教会在华盛顿第六十七街有个宿舍。下午史蒂凡诺神父从第六十七街独自一人出发，想就近看看纽约著名的摩天大楼。

找路并不困难，而且每一个交叉路口都立着一个金属路牌指出街名，但那天下着毛毛雨，又有雾，湿漉漉的，夜色在潮湿和阴暗中悄悄掩至。

年轻神父比想象中还觉得孤单。从他们第一次说要派他到美国传教，他心里就怕死了，对一个教士而言这并不是件好事。

他觉得需要一个可依靠的朋友，看看手上的曼哈顿地图，派翠克教堂不是很远，这正是参观不可错过的古老殿堂的绝佳机会。

没带伞的他顶着毛毛雨，心里想着生命中种种的不可思议，低着头专心走路，没有发现走着走着门牌号码越来越小，建筑物也愈见雄伟。

圣派翠克教堂的两个哥特式尖塔出现的时候，他松了一口气，急急走进去，没注意有高耸的阴影渐渐逼近教堂钟塔，并投影在雨水洗亮的柏油路上。

教堂内部打扫得十分干净，没什么人。夜晚来临，白昼乳白、逐渐变弱的光线根本进不来。教堂内几近黑夜，小灯泡和日光灯都亮了，内部比外面看起来要大得多，典型的欧式哥特建筑，第一眼令人想到山间某些小教堂那种属于家庭使用的隐秘感，愉悦、诗意。

可是，才走十几步，史蒂凡诺神父找不到他所需要的，不觉焦虑了起来。有柱、尖圆拱、圣坛、神龛、蜡烛、圣像、十字架、檀香，唯独缺了最重要的，仿佛那一天上帝对史蒂凡诺神父不闻不问。他没想到要去底端圣坛和神龛之间那隐身重重黑影中、回音缭绕、能遇到上帝的一方角落去。

转身往出口走去——他唯一的选择——史蒂凡诺神父看到了教宗。

一身白衣，教宗坐在入口左边一根柱子下的座椅上，在强光照耀下闪烁，仿佛能自身发光。奇怪，史蒂凡诺神父进来的时候完全没发现，难道那时候教宗还没到？还是史蒂凡诺寻找上帝的时候他悄悄溜进来的？

更奇怪的是教宗身边不见穿着过时制服的枢机主教、高级教士、助理、官员等随行在侧。庇欧十二世孤零零地坐着，圣洁苍白的双手垂在膝上，代表温顺、庄严和权威，笑容可掬。

一时间，史蒂凡诺为眼前所见神迹分外震惊，回过神才想起庇欧十二世已死去多年，就连继位的教宗也已辞世。

怀着崇敬的心情向教宗走去的史蒂凡诺神父，赫然发现那是一尊真人大小的蜡像，栩栩如生，只是皱纹、眼袋血管、岁月留下的痕迹都跟修饰过的证件用相片一样，被抚平、拉紧。两颊则让人想起殡仪馆化过妆的有钱死人。

外面有一个大玻璃罩罩住那诡异的圣像，避免灰尘，前方一左一右各有一个牌子。其中一个是哥特字体的英语祷文。另一个则写着："庇欧十二世。此教宗像系按他在卡斯特冈多佛因病去世的前一天之穿戴为其依样装扮。在他就任教宗期间，时常佩戴红衣主教史培曼赠予的这个戒指及胸前的十字架。"

经过时，史蒂凡诺神父老觉得教宗蜡像盯着他看，金色的小圆眼镜后面的眼镜远远地跟着他。匆匆离开，奇遇过后的他需要空气、生命的律动，顶着毛毛雨逃逸，比先前还要孤独。

转过街角，沿着街区前进，穿过大道，再走下一个街区，他自己也不知道要去哪里，要什么，觉得自己被骗了，前所未有的沮丧和孤独。走完第二个街区，屋墙抛在身后，史蒂凡诺神父往右一看，便看到了。

他站在一簇簇不知伸往何方的耸入云霄的大厦之间的街道上。笔直、霸气的大厦令人害怕，但那天晚上因为庆祝某个节日，峭壁上点亮了无以计数的灯泡。

他所在的街道大得十分不寻常，不只是因为它超乎平常的尺度，还因为两旁的建筑让人喘不过气来。史蒂凡诺神父由下往上慢慢打量，很快就累了，跟不上那晕眩的高度，未借助神力，单凭人类之力，怎么可能盖出那么多悬在半空中的窗户？怎么可能在那么高的地方工作？他的眼睛只能看到整个建筑物体的四分之一、三分之一，连最后那段抵到云端的都看不到，天知道那些在云雾里面隐隐透出荧光的高塔会长多高。

他在纽约的公园大道上，人类丛林的核心，被钢铁、水晶、欲望、金钱、冰与钻石的巨杉包围。两排玻璃幽灵在空中短兵交接，左边有国立第一银行大楼，貌似钟塔、红光四射的西葛兰大楼，希尔顿大楼，格罗理埃大楼，圣巴赛洛缪大楼，顶着不伦不类的火焰冠的通用电力大楼，有尖塔的华尔多夫·阿斯特雷大楼，才十二层的侏儒公园路饭店，已经高耸入天还在继续施工的化学银行纽约信托大楼。右边则有与西葛兰大楼争艳的雷佛大楼、可敬的拉凯特大楼，然后是一片片连绵的玻璃墙，像汉诺威信托、国际电信大楼、高露洁及棕榄、银行家信托公司、碳化物联合公司、地中海海事信托公司。为这壮观场景划下句号的是底端的中央火车站，四十层楼高，像皇冠又像巨大的古老壁钟；后面则是泛美集团昂然的大楼，仿佛黎明曙光消失在云端中。

置身在这样一个连童话故事都想象不出来的地方，是地狱，是兴奋，是凯旋。环顾四周，满心欢喜。他听说之所以兴建摩天大楼是因为曼哈顿岛空间不够，容量有限。说法太荒谬，只能骗小孩子，绝对是有其他因素：骄傲、幻想、人类的梦。让他感动的不是单栋建筑，而是上百万生命埋首工作所实现的集体成就。可以跟哪里做个比较，另寻参考点，想不出来。对了，威尼斯。只有集幻梦之大成的威尼斯能够将那诗意的强大力量呈现出来。

他所在的是全世界最大的教堂，所有教堂之翘楚。由喀尔文派的神祇设计的这一切，或许在其异教信仰中有那么一点真实的感觉，参与其事者在他们渎神的工程中看到了成功，他们的宫殿变成全能的主的荣耀。西葛兰大楼是圣坛吗？高露洁、银行家信托公司、华尔多夫·阿斯特雷大楼是圣坛吗？难道中央火车站是主要圣坛，而泛美航空是后方永恒之光闪耀的后殿？

史蒂凡诺神父忍住到口的咒骂，但他越看得出神，越觉得自己回到之前面对教宗蜡像的那种彷徨感。不容否认，那是人类的一大胜利，在那透明的白蚁窝内人们汲汲于金钱、异性、权力、虚荣中的虚荣，自古不变地追求虚空。然而公园大道上，被沉重雾气、银河系中乳白色的水母笼罩的大楼里，依旧有伤心、苦涩的期盼、焦虑、泪水与血汗。是的，那也是受上帝眷顾的地方。史蒂凡诺神父不再沮丧和孤独，主就在他身边，让他依靠，在那一刻，中央车站真的变成了没有神父的圣坛。摩天大楼传出的隆隆车声犹如远方的合唱团，唱着忧郁的凯旋歌声。烟雾和蒸汽在神圣的沟渠里翻腾滚动，那是我们等待救赎的灵魂在挣扎。

花园里的小土丘

我喜欢在天黑后到花园散散步。别以为我家财万贯，像我家那样的花园大家都有，待会儿你们就知道为什么了。

黑暗中，其实在窗户透出的微微灯光照耀下并非全黑。我走在草地上，双脚略陷绿草中。我在思考，一边抬眼望望天空看是否恬静，有没有星星，一边思考着种种事情。有些夜晚我什么也不想，高悬在我头上的星星呆呆地对我不发一语。

我在花园散步绊到东西的时候还很年轻，看不清楚地上有什么，我擦亮了一根火柴。平缓的草地上凸起了一块，怪事一件。说不定是园丁在进行什么工程，我想，明天再问他吧。

园丁叫贾科莫，第二天我问他说："你在花园做什么？怎么草地上凸起一块，害我昨天晚上绊到，今天早上天亮的时候我去看，狭长的样子像坟墓。你说是怎么回事？"

"不是像，"园丁贾科莫说，"那本来就是坟墓。因为昨天您有一个朋友死了，先生。"

没错，我那二十一岁的好朋友桑德洛·巴托利登山时头骨碎裂而亡。

"你是说，"我问贾科莫，"他葬在这里？"

"不是，"他回答道，"您的朋友巴托利先生，"他的遣词用字还是老一辈的用法，"如您所知，是葬在出事的山脚下。这个花园自己隆起一块，是因为这是您的花园，先生，您生命中的种种经历，在这里都会留下痕迹。"

"拜托，这些都是迷信。"我说，"拜托你把那块铲掉。"

"先生，我不能这么做。"他回答说，"就算有一千个园丁也铲不平那块地。"

他不动，那块小土丘就留在那里，我依然在夜幕低垂后到花园散步，偶尔会绊到，好在花园够大也不会经常发生。小土丘宽七十公分，长一米一，上头覆盖一层绿草，从草地开始算有二十五公分高。每次我被土丘绊倒就会想起我失去的朋友，也可能相反，是因为我那时绕过他才会绊到土丘。这种事说不清楚的。

有时候我接连两三个月黑暗中的夜间散步都没遇上那微凸的土丘，脑中就又想起他，便停下脚步，在黑夜静默中高声问道：你在睡觉吗？

他不回答。

他是在睡觉，在遥远的地方，十字架下面，山脚的墓园里，时光飞逝再没有人记得他，带花去看他。

好多年以后，一天晚上散步的时候，我在花园另一方的角落里又绊到了新的土丘。

我差一点摔个四脚朝天。当时已过半夜，大家都睡了，火冒三丈的我放声大喊：贾科莫，贾科莫！存心把他叫起来。有一扇窗户亮起了灯，贾科莫出现在窗台后面。

"这又是怎么回事？"我又吼又叫，"你在挖什么洞？"

"不是的，先生，是这几天您一位工作上的伙伴过世了。"他说，"他叫科纳里。"

一段时间之后我又踢到第三个土丘，尽管夜已深，我还是把睡梦中的贾科莫给叫醒。我已经了解土丘代表的意义为何，可是我那天没听到任何坏消息，急着想知道。好脾气的贾科莫出现在窗前。"这回又是谁？"我问，"又有人死了？""是的，先生。"他说，"是朱塞培·帕塔内。"

过了几年平静的日子，突然花园草地上的土丘又开始增加了，有的小，有的大，没办法一脚跨过，而是得像爬山那样从一边上去，从另一边下来。这类大型土丘在短短时间内隆起了两座，无须再问贾科莫发生什么事了，高如水牛的土丘下面是我最亲近的两个人，无情地从我生命中被带走。

所以每一次我在黑暗中与这两个土丘相会时，许许多多伤痛的往事就涌上心头，我像个受到惊吓的小孩呆立原处，一个一个呼喊着我朋友的名字。我喊着科纳里、帕塔内、雷庇兹、龙卡内思、茂利，那些跟我一起成长，跟我一起工作过的朋友们，再抬高声音喊："内葛罗！维尔卡尼！"有如点名，但没人回应。

曾经平缓、任我悠游的花园渐渐变成了战场，绿草依旧，但草地高低起伏、土丘林立，每一块土丘都代表一个朋友的名字，每一个朋友都意味着远处的一方墓地和我心中的一角虚空。

今年夏天隆起一个极高的土丘，靠近它时眼睛看不到天空的星星，庞然如大象、一栋房子，要爬过去得手脚并用，不如绕路而行。

那天我并没收到任何坏消息，所以看到花园里新的土丘出现格外讶异。但我随即得知，走的是我年轻时候最好的朋友，我们患难与共，一起认识了世界、生命和许多美好事物，我们一起发掘了诗、绘画、音乐、山，为了纪念所有这一切，尽管浓缩再浓缩，还是要一座名副其实的小山才足以说明。

我怒火中烧。不行，不可以，我被吓到了。我再一次呼喊朋友的名字。科纳里、帕塔内、雷庇兹、龙卡内思、茂利、内葛罗、维尔卡尼、塞卡拉、奥兰迪、琪亚雷利、布兰必拉。这时吹过一丝晚风向我说是，我发誓真的有一个来自另一个世界的声音跟我说是，也或许只是夜莺的声音，它们向来喜欢我的花园。

求求你们，别说：你为什么要撩起这些可怕的忧伤，生命已如此短暂、辛苦，何苦自寻烦恼；而且这些忧伤跟我们又无关，那是你的事。不对，我回答说，很遗憾的那也是你们的事，要是不关你们的事就好了，我知道。因为草地上的土丘问题每个人都有，你们终于知道我是谁了吧，我是伤痛花园的主人，自创世纪以来就存在的古老故事一再重复，你们也一样。这不是纸上谈兵，事实就是如此。

免不了我也会问是否某一天某个花园里会为我隆起一座土丘，小小不起眼的一方薄土，草地上若隐若现，大白天高挂的太阳一照几乎看不到。总之，有一个人，至少一个，会踢到它。

也说不定，因为我的臭脾气，有一天会孤单死在荒无一人的破旧廊道上，像条狗。但那天晚上一定会有人绊到花园里凸起的土丘，隔天晚上亦然，而每一次，请原谅我的奢望，他都会略带遗憾地想起一个叫迪诺·布扎蒂的家伙。

小女巫

我察觉到乌贝托·斯康德利不对劲差不多有一年的时间了。乌贝托时年三十六岁，印刷商兼出版业者，也是不错的画家。知识分子那一型的。不过他的脸很像拳师狗，宽而结实，扁扁的，小眼睛则闪着智慧和善良的光芒。他有副好心肠，但个性坚强，独断独行。

虽然他比我小好几岁，但我们之间彼此信任，理想一致，成了默契之交。我们因一次工作机会而结缘，便养成了几乎每天晚上碰面的习惯，虽然乌贝托已经结婚了。他有一位柔顺的妻子。

差不多一年前，我们的聚会次数开始日渐减少。乌贝托要不是有急事，就是有生意要谈，每次都有新借口。难得有几次我逮到他，他也总是心不在焉、神经兮兮、坐立不安、不耐烦。他以往是那么快乐，侃侃而谈。只能说他生病了。

我猜到有什么事困扰着他，但我绝口不提。如果天性坦率的他不愿意说，一定是有说不出口的理由，我若坚持就太不厚道了。

直到有一晚——我还记得，那天下着雨，在共和广场——他挽着我的手臂，用我从来没听过的畏缩、属于小男孩的声音说："我遇上了一件倒霉事。"

终于，我早就感觉到了，只是假装没事。"怎么啦？"他哀求地看着我，仿佛在求我原谅。"是女人。"他小声地说。"我就知道。"

他正值壮年，自信、活力、创意十足，面对敌手和危险果决，不退缩，而今却成了一条发抖的可怜虫。

"她喜欢你吗？""不喜欢。""那是为什么？""就因为这样。"他跟我描述了一大堆沉闷的枝微末节，她是谁，怎样对他不好而他少了她就活不下去。这是失序世界中众多悲伤故事之一，与其他难分轩轾。

只是乌贝托自己知道情况的荒谬，他坠入爱河，而她无动于衷。他说她很美，不过并不像其他男人把对方形容得如天仙一般。相反的，他口中的她冷酷、工于心计、狡猾、贪得无厌、铁石心肠，可是他就是放不下。我问他："你真的觉得自己丢不开她？""此刻做不到。""你知道像她这样的女人会把你……""你是说会把我害惨？我当然知道，可是……"

两天之后我认识了她。她在乌贝托的办公室，坐在一张沙发上。非常年轻，属于小孩的伶俐神情，紧绷的皮肤说明了花样年华，黑色长发梳成十一世纪的发型，身体还未发育完全。漂亮吗？我也说不出来。的确兼具独特、世俗及优雅之美。但是就其外貌和乌贝托的描述之间有无法解释的矛盾之处。她看起来是那么快乐，没有心眼，充满生命力，面对人生种种仍保有一份纯真，至少外表看来如此。

她对我十分友好，喋喋不休，并看着我，唇边带着一丝冷笑。有点夸张，摆明了是在讨好我。连瞄都不瞄乌贝托一眼，当他不存在。乌贝托站在一旁，笑得很勉强，失了神地呆望着她。

卢内拉动作暧昧地调了调裙子，让人恰好瞥见不该看的。然后低下头，挑逗似的，故作女学生矜持状："您知道我是谁吗？我是台风。"她说，"我是海螺，是彩虹。我是……我是可爱的女生。"她笑吟吟的，似乎很开心。

就在那一刹那，我发现在她卖弄少女风骚的背后，有收放自如的说谎本领。没办法解释为什么会有这种感觉，几乎是一种生理感应。

她终于回过头跟乌贝托说话了。"鼻涕虫，"笑容狡诈无比，"快呀，跟着我说嘛：我的小松鼠！"

乌贝托摇摇头，既得意又尴尬。

"快嘛，鼻涕虫，跟着我说呀：我的小松鼠！"

我看着他。乌贝托一脸蠢相嘟囔着说："……小松鼠。""我的！"她鼓励他。"我的。"他输了。卢内拉模仿迪士尼的某个卡通人物噘起小嘴："胜利！胜利！"故作娇憨。但她的眼神里有着嘲讽，有着占有的冷漠快感，让我背脊升起一股冷意。

等她离开，我问乌贝托："你干吗让她叫你鼻涕虫？何必这么作践自己？"

"唉，"他说，"逗逗她嘛，她只是个孩子！"

之后好几个月我都没再见到他们两个人，发生什么事了？打电话，找不到人。去他家，不见人影。那疯狂的爱吞噬了他。可惜，他是个好人。

几天前他太太托人请我过去，我去了。她跟我说的事我早已知道。她垂泪不已，求我帮她。乌贝托已经十五天没有音讯，办公室也没人看到他，蒸发不见了，一定发生了什么事。我答应她找人。

找人？我首先想到的就是卢内拉。去找她，她肯定能透露些什么，或许全是瞎编，没一句真话，总好过什么都不知道。幸好我有她的住址。

下午三点我到她家。她不知道我要来，却没有丝毫慌张。她一身洋装十分素雅，可是别有用心，敞开的领口让人尴尬。看来胸有成竹。气色很好，心情亦佳，有点兴奋。

她的住处是典型的爱做白日梦的单身女子公寓，仿制的洛可可家具、电视、唱盘、仿制的波斯地毯，墙上用笨重的金框挂着荒野景象。她请我喝威士忌，放上乔·森提耶里的唱片。

"是这样的，"我开门见山，"乌贝托怎么啦？"

"乌贝托？"一脸意外的表情，"我才要问呢。有两个月了吧……噢，超过两个月了。他实在不错，人脾气又好。可是太无趣了！他爱上了我，您一定察觉到了，对吧？……然后，突然就不见了……哎，我们可以用'你'来称呼吧？你同意吗？这样比较好聊。"

"您已经两个月没看到他了？"我不相信。

"鲍比，鼻涕虫！"卢内拉没有回答。

应声而来的是两只狗。一只是迷你卷毛狗，还有一只拳师狗。拳师狗肥胖、笨重，我不知道为什么有一种似曾相识的感觉。

两只都冲向卢内拉，她笑着试图阻止它们。"乖！别闹了！"

两只都很疯狂，抢着舔她的脖子、脸颊和唇。女孩站起来去拿了一根红色的棍子，长约五十公分。

"这要做什么用？"

"要训练它们。"

我注意到拳师狗始终不看我，好像因为我的出现而紧张。每次我想摸它，它都急忙闪躲。奇怪，通常拳师狗都直视对方眼睛。

"你知道吗，迪诺，"卢内拉坐回沙发上的时候坐到我正对面，仅仅一瞬间，我触到了她的身体，"鼻涕虫好乖喔。"

"是吗？"我说，"对不起，乌贝托的事……"

"你看它，"她坚持，"你看嘛，它有多聪明。"

她打开一个装满饼干的瓷罐，左手取出一片饼干，摆在急切的拳师狗的面前。

"乖，鼻涕虫，等一下！"

小狗扑向饼干作势要咬。她一棍打在它鼻子上。小狗静止不动，尾巴摇得更厉害了。

她用左手把饼干摆在狗鼻子上，右手凶狠狠地挥舞着棍子。

"不要动，鼻涕虫，乖，听话！"

鼻子顶着饼干，拳师狗一动也不动，两行口水从嘴边流下。

"跟你说了，不要动。"

足足等了一分钟，拳师狗忍不住了，想去咬饼干。女孩冷不防一棍打下去，饼干掉到地上。

"你看它们多贪嘴！"她得意地跟我说。卷毛狗也很着急，在一旁专心地看表演，最后拳师狗终于吃到了饼干，狼吞虎咽。卢内拉又试新的游戏。

"来，鼻涕虫，握手。快，握握手，待会儿我抱抱你。"

拳师狗绝望地望着她，抬起右脚。她一棍把它的脚打下去。"不是这只，另外一只。"拳师狗抬起左脚，卢内拉乐不可支。

"你为什么叫它鼻涕虫？"我问，"你不是也这么叫乌贝托吗？"

"对呀，纯属巧合……或许，这说明了我心里还是喜欢他的。"她笑着看着我，脸上的表情说不清是天真还是厚颜无耻。

然后她回头叫那只迷你卷毛狗："来，鲍比，来妈咪这里！"她将它抱在怀里，抚摸它，让它亲吻她。

拳师狗吃醋了，背上竖起了毛。"鼻涕虫，鼻涕虫！"我叫它。但它毫无反应，摆明了不想理我。

"奇怪了，"我说，"它左眼眼角有一道疤，跟乌贝托一样。"

"真的？"卢内拉喜形于色，"我没注意到。"

拳师狗不再摇尾巴。女主人一直抱着另一只狗不放，鼻涕虫突然跳起来想咬敌手的脚。

卢内拉站了起来，勃然大怒。"你这只臭狗，"她对它迎面用力踢了一脚，"你吃醋啊？给我趴下，混蛋。"又补了一脚。

拳师狗用眼睛向主人讨饶，退到一张桌子底下趴着。

"你看看有多混蛋。"残忍的小妇人说，"这回得到教训了吧！对付它们就得这么做，否则它们爬到你头上来了。只要一犯错，就不要客气毒打一顿。打鼻子，那是它们最脆弱的地方，之后，它们就乖得跟小天使一样。"她得意洋洋地笑着。

趴在桌下，全身颤抖，那拳师狗终于望向我了。那眼神诉说着屈服、认输、消沉，卑躬屈膝的它还隐约记得逝去的往日雄风。

它看着我，泪水由眼角滑落，那双眼睛，那个表情，那个心境。它就这样看着我。可怜的乌贝托。

衰竭

美好的一天就要开始。

透过百叶窗看到的光线应该是阳光吧。我是律师，是画家，是电脑专家，等等，反正我是某某人。

我是个健健康康正准备展开新的一天的人。

从睡梦中醒来，我优雅地伸展右臂，且不管一大早就被急吼声叫醒，被叫去上工的心情问题。

我还没将右臂完全伸展开来，就听到铃声。

那是门铃。

第一下还算礼貌，第二下就怒气冲冲按着不放，或许是挂号信、电报，也可能是电力公司的查表员。（然后我想到邮差、快递员、店员的无奈，他们终其一生跑来跑去为我们递送东西，而我们连他们的名字都不知道。）

会是谁呢？每次不知道是谁按门铃，我们就会这么问自己，这几乎是直觉。说实在的，这么早有人来访，不怎么有礼貌。

不管什么事。

才八点，喉咙好痛，仿佛前一天我吸了一整座火山的烟。开门，看见一个家伙歪着身子捧着一个巨大的黑色皮袋。讨厌的门铃唱的是意大利歌，叮当叮当，所以我一听就明白。

就在那瞬间我心里的安全感宣告瓦解，全世界仿佛尼亚加拉大瀑布向我恶狠狠地迎头罩下，用它尖锐的爪子攫住我。

再一次，被湍流带走。快速滑过我身边的是世间种种事情，以及发生的点滴。

每天都发生好多事喔，肯尼迪角发射迷你人造卫星，前科犯威胁说要从房子顶楼跳下去，旧钢琴被拍卖，米格机低空飞行。

八点整，那是负责查电、瓦斯还有其他东西的查表员。

躺在鞋垫上的是早报，是好心的门房在拂晓时刻摆的。

查表员的制服虽然破旧，但依然笔挺。

他掠过我身边，仅短短一触；苏联的南越计划；男孩把玩祖父的双管猎枪时误杀了小表弟；安装了炸弹的汽车爆炸，车上两人死亡；罢工使二十万旅客受困。

我想好了那该是愉快的一天，没事的话就该高高兴兴的，有那些我从厨房窗户偶尔瞥见的远方白雪皑皑的山，除了雪还有阳光。

查表员先生进来，打开电表盖，看一眼，登记，说再见；米兰年轻女士在波亚斯科被流浪汉袭击；热内亚一名警察遭冷枪射杀；服装设计师因拉皮条被判刑；再见了，查表员先生。

外面的警笛声越来越近，钻进耳朵里，然后消逝无息。是消防车、救护车，还是警车？是火、血，还是凶杀案？接着又传来另一声警笛。

刮胡刀片不锋利了，我忘了买新的。注意到浴室天花板有一块水渍，我记起还欠粉刷工人钱。楼上打开收音机，蜜法的歌声放到最大。贝哈维，贝哈维·克莱尔带了两封神秘的信呈给法庭；父亲和三个孩子埋在瓦砾堆中。穿上衬衫，领子的扣子掉了（又是超级洁净洗衣粉把线给毁了）；南越军区被游击队占领了。

在共和广场的十字路口我发现自己身陷重围，左右都是方向盘前一动不动、带着愚蠢表情伸长脖子望向同一方向的人。神经病伤了妻儿之后自杀；糖可能要加税。然后大家不约而同按起喇叭，没为什么，只是生气。

从阳光照不到的我办公室的窗户望出去，看到对面阳光照不到的玻璃大楼里的办公室。二楼、三楼、四楼，每一层楼，男男女女手上拿着纸坐着，在纸上写字，耳朵夹着电话听筒，嘴巴一开一合，放下听筒，拿起听筒夹在耳朵旁，嘴巴一开一合，他们重复这个动作越多次，鼻子就越担心，男男女女，额头冒出了皱纹，上唇突然沉重起来。我发现自己也坐着，手上也拿着纸，在纸上写字，拿起听筒，等等；尽管我不情愿，我的鼻子、额头、上唇和所有一切都越来越担心。

271

我若站起来，还可以看到路上走来走去的人群，他们匆匆忙忙仿佛在寻找什么。找什么呢？或许是会计助理、分析师、银行家、工厂主任、机械化处理中心主任、公关办公室主任、销售部主任寻找立即的自由业工作？或许是仓库管理员、印刷工人、电子科技专家、工业专家、化学专家、纺织专家在找工作？或者找工作的是二十……二十七八岁的工头、精算师、秘书、速记员、翻译人员？

我坐在叫我来的上司前面。我说："主任，我……"电话响了，他接电话。等他说完，我说："主任，我必……"我是想说"必须"，可是话才说到一半，电话响了，他接电话。等他说完，我说："主任，我必须向您解释，两年前……"电话又响了，他接电话。与越南战斗机交锋，美军背后受创；五万里拉一张票听卡拉斯；医生兼会计师兼教授兼骑士兼受勋者兼国会议员兼伯爵的苏格拉底·德·卡利巴蒂斯，长年卧病后终于离世；低洼但灯火通明的科维托区有一片抵押土地求售。轮到我打电话了，讲话中。明尼苏达州报社被抢损失七千万；米兰足球队太紧张了，大家的腿都在发抖；善妒的小工将睡梦中的妻子勒死了。我又打电话，对方还是讲话中讲话中讲话中。

下班准备回家，停在街角等待我的小车好像卖彩券的推车，塞满了各式罚单。强森重申他保持纪录的决心；阿拉法特重申国家的政策；劈柴的带着榔头抢银楼；条状和球状口香糖的自动贩卖机新货和二手货求售；教宗去孟买访问时的座车拍卖；社会党内讧；法国天主教人士群情激动。回家的路上一辆大型卡车老是

272

挡我的路。

回到家，玛利亚说："你帮我拿一瓶可口可乐来好不好？"我去了。可是厨房冰箱前面排长龙，虽然我是主人，但还是排在队尾。几个女人在窃笑。每一次，负责分发食物的监察员都要检查证件好久，才打开冰箱的门，我趁机查看里面还有多少瓶可乐。队伍里有一位胖子先生突觉身体不适，为了让他重新振作，我和另外一个人把他拖到窗边呼吸新鲜空气，结果我们原来排的位子就没了。这时还下起了雨，我的风衣和雨伞忘在卧房的衣橱里了，觉得好冷。国税局扣押了珍娜·露露布丽姬妲的珠宝首饰；六岁的小男生被绑架后遭杀害；被抛弃的男子杀死女友后举刀自尽。外面先经过一辆鸣声大作的警车，然后是消防车，再来是运送圣体的神父叮当的铃声。克莱拉·贝巴薇的年龄被公布：她脸红了。

夜深了，电话响了，打错了。电话响了，是有天黑抑郁症的老朋友塞丘要找人讲话，讲话。等他讲完，我也累了，回卧房。

可是我走不过去，沿着走廊两边，有的合法、有的违规地停放了层层叠落的汽车，形成蜿蜒的巨墙；这些金属一阵颤抖，因为害怕被开罚单、被判刑、被拖走、被拆解。袭击卡斯楚的阴谋被拆穿；毒害四个家人的希腊女子被枪决；有人被电锯砍头；四十岁的企业家要跟同意与内衣厂商合作的二十五还是二十八岁的内衣模特儿结婚；枪声不断，全城陷入不安。

嫉妒

我们是来折磨你们的。我们是思虑，是恶意，是诱惑，是怪癖，是恐惧，是多疑。尤其是我。

我是最狡诈的坏蛋之一，我是女的，世界上充斥着像我们这样的祸害。包括乡间、偏远的山谷、沙漠，只要有人烟的地方就有我们，我们甚至有点泛滥成灾。城市是我们的国度和梦想。你们不过是边说边笑路过，我们就缠上你们，从耳朵进去，你们根本就不知道，看不到，想都没想到，我们是那么小。过个半小时，你们就开始不快乐了。

你们想象一下，一朵微型、一丁点儿大的小云，跟针头差不多大的云朵里有不计其数的小小精灵和转个不停的微粒子。其中一个就是我：最坏的一个。你们怎么可能看到我？即便在强力灯光下，用显微镜看也看不到，我大摇大摆任意进出，随我高兴。

让你们没安宁日子过。我若兴起，还叫你们食不知味，睡不着，无心工作，觉得人生无趣，像小孩一样嚎啕大哭。折磨你们，让你们堕落，作奸犯科，甚至更糟。我的名字是嫉妒。

你们想看看我的威力？那就做个小小的示范，没有任何准备，让你们了解一下，目标由你们选好了。

你们说，那个年轻人，广场角落里正跟一个女孩讲话的那个？好。等着瞧。

不容否认，你们选得不错。那个年轻人我没见过，看起来给人的印象是沉稳、温和，还有幸福。

是个可靠的男孩，很有主见。再看奔向他、整个贴在他怀里的女孩，双臂绕着他的脖子，亲吻他的样子，深陷爱河。你看看她奔过去的样子！我可遇到难题了吧？我们随便打了一个赌，你们在背后笑破了肚皮。

看好，现在那个女孩依依不舍地告别后，坐上了计程车，两个人分手了，瑞士电子表显示是晚上十二点三十分，我介入的时间到了。待会儿见！

我来了，年轻人，我们开始吧。你大概三十四五岁，打扮体面、合宜，长得很讨人喜欢，唯独鼻子有点塌，经济条件应该还不错，奇怪的是居然没开车，至少可以载女友兜兜风。我已经进入你脑部，隐身在脑脊髓灰质深处，跟小孩子玩的游戏一样简单。这里面看起来一切平静。齿轮，姑且这么称呼吧，运转如常，是例行作业，神经元有点犯困了，等会儿就乌烟瘴气了，等着看好戏吧。

"或许刚才应该……"我说。我的声音极细，可是很有暗示性。他有反应了："你是说，应该送她回去？不用啦，布露娜不会计较这些的。我的车被卡车撞到难道是我的错？再说，她住在诺法拉路，世界的另一端，来回至少要一千五百里拉。而且是她坚持不要送的，她说，亲爱的，你何必再跑这一趟，你累了，明天早上还要上班。是她不要的。"

"没错，但至少你可以亲眼看她进家门。""什么意思？""这样，你才确定她真的回家了。""别说笑话了，"截至目前他还是挺自负的，"布露娜是个有分寸的女孩。"

"那就奇怪了。"我说。"奇怪什么？""你不是说她住在诺法拉路吗？""对呀。""要去诺法拉路计程车应该要切下去走蒙佛特路，可是它走外环道路。""那有什么奇怪的？地铁工程在进行，圣巴比拉不能走。""谁说的，路已经通了。""就算路通了，反正计程车最不喜欢走市区，图个省时。"

"你有听到她跟司机说诺法拉路？""没有，她门已经关了，我怎么听得到。""所以你也不知道她是说去诺法拉路还是别的地方。""你想暗示什么？"（上钩了，没想到那么容易。）

"很简单啊。"我解释给他听，"你的布露娜说不定没回家又跑到别的地方去了。""你不认识布露娜吗？这个时候，还能做什么？""蠢蛋！就是要这个时候。""跟谁？""你问我？像她这样的女孩还怕没得选？天晓得你不在的时候，有多少人围着她献殷勤。多少诱惑。像布露娜那样的女孩很惹眼的。""说实在的，今天晚上她有点丑。""憔悴是吧?""这几天她都有黑眼圈。""那还用说,太累了。""对呀,店里忙得团团转。""店里……说不定外面也很忙。""外面? 哪里?""是你说她有黑眼圈的。""好了啦,布露娜怎么可能……""可是计程车应该切下去走蒙佛特路,直通诺法拉路!"

年轻人放慢了脚步,烟抽完一支又一支,有车经过时他就盯着看,好像在等什么人。

"你要是不放心……""谁不放心?"他回答道,有点恼火,"布露娜是爱我的。""布露娜招蜂引蝶,还自以为是。她这么做,表示她需要被爱,如果她需要被爱就表示……""你很烦耶,我还在这里跟你鬼扯。""那我走好了。""不用。你刚才说什么? 把它说完。"

"我是说,你若想心安……喂,你干吗转头去看那辆车?""什么车?""好像是玛莎拉蒂。你知道这车吧?""我干吗要知道那车?""里面坐着一男一女。""是吗?""你也看到啦。""我跟你说了,没有。""那最好,这样你就不会胡思乱想了。""我为什么会胡思乱想?""你想象力丰富啊! 你一定会以为车子里面坐的是布露娜。""可是我连看都没看!""其实我不能怪你,猛一看,确实很像,那一头卷发。你没看到最好,这样就不会乱想了。梳那种发型的人可多了。""你这个坏蛋。你明知我看到了。""是不是吓了一跳?"

再点燃一支香烟,却又立刻扔掉。要,不要。踏开大步。

"冷静一点！放轻松！"我跟他说，"你在想什么？她如果真的跟别人在一起，你想她会经过这里，不怕遇到你吗？""可是你认出她的脸了。""我只瞥见一头卷发，没了，才一眼，你想求个心安的话，回家给她打个电话嘛。""我不能打，她不让我晚上打电话给她，电话在她阿姨房间。""你管它。""我跟她说什么？""跟谁？""她阿姨。""我觉得这个阿姨很可疑，哪有人把电话装在自己房间里的？说不定是你的布露娜故意这么说，免得麻烦……""什么意思？""免得你晚上查勤。""你觉得？""大不了你就挂电话嘛，谁会知道是你打的？"

到了家门口，他双手颤抖在口袋里摸钥匙，极度不安。他已经完全在我掌握之中，我可以为所欲为，我甚至有些可怜他，可怜的小白痴。

进门后，冲向电话，拿起听筒，拨号以前呆立了一会儿，好像要准备打开一包爆裂物，不太有把握，然后下了决心。

电话里面遥远、神秘的喀啦喀啦响完之后，线路通了。哔……哔……哔……他脑袋瓜里，也就是我藏身的地方，一片混乱。上下左右，碰撞、交缠、随着急促的心跳抽动。哔……哔……哔……没有人接电话。

耳朵贴着听筒，不知道怎么办。那边没人接电话。我赢了。这个时候要是有人在家，一定会来听，可是没有人，他呆若木鸡。

"放轻松，"我在他耳边悄声说，"不要激动。可见电话不是在阿姨房间，而是在另一个房间。门都关着，阿姨听不见。""那她呢？""她也听不见。你们分手到现在已经超过半个小时了，她早就上床睡觉了。""可是她还是有骗我，电话不在她阿姨房间。她为什么要骗我？""这没那么严重，女人嘛，谁不说点小谎，为了自卫啊。""难道她家那么大，从一个房间听不见另一间的电话在响？"

"不要想了，去睡觉吧，已经快一点半了。你明天还要上班呢。""可是真的很奇怪，总应该有人来听电话啊。""你倒说说看，这个阿姨，你有没有见过？""没有。""你确定有这个阿姨？""你是说？……别说了。"

走进房间。香烟一支接一支，一边脱衣服。走来走去，然后倒在床上，眼睛盯着天花板。

"喂！"我还要逗他一下。"什么事？"他说。"你在想什么？""没什么，我困了。""才不是呢，你在想她这个时候在做什么。""我什么都没想。""你啊，还在想她跟那个开玛莎拉蒂的在一起的事。优雅的室内，他躺在一张沙发上，角落昏暗的灯光、威士忌酒杯、转动的唱盘。是不是？而她坐在他的膝盖上……"

"怎样？""别折磨自己了。你知道布露娜是爱你的，你的布露娜正在睡觉，孤单一个人，听不见电话铃声，她根本不晓得有开玛莎拉蒂那号人物的存在。你若要胡思乱想，坐在他膝盖上，你是这样想的对不对？在他怀里？她的唇黏着他的唇？别想了，再往下想，你会疯掉。"

他躺在床上，全身僵直，眼睛还是盯着天花板上看似狗头的灰泥龟裂处。一点五十五了，这个时候布露娜在哪里？在做什么？

"睡吧，"我告诉他，"你的布露娜也睡了。没事的，她没有坐在别人的膝盖上，没有依偎在别人怀里，没有人摸她，她的裙子还好端端地垂着没有往上拉……可真会想，只因为计程车没有走蒙佛特路，走了外环道路？因为她的黑眼圈？因为她不让你送她回家？因为车里那个卷发女孩？因为没有人接电话？"

好啦，你们选的年轻人还给你们。你们看他的呼吸多沉重，他的眼睛瞪得大大的，盯着天花板上看似狗头的灰泥龟裂处。我算把他搞定了吧？一场即兴表演，只是让你们瞧瞧，看好了，你们的有为青年，两个小时前还笑脸盈盈、自信满满。我坏不坏？你们认为，他今天晚上睡得着吗？

接龙

　　最近一次文学会议中，纯属好玩，大家玩了一个接龙游戏：用接龙的方式，任意选一个题目，以短短几行表现一个文学成果。那是因为在一篇论文里面讨论到许多现代文学作品都有太过啰唆的倾向，有与会者为提出不同看法，邀请在座的同行一起来证明综合法仍然是大家写作时的工具之一；他指出接龙是表达精简的最有效方法，不仅在古典的短诗中可见，还有许多西方作家都用到此技巧，从莎士比亚到乔亚奇诺·贝利，从李·马斯特到普雷韦尔。还有——他说——接龙跟生命有异曲同工之妙，不管在哪个领域总是一个圈，从零出发，不可避免地又回到零。不少人都愿意接受挑战。以下是当时提出的例子：

名词

——我生命中的天使！

——睡吧睡吧我美丽的宝宝！

——别闹了，糊涂虫！

——我在跟你说话，第三桌的小笨蛋！

——你真是个小白痴！

——该回家了吧，亲爱的？

——不，不要，放开我，少爷！

——喂，该醒了，懒鬼！

——你在搞什么鬼，下士？

——恭喜你了，博士！

——你在想什么，我的小熊熊？

——有没有希望，律师？

——够了，坏蛋！

——你该不会漏了吧，亲爱的同事……

——这里亲一下，受勋者！

洗衣粉

太太对不起这个时候打扰您只要一分钟就好一分钟我们搞生产的没有什么时间问题永远都跑来跑去我废话少说太太只要一分

钟我做个小小的示范这是试用品太太这是一个新的洗衣粉牌子真的是革命性的发现不要这么说太太不会不方便太太这个洗衣粉太伟大了喔喔你也很惊讶大家都很惊讶喔伟大可是用量一点都不大当然啰太太正好相反只要一点点一点点就好我说啊太太你有没有什么东西要洗的？你同意的话我们可以到厨房或浴室去试太太你看多洁白？一点点就好不会啦太太你太紧张了你同意的话好好好乖好可爱的小女孩乖听话别叫见鬼了别叫好了好了你现在不乱叫了喔起来我说起来你怎么啦？天啊我做了什么！

年轻人

　　吉拉东尼·鲁丘："……对，一九〇五，强人时代……我们年轻人………老一辈的……我们年轻人的问题……我去打个电话好不好？否则我那个唠叨的妈……我们年轻人最急切的需要……马利安尼？有五十岁了吧，那个老疯癫……"

　　贝内兹·萨瓦多雷："……对，一九二五，强人时代……我们年轻人………老一辈的……我们年轻人的问题……我去打个电话好不好？否则我那个老妈……我们年轻人最急切的需要……吉拉东尼？至少有五十岁了吧，那个疯疯癫癫的老爹……"

　　史可利·古斯塔夫："……对，一九四五，强人时代……我们年轻人………老一辈的……我们年轻人的问题……我去打个电话好不好？否则那个老太婆……我们年轻人最急切的需要……

贝内兹？那个老不死的，少说也五十岁了吧，脑子根本就转不动了……"

波提·希凡诺："……对，一九六五，强人时代……"

敲门

喀、喀，是谁呀？圣诞老人送礼物来了？

喀、喀，是谁呀？乔治？天啊，要是被我爸妈发现！

喀、喀，是谁呀？应该是他，我猜。年纪一大把了还爱开玩笑，我的乔治。

喀、喀，是谁呀？是东尼这个时候回来吗？唉，这些孩子！

喀、喀，是谁呀？应该是风吧。还是鬼魂？回忆？还有谁会来找我？

喀、喀、喀。

喀、喀。

喀。

理想

你看那边那个跑得好快。他疯啦？停不下来了吗？又没有人在追他。那是怎么回事？你没看到他是朝那边那朵红云跑去？哪还用多说。笨蛋。

你不觉得那朵红云很无耻吗？该罚。可是，仔细打量，倒也不是那么丑。不算漂亮，但细看……还过得去。型还不错，我是指外表不是气质。我还要说什么？总之不讨人厌。你们看，在空中多么自在，波动起伏，慢慢旋转。是不是在召唤我们？多可爱，多美。你们说，你们说呀美极了。美艳绝伦。我的梦！

放开我，你们干什么。管它什么行李。让开，让开，来不及了。她溜走了。老天爷，给我力量。红云，你怎么那么远，我心爱的彩云。我跳，我跑。你是我的生命，红云，我的心肝。我何时才能追上你？

噩梦

连接巴黎—柏林—杜塞尔多夫—华沙等等（听不清楚）的洲际快车即将由五号站台出发……天啊，时间到了……亲爱的，你东西都拿了？……所有行李？你想这回要去多久？……不知道我们还会不会再见面，不是，不是的，我有种预感……别忘了，你一到……搭乘"东方快车"的旅客请准备上车搭乘"东方快车"的旅客……天啊，时间到了……亲爱的，你东西都拿了？……所有行李？你想这回要去几个月？……不知道我们还会不会再见面，不是，不是的，我有种预感……别忘了，你一到……最后广播：法航268飞伊斯坦布尔—卡拉奇—加尔各答—

曼谷—香港—东京的旅客请至一号登机门登机，谢谢……天啊，时间到了……亲爱的，你东西都拿了？……所有行李？你想这回要去几年？……不知道我们还会不会再见面，不是，不是的，我有种预感……先生们上车了！……亲爱的，你在做什么？……为什么？什么？你不走了？……这只是一场噩梦？

女孩

昂首阔步，女孩一个人，鞋跟骄傲地敲打着。小姐！她连头都不回。她打开办公室的门，我是来应征的，她说，这是我的文凭。工程师，这里要签名。不，谢了，今天晚上我真的不行，明天晚上也没办法对不起，真的谢了。点了一支烟。工程师，谢谢，我向来不喝酒，真的不喝，十点，最晚十点半一定要回到家。哗，太美了，好亮，你不知道我想好久了，你真体贴。喂喂，当然，我也想在走以前给你打电话。他进来前她刚把信藏好。巴比隆尼亚街角看到他激动地拼命挥手，她却装作若无其事踩油门离去。按铃叫来女佣：阿德莉娜，麻烦你把行李搬下去，那个帽盒要小心慢慢搬，里面有小电视，那个讨厌鬼要是打电话来……

寻宝

（场景是挤满了人群的巨大环形剧场。地上空荡荡的，不规则地散布着上百个圆形、有把手的活门，其中一个藏有宝物。号角吹起，第一位寻宝者入场。）

观众：（知道宝藏在哪里，对着没有头绪乱转的寻宝者大声吼叫指引方向。）……有点冷……冷死了！……北极！……冷！……微温！……有点热！……有点冷！……温暖！热！……温暖！……热！……好热！……热死了！……烤箱！……火！……大火！……（喊声震天）火烧到了！……

寻宝者：（停了下来，打开面前的活门盖。冒出一股烟，魔鬼出现抓住寻宝者拖下地狱。）

观众：（很激动。）嘘！嘘！

（号角又起，第二位寻宝者入场。）

复仇

他人在遥远的国外，接到三份电报。打开第一份：房子被毁。打开第二份：妻子被杀。打开第三份：小孩惨遭毒手。跌坐地上。再慢慢站起来。没带半毛钱，双脚一蹬就出发了。越踩越快，越蹬越用力。测速器的指针在一百八和一百一之间晃动。引导他前进的隆隆战车声回荡在乡间和山谷中。万里无云的一天，小花遍地，因他驾驶的满载死亡的喷射机蒙上了阴影。看见他的敌人就在下方。停下脚踏车，放下一只脚，擦干额前的汗水。大树成荫，鸟鸣婉转。他坐在路边，双腿疲惫不堪。看着前方，草地、原野、森林、高山。神秘的高山。复仇，无济于事。

两个司机

过了这么多年，我仍然在想，开着黑色礼车载着我死去的妈妈到遥远的墓地下葬的那两个司机都在谈些什么。

那是一次漫长的旅程，超过三百公里，路上又塞车，悲伤的车队行进缓慢。我们家人的车阵绵延数百公尺，速度维持在七十到七十五之间，或许那些礼车原本就设计是要慢慢开的，但我觉得之所以如此是受限于不成文规定，仿佛速度是对死者的大不敬，多可笑，我相信我妈妈一定希望车速飙到一百二十公里，那种速度感会让她以为只是例行的夏日之旅，到我们在贝鲁诺的家度假。

六月天，风和日丽，夏季的第一场盛宴，四周的田园景色美极了，她经过不知道多少次，而今她再也看不到了。艳阳高照，公路尽头形成一片水雾，远处的汽车好像飘浮在半空中。

指针在七十到七十五之间晃，我们前面的礼车仿佛停滞不动，其他逍遥快乐的车则从我们两旁飞驰而过，男男女女生气勃勃，还有敞篷车内坐在年轻小伙子身边的美女，头发在风中飞扬。就连货车也超过我们，还有联结车。葬仪社礼车开得好慢，我在想，好蠢，我妈妈若是由一辆火红的亮丽跑车载去墓园一定很棒，油门踩到底。这不过是弥补她真实的人生中的小小缺憾，而这柏油路上蜗牛蹒跚的步伐太像丧礼了。

所以我才会好奇那两个司机都在谈些什么；其中一个约有一米八五，体型魁梧但面相和善，另外一个也很高大，我只在出发的时候匆匆瞄了他们一眼，一点都不像干这行的，载钢板的大卡车应该与他们比较相称。

我会问他们之间都聊些什么，是因为那是我妈妈所能听到的人生最后的对话。他们两个又不是老先生，这么漫长、枯燥乏味的旅程一定会闲聊；至于在他们身后几公分处躺着我妈妈，对他们一点都不重要，当然啰，他们早就习以为常了，否则不会从事这个行业。

那是我妈妈所能听到的最后人世间的对话，因为到达目的地后公墓教堂仪式一旦开始，所有声响、话语就不再属于人间，将来自另一个世界。

他们谈了什么？天气太热？回程需要多少时间？他们的家人？足球？告诉对方沿路有哪些好餐厅可是不能停下来而懊恼？以他们的专业知识讨论汽车？葬仪社的司机，说起来，也是玩车的人，对车有种狂热。还是交换艳遇经验？你记得我们常去的加油站附近那个吧台里的金发女人吗？就是她。喔，那你说来听听，我才不信呢。若有虚假我舌头烂掉……还是说些黄色笑话？这也很稀松平常，就他们两个男人开那么久的车。他们认为车上只有他们两个人，仿佛礼车后面没有东西，忘得一干二净。

我妈妈会听到他们说的笑话和笑声吗？当然，她苦痛的心会缩得更紧，不是说她瞧不起那两个人，而是她深爱的世间最后的声音不是自己孩子的声音。

我记得，那时候我们快到维琴扎了，中午的日头把周遭一切的轮廓都晒模糊了，我心里想的是最后这段时间我很少陪我妈。觉得胸口隐隐作痛，那是悔恨。

就在那个时候——不知道为什么，在那之前都没有想过——我开始回想她的声音，早上出门去报社以前我到她房间："感觉怎么样？""我今天晚上睡得不错。"她回答说（才怪，还不是靠打针）。"我去报社了。""再见。"

才踏上走廊两三步，她颤抖的声音叫我："迪诺。"我折回去，"你会回来吃午饭吗？""会。""那晚饭呢？"

"晚饭？"唉，一句无心、简洁的问话里有她小小的期盼。她不要求，不奢望，只是单纯问一个资讯。

我有一堆可有可无的约会，那些女孩也不是真的喜欢我，根本就没把我放在眼里，只是想到晚上八点半回到那个阴郁、病恹恹、暮气沉沉、跟死神打交道的家，我起了鸡皮疙瘩，明明这都是真的，为什么不能坦白说出来？"我不知道，"我说，"我再打电话回来。"心里已打定主意不回来。她知道我会打电话说不回家吃晚饭，那声"再见"有万分沮丧。我这个儿子，只有儿子会那么自私。

那个时候我一点都没感到愧疚，没有后悔也没有多想。我说会再打电话回来，她已知道我不会回家吃晚饭。

年老、生病、风烛残年的她知道自己不久于人世，我回家吃晚饭对她来说就是莫大的安慰，少一点悲伤。即使我不发一言，为杂七杂八的事绷着一张脸，可是躺在床上、不能走动的她知道我在饭厅，也就宽心了。

但我没有。我跟朋友在米兰闲逛、瞎扯、说笑，我真是白痴，罪不可赦。与此同时，我生命的意义，我唯一真正的支柱，唯一懂得我、爱我的人，唯一会为我淌血的心（我再也找不到了，即便我活到三百岁），正一点一点死去。

她只要我吃饭前跟她说两句话，我坐在沙发上，她躺在床上，聊聊我的工作、我的生活。吃完饭后，她会让我爱去哪里就去哪里，她不但不会生气，反而还乐见我有地方去。只要出门前我到她房间打个招呼。"打针了没有？""打了，希望今天晚上有个好睡。"

她要的不多。我连这个都做不到，只因为自私。因为我是儿子，做儿子的自私使我拒绝承认我爱她。现在，人世间最后给她的，是两个陌生司机之间的闲扯、插科打诨和笑声。是人间给她的最后赠礼。

现在太迟了，降下石门关上小小的地下墓穴是两年前的事了。黑暗中，一个叠一个，是我父母、祖父母、曾祖父母的棺木。地上裂痕处处，一些小草试着冒出头来。几个月前插在铜花瓶中的花，已不复花的模样。她卧病在床，知道自己离死不远的日子再也回不来了。她不说，不抱怨，或许心里已经原谅我了，因为我是她儿子。她一定会原谅我的。只是，如今想起来，心不安。

所有真实的痛苦都写在与花岗岩相比都嫌软的神秘石板上，用一辈子也抹不掉。再过多少世纪，我妈妈因我而承受的痛苦、孤独，依然会存在。我无法弥补，只能悔过，希望她看得到我。

可是她看不到我。她死了，没能幸存，留下的只是她被岁月、病痛、退化摧残的身体的渣滓。

什么都没有。真的什么都没有？我妈妈没有留下半点痕迹？

难说。有时候，尤其是下午，我独处的时候，会有一种奇怪的感觉。仿佛有什么东西进入了我，前一刻还没有，下一刻就被无法言喻的实体占据，不属于我却无边无际笼罩着我，我不再孤独，我的每一个动作、每一句话，都在为那神秘的心灵做见证。是她！只可惜这现象维持不久，一个半小时，不会更长。然后时间的巨轮重新启动，碾磨着我。

世纪地狱之旅

1. 艰巨任务

工友来我办公室说总编找我。才早上十点半，通常那个时候总编还没进报社。

"总编已经来了？"我问。

"应该还没有吧，他都是中午才进来。"

"那你，是谁跟你说他要找我？"

"是编辑室的秘书打电话来说的。"

奇怪了。报社的效率向来很高，一件事不会这样转来转去。早上十点半，米兰照例灰扑扑的，随时会下雨。

接近中午总编来了，我自动去报到。四月三十七号，天空开

297

始飘雨了。偌大的办公室灯火通明。

他笑容可掬，叫我坐，特别和蔼。

他说："亲爱的布扎蒂，真是稀客。有什么我可以为你效劳的吗？"

"听说您找我。"

"我找你？一定有人搞错了。我没有找你啊！不过我很高兴在这里看到你。"

总编本来就是个好人，但有的时候客气过了头，那就表示他有事。当总编比平日还要亲切的时候，编辑室就开始有点人人自危的气氛了。

总编坐在他气派的办公桌后面，桌上堆满了文件，典型大忙人的作风。一只手慢慢挪到唇边，一副悠闲神色。

"噢！"他说，"你说得对，现在我记起来了，我找你没错，是昨天的事，不是很重要。"

"有采访要跑？"

"不是，不是。你不说我根本就忘了。"好像另有心事的样子，顿了一会儿然后说，"你最近怎么样？其实我是多此一举，你气色很好。"

他到底想要说什么？电话响了。

"喂，"他说，"嗨……一点没错……为什么？……下个礼拜也……不急嘛……选对比较重要。"

我作势准备起身，他示意我留下，继续讲电话。

"有可能……不过状况不一样嘛……这一次……还没有……

我说了没有……对，我也想到同一个人……（沉默了许久）……必要时我想……这当然……我会尽早跟他说……好……再见。"

他讲电话的时候看着我，可是没有任何表情，心不在焉，好像看到的是一堵墙或一件家具。

我是很会察言观色的，不禁自问他们是在说我吗？这种事常常会故弄玄虚。可是他的眼神中没有表情，心不在焉地盯着我的时候，脑中想的却是别的事。他穿一身深蓝色西装、白衬衫、圆点领带，很优雅。

他放下电话。"是斯塔齐从罗马打来的。"他礼貌性地知会我，"说塞浦路斯需要一个新的特派员……你知道的嘛，我们想派一个固定的人在那边……等到……"

"我不知道。"

"你觉得佛松布隆尼怎么样？"

"嗯，"我说，"我跟他不是很熟。年轻人好像还挺能干的。"

"还不够成熟，不过将来应该会有点作为。"这时他将大拇指插入背心口袋，有点老套，好像终于决定面对现实。半开玩笑的，也不算什么大问题。

"所以，亲爱的布扎蒂？"

"您要派我去塞浦路斯？"

他笑得好乐。"塞浦路斯？你去那里干吗……真要去的话，也要去更有……"

我告辞出来。关门的时候，我回头瞄一眼，透过门缝看到总编。他的目光一直送我到门口，始终没离开过，可是脸上原先的笑容瞬间冻结，凝神沉思；与陪客人一直说说笑笑，但和心里早就知道会被判刑的大律师看客人走远后的表情如出一辙。

我这才明了：工友传口信时我觉得事有蹊跷并不是我多虑，是有某件事跟我有关（酝酿中），或许对我不利，不是什么新差事、新任务或出差这么单纯，也不是要处分或开除我，我有预感，那将是我人生的一大转折点。

"你也被叫去啦?"看到我从总编办公室出来，站在走道上的桑德洛·盖帕迪问我。

"什么叫作'我也'? 你也有吗?"

"我? 全编辑室都被叫到了。盖菲、达米亚尼、波斯皮斯里、阿美利尼，就差你了。"

"怎么回事?"

"肯定有什么事不对劲，神秘兮兮的。"

"为什么?"

"嗯……这里有一种气氛是……"

总编办公室的门开了，他出现在门口默默看着我们。

"嗨，盖帕迪。"他跟我同事打招呼。

"嗨。"

我加快脚步，走下大门阶梯正准备……上面有人喊我："布扎蒂先生!"

我转过身去。那声音（但我看不到是谁）说："总编……总编先……先……生……总编先生请您过去!"

我敏感、纠结的心底深处扑通一声，感觉到命运之手轻轻拂过我。

身后传来急促的脚步声，一步一阶冲下楼梯，那个脚步声我从小就认得，躲不了、大难临头的脚步声。

那个人说："总编先生请您过去。"

总编坐在他那气派的办公桌后面，看着我。

他说："布扎蒂，我有一件事要跟你谈。"

"有采访？哪里？"

"有可能……"

他不出声。手指交缠，仿佛面临困难的重要时刻。我在等。

"有可能……我不是一个道听途说的人……我自己也在怀疑……但或许这是一个机会……"

"什么机会？"

他调整坐姿，然后一鼓作气："亲爱的布扎蒂，你想不想做一个地铁工程的报道？"

"地铁工程？"我重复他的话，傻在那里。

递给我一支烟后他自己也点了一支。

"地铁工程进行中，"他说，"他们发现了……一个叫托里亚尼的工人……偶然间，进行地下开挖的时候……在森皮欧一带……嗯，就……"

我看着他，开始觉得惊慌。

我问他："我的工作是？"

他接下去说:"偶然间……米兰地铁进行地下挖掘工程时……他们说发现了……偶然间发现了……"很犹豫,局促不安。

"偶然间……"我鼓励他。

"偶然间发现……"他眼中充满了惊惶,"……连我也觉得难以置信……"

"总编,您就说吧……"我受不了了。

"发现了地狱之门,他们说他们找到了……类似一种出入口。"

据说越有地位、个性越强的人,当终其一生都在追求的梦想成真时,会发抖,变得畏缩、幼稚和脆弱。

我照样问他:"可以进去吗?"

"他们说可以。"

"地狱?"

"地狱。"

"十八层地狱?"

"十八层地狱。"

没有人接腔。

"我要?……"

"只是一个提议……提议而已……我也知道……"

"没有其他人知道?"

"没有。"

"我们又是怎么晓得的?"

"巧合。托里亚尼的妻子是我们以前一个送报员的女儿。"

"他发现的时候是一个人吗？"

"不是，还有另外一个人在现场。"

"另外那个人会不会说出去？"

"保证不会。"

"为什么？"

"因为另外那个好奇进去一看，就再没有出来了。"

"那我是要？……"

"我说了，只是提议……话说回来，你不是这方面的专家吗？"

"我一个人？"

"最好，一个人比较不显眼，不过得一切自理。我的意思是，我们可弄不到什么通行证。就我所知，我们报社在那里没有任何关系。"

"没有维吉尔做向导？"

"没有。"

"那么那边怎样才知道我只是过客？"

"你得自己想办法。那个托里亚尼说……他只瞄了一眼……他说看起来跟我们这边完全一样，都是长得很正常的人，可不像但丁描述的那样。穿着打扮亦然。城市景观也像我们这边有霓虹灯，有汽车，所以混在里面伪装他们倒不是难事，只是相对的也就很难说明你并非他们族类……"

"难道我就等着被送去受火刑？"

"傻话，谁在说火刑？我再说一遍：那里一切看起来都跟我们一样，有房子、咖啡馆、电影院和商店。可以说恶魔不再是我们以为的……"

"那……为什么托里亚尼的同事没有回来呢？"

"谁知道……说不定迷路了……可能是找不到回来的入口……或者他对那里感觉还不错……"

"还有另外一件事：为什么地狱会在米兰，全世界就只有这里？"

"不是这样的。这种入口应该还有好多个，每一个城市都有，只是没被认出来……或没人说出来……不过，不容否认的是，就新闻的角度来说，确实难得。"

"就新闻角度……会有人相信吗？要提出证据，至少登几张照片……"

我脑中一片混乱。著名的地狱之门就要打开了，我没办法拒绝，做个丢脸的逃兵。可是这事件教我心里发毛。

"布扎蒂，我们先不急着决定，我也不是完全相信。除了他们跟我们之间的相仿之外，还有许多疑点……你干脆先找托里亚尼谈谈，怎么样？"

他递给我一张纸，上面是地址。

2. 米兰地铁的秘密

我决定去找托里亚尼，米兰地铁挖掘工程的工人，他声称无意间在地下发现了通往地狱的小门。

正如总编说的，托里亚尼的妻子是我们报社以前一个送报员的女儿，所以他晓得地址。

傅利欧·托里亚尼，住在桑雷莫三十二号，靠近维多利亚门的一间国民住宅里，结婚了，有一个女儿。是他开的门。

"教授，请坐。"他指着客厅的方向对我说，"我恐怕……"

"我不是教授，"我说，"打扰您不好意思。我是受托来……"

他体型十分魁梧，年约四十岁，灰色西装、白衬衫，双手修长、整齐，外套口袋里插着一把计算尺。

这会是工人吗？果然不是，他是工业专家，挖凿工程中标工厂的助理人员。开朗、直爽的脸有些扁平，微笑常挂嘴边，粗壮的手腕不输拳击手。绝不是无知之人。

"请坐……那张沙发比较好……我话先说在前头……"

"托里亚尼先生，先别急着说不，我们只是想……"

他这才放开怀："我真的不知道这件事是怎么传开来的。"

"什么意思？难道是假的？"觉得松了一口气。所以这全是以讹传讹，采访泡汤了。

"太不可思议了，您要相信我，我没跟任何人提这件事，我太太也没跟任何人提起，只有上帝才知道这事是怎么传出去的……还巨细靡遗！比如，提到我同事好奇去看却再没有回来。"

"您这位同事是怎样的人？"

"没有这个人，从来不曾存在过！"

"对不起，托里亚尼先生，一定有一些蛛丝马迹，才会……"

他兴致勃勃地看着我："蛛丝马迹？呵，这可好玩了！"朗声大笑。

我站起来，好比你心里七上八下去看医生，结果医生说没事时全身一松的舒畅。我不禁自问总编怎么会把这么荒谬的传闻信以为真，我自己又怎么会全然相信？地狱与米兰相通？地狱之门就在这富裕的经济奇迹之城？突然有抽烟的欲望。

"我只能说打扰您十分抱歉。不过，这是我们新闻工作人员的职责……"

"不要这么说，一点都不打扰，很高兴能认识您。"

这时，我眼角余光瞄到茶几上摆着一本旧版的但丁《神曲》，有杜雷插画的那种。翻开的那一页正好是但丁和维吉尔在陡峭的岩壁间往黑色深渊走去的画面。

我心中有所触动，这像一种预示。身后传来送我到门口的托里亚尼爽朗的声音：

"那天夜已深，"他说，"我们轮班上工。挖土机工作刚结束，一地的沙石、泥土，然后……"

"我的天啊，你是说那是真的？"

"别紧张，教授，不用那么紧张。您若觉得有需要，我带您去看正确的位置。"

对此故事嗤之以鼻的米兰地铁的负责工程师罗伯特·维奇多摩尼，同意陪托里亚尼和我到阿美多拉广场地铁站一探究竟。他人十分亲切。一连串的商展刚结束，只有微微的美丽夜光。广场上的电子钟显示时间是凌晨一点五十分，还差十分钟就可见真章。一个工作人员拉开主要楼梯的铁门，打开灯。

大厅看来已经一切就绪，随时可以迎接匆匆来去的人潮。但现在只有让人咋舌的肃静。

"好漂亮，"我其实是在给自己打气，"布置、格局都很气派。"

维奇多摩尼问托里亚尼，等着看好戏的语气："在哪里？"

乘客的进出是由旋转杆所控制。入口是由三根可以做一百二十度旋转的铁杆组成。乘客把票插入收票孔，里面的电子仪器会检视票是否有效，消磁，放开旋转杆，然后重新卡住。若插入无效的车票，则警报会响。

不过现在入口的旋转杆不转，收票口不收票，电子测票机不验票，警铃也不会响，因为一切都还在等待。游戏还未正式开始。

我们下楼，经过一条长长的站台，走到西北方最底端。距离端点两公尺处，托里亚尼用手指了指一排几乎抵到天花板的红灰夹杂的花岗岩板的其中一片。

"就是这里。"他说。已经笑不太出来了。

"可是这都封起来了，堵住啦。"

"这些石板很容易搬开，都是事先设计好的，以防后面的线路有问题需要维修。工程师，对不对？"

工程师点头说是。

"板子后面，"我说，"那个入口大概也被封住了吧，我想。"

"封了四分之三。"托里亚尼说,"用一块铁板盖住,缩着身子还是可以通过。"

工程师盯着托里亚尼说:"托里亚尼,你知道自己在说什么和事情的严重性吧?"

"我知道,工程师。"

簇新的车站里一片死寂,只有隧道深处断断续续传来神秘的嗡嗡声。

"您确定这里有一条通道或地道,还是坑道之类的东西?"

"确定。"

"所有那些工作人员都没有发觉?"

"他们当然看到过,可是都以为是以前留下来的壕沟,城堡附近本来就很多。我是自己跑进去看过。"

"您一个人?"

"对,只是差不多两公尺之后有泥沙把通道几乎完全堵住,要过去很困难。"

"过去以后呢?"工程师更加怀疑了。

每个站台端点,也就是车子来的方向,都有两台电子监视器扫视不同区域,一台可以看到整个站台,另一个则锁定最远的点并且放大。可以依实际需要在两台监视器之间选择,监控室内事先装好两台荧幕,各负责一个站台。但此刻监控室并未做任何选择,因为监控室还没好,也没有乘客,只有一个,正准备要出发到遥远的另一个国度去。

308

"差不多二十公尺之后，"托里亚尼说，"我看到一点灯光。有一条极为狭窄的楼梯通往地面。"

"您爬上去了？"

"对。"

"通往哪里？商展会场？"

"有一条我从来没见过的路，停满了车，静止不动，塞车塞到完全动弹不得。人行道上反而都是人，来来去去好像……有没有看过你踢蚁窝一脚，蚂蚁四处逃窜的样子？"

"这就是您所谓的地狱？说不定是附近一条路，您没认出来而已。"

"不可能。工程师，我进地道的时候是半夜两点，而那边……那边是大白天。我回来的时候，最多过了十分钟，这边还是晚上。如果不是地狱？……"

"难不成是炼狱？有没有硫磺味？您有看到火吗？"

"没有，应该说，火苗在那些人的眼睛里。"

工程师恼火了，觉得自己被耍了："够了，我们就来看看这个地狱之门吧。托里亚尼，来帮忙开个门，我们的布扎蒂急着要踏你的后尘呢，是不是？"

托里亚尼回头对楼梯那边喊："安塞摩！"洪亮的声音在空旷的地铁里冲撞，回音隆隆。

应声出现了一个身穿工作服，肩上斜背一个皮袋的家伙。

托里亚尼跟他点点头。那是工人。他从最旁边的板子开始搬，搬开后露出悬在半空中像浮桥之类的东西，里面有各种颜色的电线，红的、黄的、黑的、白的，依电路不同而变。

"那个。"托里亚尼指着贴在地上的一块铁板。圆形铁板上面有钩环，还有三个凸出的叉形物用螺丝钉锁着，像船上的窗子那样。

"这是很普通的下水道的顶盖嘛。"工程师很不以为然，"托里亚尼，你快打开，八成会听到水声，还有恶臭。"

工人转开螺母，挪开小门。

我们弯下身子，只见漆黑一片。

"这不是水声。"我说。

"本来就不是水声。"托里亚尼很满意。

工程师嘟囔了几句，往后退去。迷惑、困窘，或许还有害怕。

通道底端传来的声音是什么？那可怖的声音是怎么回事？断断续续、奇怪的噪音中偶尔会听出吼叫和有人讲话很快的声音，（面对突然的死亡，要用短短两三秒的时间忏悔一生的罪恶？）或许是车子的呼啸声，或排气的声音，或人类老旧、破烂、腐锈的汽车在唱着自己的挽歌？那是一股脑涌出的冷酷声音，如雷鸣震耳滚滚而来摧毁一切弱小和伤痛。

"不要去。"工程师声如细丝。

事到如今！我穿上工作服，握着手电筒，蹲下去。

"教授，再见了。"托里亚尼挂着一丝善意的笑容，"对不起，这都是我的错，我不该说出去的。"

我低头钻了进去，匍匐前进。远远的噪音越来越近。尽头透出一丝微光。

3.魔女

二十公尺之后通道结束，眼前是一道狭窄的楼梯；上面是地狱。

上方灰暗的光线应该是白天。那是斜梯，三十几阶。到顶，有一面铁栅栏，栅栏那边走过的男男女女都行色匆匆，只能看到他们的上半身、头和肩膀。

没有交通的嘈杂，却不停地有窸窸窣窣的声音，或应该说是微微的隆隆声，夹杂着一两声喇叭。

心脏扑通扑通地跳，我爬出栅栏，行人对我毫不理会。这地狱好奇怪，这些人跟你们跟我都一样，看起来体型并无不同，服装也跟我们日常打扮雷同。

说不定维奇多摩尼工程师说对了，是个玩笑，我还傻傻的拿传言当真。这是地狱？不过是米兰某个我不熟悉的社区罢了。

不过让托里亚尼大惑不解的现象的确难以解释：几分钟前的地铁车站还是半夜两点，而这里是白天。难道在做梦？

环顾四周。跟托里亚尼描述的几无二致：第一眼看来，完全没有任何地狱的景象，倒是跟我们的日常经验相仿，应该说完全一样。

天空灰扑扑的，我们再熟悉不过了，是废气和烟雾的缘故。致命的云层后面可以说不是太阳，而是一盏巨大的聚光灯粗大的霓虹灯管，跟我们的一样苍白无神，照得每一个人脸色发青和倦怠。

房子也跟我们那边一样，有老房子，也有现代建筑，平均七到十五层楼，不能说漂亮或难看，也都住得满满的，许多窗户都点着灯，里面男男女女都在工作。

发现商店招牌和广告海报都是意大利文，宽心不少，包括生活用品都是我们平时用的那些。

路上也没什么特别的。就是塞满了车动也不动，跟托里亚尼描述的一模一样。

那些汽车停在那里并非出于自愿或等红绿灯。四十公尺外是有交通信号灯没错，但闪的是绿色。那些车纯粹是因为严重的交通堵塞而卡在原地，可能全城都是如此，前进不能后退不得。

车子里坐着的大多是单身男性，看起来也是有血有肉的正常人。手放在方向盘上，坐着，像吸过毒，呆滞。汽车一辆紧挨着另一辆，他们就算想出来也出不来。他们透过车窗望着外面，目光迟钝，没有任何表情。偶尔有人会按一下喇叭，轻轻一敲，不是很有信心，懒洋洋的样子。苍白、空洞、规矩、认输。不抱任何希望。

我自问：这就足以表示我们是在地狱？或只是我们都市每天都会遇到的噩梦一场？

我找不到答案。

那些被迫呆坐车内的人眼神呆滞无光，确实诡异。

突然耳边一个清亮的声音说："活该！"

窄腰铁灰套装，一名美艳女子，约四十岁，幸灾乐祸地看着那些汽车。她离我约五十公分，我看到的是她的剪影。古典美、神色自若、气势凌人、自信。她在微笑。

我本能地问她："为什么?"

她连头都没回。"他们按喇叭按了一个小时,把这里弄得比地狱还吵。"她说。"现在总算安静下来了,该死。"标准的意大利发音,只是卷舌音不太清楚。

她看着我,湛蓝的眼睛,有如电波。

"爬那楼梯上来的?"嘲讽地问我。

"我……我……"

"来吧,先生,请跟我走。"

我真会给自己找麻烦。闭着嘴不说话不行吗?亚马逊女王打开一间房子的玻璃门。"请进。"

虽然她说了"请",但比军队命令还可怕。我这个闯入者能反抗吗?跟在她后面,闻到淡淡的硫磺味。

她领我走进电梯,里面还有另外七个人。有点挤,身体彼此碰触,感觉上跟我的一样结实。所以他们这些被打入地狱的和我们活人之间没有任何差异:长着同样的脸,穿同样的衣服,说同样的语言,看同样的报纸、同样的头条消息,甚至吸同样的香烟。(一个长得像会计师的家伙,从口袋里拿出一包有滤嘴的国产香烟,点上一支。)

"我们去哪里?"我鼓起勇气问那位女将军。没有回答。

我们升到第十楼。女子推开一扇没有标记的门。我进到一间属于办公室的大厅,一面墙全是玻璃,看出去可以鸟瞰整个灰色城市。

一条长桌穿越大厅，好像是接待一般人用的。另一边，有十来个女孩子一身黑色罩衫，白色蕾丝领，有人在打字，有的坐在有许多奇怪按钮的键盘前面，有的则面对一大片电子仪表板（对我这个外行来说是如此）。

一切看起来都十分现代化、气派而且效率良好。长桌前面有三张皮椅和一张小小的玻璃桌，只是那位大公夫人没叫我坐。

"来偷看？"她开门见山。

"我……只是来看一眼……我是记者……"

"不请自来，东张西望，旁敲侧击，竖耳倾听，振笔疾书，对不对？然后不付费就跑掉，对不对？喔，先生，这不行喔……谁要来我们这里，一切后果可得自行负责的喔，否则就太便宜了……"她回头喊："罗赛拉！罗赛拉！"

跑来一个十八岁左右的少女，还很娃娃脸，年轻的皮肤拉住上唇，微微上翘，无邪的眼睛有点惊慌。如果地狱里多一些这样的小朋友，我心里想，再乱也乱不到哪里去。

"罗赛拉，"这位女总统下令道，"把这位先生的资料调出来，在总表上查一下看他是不是……"

"马上。"显然罗赛拉已经知道怎么回事了。

"看我是不是什么？"我想知道，越来越焦虑。

她若无其事地回答说："看您在我们这里是不是已经登记了……"

"可是我才刚到！"

"难说。事情未必如人……再说查一下也不费什么力气。"

我说出姓名，罗赛拉在一个貌似电子计算机的金属盖子前忙碌起来。只听嗡嗡作响，然后亮起一盏红色小灯咚的一声，一张粉红色的卡纸滑入小小的铝筒。

她拿起来，很得意的样子。

"我就知道……我在路边一看到您……那张脸！……"

"什么意思？"

除了罗赛拉之外，另外三个女孩也好奇地围着长桌听我们说什么。比起罗赛拉都略逊一筹，也不坏：年轻、大方、可爱。

"我的意思是，亲爱的布扎蒂先生，你也是我们的人，早就是了。"她立刻改用"你"来称呼我。

"我？"

她摇摇手中的表。

"我想，"我说，"这其中必有误会。我不知道您是谁。不过我要老实说……您或许会笑我，笑到眼泪都流出来……您猜我以为怎么着？您猜他们跟我说什么？"

"什么？"

"他们说这里……这个地方……是地狱。"很努力地笑了几声。

"我不觉得有什么好笑的。"

"摆明了，是有人在跟我开玩笑。"

"开玩笑？"

"可是这里大家都活蹦乱跳的。您难道不是活人？那些小姐不是活人？所以还用说吗？地狱不是冥界吗？"

315

"谁跟你说的？上帝也有管不到的地方。"

那四个女孩在旁边听得津津有味，她们的鼻子都小小的，很秀气，很挺。

我试着为我自己辩护："我从来没来过这里。你们怎么会有我的资料？"

"你从来没来过这间房子，可是你看到的下面那个城市却非常熟悉。"

我凝神细看。看不出来。

"这是米兰，不是吗？"她说，"否则你以为你在哪里？"

"这是米兰？"

"当然是米兰。也是汉堡、伦敦、阿姆斯特丹、芝加哥和东京。你太让我意外了。你的工作应该会知道两个、三个，甚至十个世界……要怎么说？……是可以在同一个地方出现的，一个套一个……我以为你知道。"

"所以我……我被判下地狱？"

"应该是吧。"

"我做错了什么？"

"我也不知道。"她说，"这不重要。你被判下地狱是因为你是你。像你这样的人从小就该下地狱了……"

我开始真的害怕了。

"您，您到底是谁？"

女孩笑成一团，她也笑了，笑容怪怪的。

"你一定还想知道我这些女娃娃是谁。她们是不是很可爱？

316

你很喜欢，是吧？要不要我给你们介绍一下？"

她乐不可支。

"地狱！"她继续，"你来看，一定可以认出来，对不对？你应该有回家的感觉。"

她拉住我的手臂，推我到玻璃墙前。

我眼前是一个高精密发展的城市，不分远近。白天灰蒙蒙的光线逐渐暗去，家家户户点起了灯。因成群的尖塔、渊薮合而为一的米兰、底特律、杜塞尔多夫、巴黎、布拉格闪烁发光，在这巨大的夜光杯中人群攒动，这些无足轻重的小人物，被时间追着跑。他们自己一手建造的这骇人、自傲的时间机器转呀转，啃噬着他们，但他们并没有仓皇而逃，反而互相推挤着往齿轮里跳。

她拍拍我的肩膀。

"跟我来。我的小女孩要让你看一个游戏。"

就连其他原来专心工作的女孩也都簇拥过来，交头接耳，抿着嘴笑。

我被带到隔壁的大厅，这里有一些很复杂的设备，还有几个类似电视荧幕的东西。

可爱的罗赛拉拉了像是火车变速杆的把手一下，可怕的游戏就开始了。

4. 加速

从玻璃墙大厅可以俯瞰那可怕的城市。是地狱。是伯明翰？底特律？悉尼？大阪？克拉斯诺亚尔斯克？萨马尔罕？米兰？

我看着那群蚂蚁。那些小人一个一个忙碌奔波：为了什么？为了什么？跑、拍打、写、讲电话、讨论、切割、吃饭、开、看、亲吻、推挤、思考、拥抱、幻想、洗衣、打扫、弄脏。我看到袖子折痕、鞋子脱线、肩膀下垂、眼睛旁边的皱纹。我看到他们眼睛里面的光，是需求、欲望、痛苦、焦虑、贪婪、金钱和恐惧。

我身后，靠在奇怪的仪表板上的是那逮住我的权威女子，还有她的侍女。

她向我走来，说："你看到了吗？"

我眼前是一览无遗的人类痛苦。我看着他们挣扎、生气、欢笑、攀爬、跌落、再爬、重新跌落、受打击、交谈、微笑、哭泣、立誓，所有的希望都放在未来的那一刻，未来的故事，未来会完成的故事，未来的幸福。

她下命令道："注意！"

她右手抓住一根操纵杆慢慢移动，一个发亮的方形仪表里的指针便往右边转。突然城里无法计数的人群的速度又加快了。那实在不是正常人的生活，焦虑、着急、狂乱、不安地想做，想前进，想致富，想攀上想象中的虚荣、野心、可笑的荣耀的塔顶，游戏是绝望地与那看不见的魔鬼格斗。动作越来越慌乱，脸越来越紧绷、疲惫，声音越来越沙哑。

她将操纵杆再移一点。下面的那些人以加倍速冲向他们设定的不同方向，逐渐消失在夜色中的教堂塔尖则依旧阴沉、静止不动。

"找到了。"清脆的声音唤醒了我，那个一百七十公分大的方形荧幕出现了一个男人的近影。除了罗赛拉正在操作的操纵杆外，还有一排按钮。

男人坐在一间宽敞的办公室内，年约四十五岁，应该是个重要人物，内外都在与那看不见的魔鬼交战。

他正在打电话："不会，"他说，"不管你们花多少力气都不会成功，不会成功……没错，是我的选择……对，三年前他去过伯纳……所以更有理由……可以问问我在商会的朋友罗杰或者苏特……没有，这几天我在想别的事情……什么？你们被逮到了？你们该不会给我惹麻烦吧……"

秘书抱着一大摞文件进来，另一个电话也响了，秘书接起来。"是行政管理部门。"她说。

他微笑着接过第二个听筒。"对不起。"他对着第一个说，"有人找我对不起，待会儿再跟你联络，谢谢啦。"然后他对着第二个讲："亲爱的伊斯曼尼……我正想打电话给你……当然，当然……您知道的嘛，当然有意愿了……一定……以国家之名，对不对？……这您不能这么说，亲爱的伊斯曼尼，真的不应该这么说。"

秘书再次进来通知他："外面有康普顿先生在等。""啊，那个叙利亚人。"他遮住听筒说，"我叫你的时候就请他进来。"

罗赛拉看得笑眯眯的。

"那是谁？"我问她。

"是她的情人。"一个红头发、绑辫子的女生回答，还跟罗赛拉挤眉弄眼的。

"到底是谁？"

"史蒂芬·提拉波斯基。企业家。"

"哪方面的企业家？"

"谁知道？就生产东西的嘛。"

然后我看到那位臃肿又近视的叙利亚先生走进他的办公室。第一个电话又响了，接下来一个手下的工程师报告说第三部门有机械故障，于是史蒂芬立刻冲下去，结果人刚到厂里就有扩音器通知他说，楼上有斯德哥尔摩的电话，于是史蒂芬又冲上去接电话，在门口遇到公司董事会的三个董事在等他，还在跟斯德哥尔摩通电话的时候，第二个电话又响了，是他很亲密的老朋友奥古斯多，卧病在床，一个人觉得无聊想找人说说话。史蒂芬依然微笑，充满自信。

地狱的美丽女子用肘顶了顶罗赛拉："小朋友，你该不会对他动心了吧。"

"怎么会。"罗赛拉一脸严肃，上唇翘起来，机灵且任性。同时慢慢将拉杆拉向自己。

提拉波斯基的办公室里立刻为之一变，就好像你打开浴缸的水龙头，里面的蟑螂被水流冲刷，逆流向上，他拼命地想沿着越来越陡峭、越困难的白瓷墙面攀爬。节奏逐渐加快，紧张、不安、动作和思考越来越慌乱。

他在讲电话："你们再花多少力气都不会成功，可以问我朋友或苏特。"秘书进来，另外一部电话响了。"是行政部门，对不起，谢谢。"然后他说："当然有意愿啰。"秘书康普顿先生电话，第三部门机械故障；通知说斯德哥尔摩有电话来；还有董事会。然而他还是面带微笑，精力充沛，真厉害。

一堆女人挤在荧幕前面，欣赏这幕好戏，罗赛拉你好棒，这种痛苦真难熬，这女孩真是乖巧。

荧幕上动作加速，史蒂芬·提拉波斯基的日常工作加入了一大群讨厌鬼，像有缝就钻的跳蚤和虱子。电话门外走廊出口路上，他们尖锐、冰冷的嘴脸处处可见，渗入时间的每一个空隙，然后不断扩张他们的力量。他们是有后台的，是发明家，是朋友的朋友，是赞助人，是搞公关的，是百科全书的出版社，无聊的友善，无聊的讨人厌，脸上彬彬有礼，眼睛不放过你，带来一股奇怪的味道。

"干得好。"那女子说，"你们看他的膝盖。"

在所有压力下，史蒂芬已经笑不出来了，右腿膝盖因为紧张开始摇摆，敲打着金属办公桌的内板，发出像打鼓的声音，咚，咚。

"加油，罗塞拉，加油，加油。"绑辫子的女孩鼓励她，"再给他一下。"

罗赛拉不知为何嘟起了小嘴，卡住操纵杆跑去打电话。她拨完号码，史蒂芬那边的电话就响了。

"你还没有要来喔？我都等你一个小时了。"罗赛拉无情地攻击他，"去干吗？""今天是星期五，亲爱的，你答应我的呀！我们约好了五点。你说你五点准时来接我。"

他真的一点都笑不出来了。"不对吧，亲爱的，一定弄错了，我今天事情那么多。""哎哟，"她呜咽地说，"你每次都这样，我想要什么东西你都……我不依啦……我告诉你，一个小时以内你要是没来接我，我发誓……""罗赛拉！""我发誓，你再也别想看到我。"挂断电话。

荧幕上的男人喘着气，不再微笑和神采奕奕，在连续的施压下摇摇欲坠：秘书说有利佛诺的电话，跟福克斯教授有约，扶轮社的演讲，给女儿的生日礼物，鹿特丹会议的报告，秘书、电话汤伯玛提克的广告策略，秘书、电话、电话，不能拒绝，不能退出，要跟时间赛跑，集中精神，加油，在时间内完成，否则那个小魔女，那朵小花，那个小坏蛋一定会把他给甩了。

提拉波斯基的膝盖敲打着办公桌壁发出低沉的响声。"差不多，差不多了。"红发女孩忍不住了，"罗赛拉，再加速！"

将齿轮卡在背信忘义的密度，罗赛拉用两手抓住操纵杆使出全力拉向自己，仿佛决心结束一切。

那是最后加速，漩涡、水闸全开。史蒂芬不再是史蒂芬，是一个傀儡，软绵绵地这里那里跳一下、摇摇摆摆、打转、喘气，最后终于筋疲力尽。而用力拉杆的罗赛拉，也一脸绛紫。

"什么时候才会发心脏病？"那女子问，有点不满，"这家伙真会撑。"

"有了，有了！"红发女孩说。

甜美的罗赛拉手臂最后一紧，导致史蒂芬的癫痫发作。当他再一次准备接起电话时，突然像蚱蜢那样一跃跳到半空中至少两公尺高，而且头左右摇晃，仿佛风中的纸旗。然后摔在地上，面朝下，一命呜呼。

"这真是经典之作。"那女子大加赞赏。念头一转，盯着我看，"那这边这位呢？"她说，"要不要让他也试一试？"

"要，当然要。"红发女孩跃跃欲试。

"拜托，"我说，"我是来工作的。"

那女人恶狠狠地看了我一眼，然后说："好啊，你就去做你的采访吧，等时机成熟我再来处置你……到处逛逛对你也好。"

5. 孤独

地狱的房子好奇怪，我是说她们安排我住的那间。前面望出去美不胜收，圣诞节的白雪纷飞，灯光、彩饰、熙来攘往的人群、好吃的腊肠和闪烁不定的五彩灯饰。不过距离遥远，看不出人们的脸上快乐与否，只看到匆忙、紧张、兴奋。窗台上一只慵懒打着盹的猫咪对着白衣少年伸了个懒腰，五月的阳光在早上十点半好舒服，待在股市气派、光鲜大厅里的营业员在万宝路或皮尔滤嘴烟的蓝色烟雾中享受斜阳。那十月的黄昏呢？该怎么形容：深蓝色的天空懒洋洋的阳光打在窗户和全新的铝塔上，大学开学意味着新的冒险又要开始，已经脱掉皮草的她在公园迎着阳光等着他。将港口小巷里的商店招牌吹得吱吱嘎嘎、卷起阵阵浪花的风让一地的绿草翻飞，警笛哑了声音，黑影颤抖，公园里枝叶乱舞，无心工作。远远看去，像是如此。

像是如此。这个屋子还有另外一面，里面，人的内心、思想、秘密。没有圣诞节，没有五月的阳光，没有清澄的早晨，只有中庭灰泥单调的灰，每到下午两点半、两点四十五就渐渐黯淡，没错，那可能是游手好闲、暖暖的星期天的午后两点四十。

你们看这下面，左边墙壁这里，光线照不到的这凹陷处有一排神秘的窗户，住着一些人，以为没人看到他们。外面，路上，纷乱、塞车、金钱、能量、奢侈、混战。在这宇宙集合住宅的中庭里有我们你们的孤独。

隔壁一楼面向我而开的窗户，看到类似衣帽间里有一个小男孩。六岁左右，不好看，坐在地上，一身名牌，呆坐在散落一地的玩偶唐老鸭中间，父亲上班，母亲有朋友来。他慢慢站起来往门口走去，冷静得可怕，看背影至少有五十八岁，像个老先生。握住门把一转，一推，门并没有打开，他们用钥匙把他锁在里面。"妈，妈。"只喊了两声。神情严肃，回到房间中央，拿起一个娃娃，我看不清楚是什么，又百般无聊地丢在地上。重新劈腿坐下，这姿势对小孩而言一点不难，根本不往窗户的方向看，反正知道看也没有用，盯着从我这里看不到的角落里的某个东西，发出尖锐、高兴的"噢噢"声，然后再度沉默。两只小手在地毯上一开一合，好像要抓住什么假想的东西，低声啜泣。

八楼，偌大一间办公室，家具、电器，男人坐在书桌后面，手上握着笔在修改报告，可是笔并没在动。四十五岁、留了小胡子、戴眼镜、富有、习惯掌控全局。秘书的位置是空的，董事、各行会代理人、常务理事、美洲代表、银行家、全权代表都走了。天黑了。时间一过，大家不再需要他，五只疲惫的黑色电话默不作声，男人期待地看着它们，难以言喻的饥渴，难道他所拥有的伟大、稳固、强势、令人羡慕的一切还不够？渴望自由？渴望狂欢？渴望青春？渴望爱？夜幕低垂，夜来了，一点一点，我看到显赫的、权威的、令人敬畏的他，拿起五部黑色电话放在膝盖上，像对待自私的虎斑猫那样温柔抚摸。响啊！吵我啊！打电话来啊！烦我啊！我亲爱的战友，不要只跟我说订单、数字、合约，你们也跟我说些别的蠢事啊！可是那五部黑色大猫咪动也不动，冰冷、没表情、不出声，没有人回应那高不可攀的手的呼唤。外面，浩瀚宇宙，出了这间屋子之外，他的名字无人不知无人不晓，可是现在可怕的黑夜却来临，没有人理他，没有人找他，没有人需要他，包括女人、乞丐和狗。

七楼。只看到两只赤裸、动也不动的脚，好像小耶稣刚从十字架上被放下来的样子。然后亲友都来了，按各自的圈子聚集，有教母、朋友、教区神父堂哲法索尼、教务主任、老师、法医、警官、花店老板、阴郁的企业家、学校同学代表，然后屋子空了，所有那些十分钟前还在流泪啜泣以示同情的人，都回复自己的生活，聊天，说说笑笑，抽烟，吃奶油蛋卷，一切恢复了平静，母亲开始为死去的孩子梳洗，好让他走得干净。是卡车碾过，是出海淹死，是火车，是堤防，这场悲剧引起了大众瞩目，收音机、报纸都在报道，可是已经过了二十四小时，很久了。她需要布、温水、爽身粉和爱。没有人会打断她、打扰她，大家各有所思。我在楼上偶尔会听到她的声音，不是绝望的哭泣，而是每个母亲平常会说的那些话，只是，这是最后一次了。"你知道你是什么吗？你是一只脏小猪，你看看耳朵有多脏，还有脖子……要不是有妈妈，看你怎么到学校去。你今天怎么啦？不吵不闹，今天好乖喔……"然后扑通一声，沉默是夹着长尾巴的怪兽。

另外一个也在刷洗的则是六楼。有人跪在瓷砖地上擦洗一块长方形的污渍。从上面看不到那个人，只见一双手奋战不懈地画着圆在擦洗。房间里收音机摇滚音乐震天响，一块颜色像血迹的长形污渍。手不见了剩下抹布，人出现在窗前，年约三十岁的年轻人，结实健康，运动员的体格，还留了鬓角。他看了看四周，点了一支烟，微微一笑，还会有人比他更镇静？什么事都没发生。这里的住家住的都是有身份的人。他慢慢吸着烟，何必着急呢？丢掉烟头，离开，小小的火花划出优美的抛物线消失在黑暗中。在昏黄的灯光下，那双手更用力地刷洗刷洗，而那污渍变得越来越深，变长变宽，在来自遥远的而且他再也回不去的国度的一波一波桑巴舞曲刺耳的音乐陪伴下，蔓延开来。

五楼，是我视线所及的最后一层楼，也有一个男人。不能说他真的存在：应该说之前有一个男人。室内死白的灯光渐渐暗去，仿佛老咖啡馆的老侍者在最后一个客人走后把一盏一盏灯关掉。从上面往下看，看到的是几近倒立的他。站着，他是迷失在幽暗、无情大海里的幸存者，被无边无际的大海包围住。我看到他的背影，有点驼，头上短短的灰发，抬头挺胸地站着。对面有谁？

我望着他看着他，由微驼的颈背我认出了他，我的老同学！是他。多少年，同样的想法、愿望、压抑、绝望。我们是好朋友，相知颇深，尽管外表有缺憾，我始终拿他当朋友。现在他站在镜子前面，挺立又带些驼背，自负又自怜，既是主人也是仆人，眼角满是皱纹。

为什么站着不动？有什么事吗？回忆往事？还是过去的伤口又在抽痛、充血？还是懊悔？或者觉得自己一事无成？怀念失去的朋友？惋惜？

惋惜什么？逝去的青春时光？他才不屑那段带给他屈辱、忧伤的青春时光呢。嗤之以鼻。他现在拥有了一切。喔，我更正，曾经拥有一切。也不能说一切，或许应该说拥有过某些东西。不对，再一想，他什么都没有。

我探身到窗外叫他。嗨，我说，毕竟是我的老朋友。他头都不回，右手做了一个动作好像是叫我走开。那就算了。他一身灰，上衣内袋有一支钢笔、一支圆珠笔，颈部整个凹进去。你看看他。他试着缩小腹，还用手撑着腰，笨蛋。还微笑。那是我。

出乎我的意料，我又看到四楼。灯火辉煌，无止境的大厅挤满了人，至少这些人不会觉得孤单，我想。

那是晚宴、音乐会、鸡尾酒会、会议、集会、大会。大厅已经拥挤不堪，人还陆续进来，大家挤成一团。

我发现那里也有我，下楼加入他们。我还认识不少人，有肩并肩一起工作了十几年的同事，而我们不知道永远也不会知道我是谁；有相隔五十公分、在墙的两边一起睡了十几年甚至可以听到对方呼吸声的邻居，而他们不知道永远不会知道我是谁；还有我们的医生、药剂师、修车厂老板、书报摊老板娘、门房、侍者，十几年来每天碰面说话却不知道永远也不会知道我是谁。此刻都挤在人群中，用无神的目光看着对方，不知道那是谁。

当钢琴奏起《深情》，当演讲者说"总而言之"，当侍者斟满一杯杯马丁尼，大家一起张开死鱼嘴，仿佛想吸一点空气，吸一点那有股怪味道的叫怜悯、爱情的东西。只是没有人能挣脱，没有人能离开那从出生就被关在里面的牢笼，离开生命中自以为了不起的小盒子。

6. 大扫除

即便是地狱也有节庆，大家一样欢欣鼓舞。那是怎么回事呢？其中一个最重要的节庆是在五月中，叫大扫除，应该源自德国，意思是清扫、整理。家家户户，五月十号就要把旧物丢出来，堆到人行道上。火坑里的人把坏掉的、用旧的、没用的、不喜欢的、无趣的东西都清光。是庆祝重生、年轻和希望的节庆。

328

一天早上，我还在第一天遇到的可怕的贝泽波丝女士分派给我的小公寓里睡觉，被搬运家具、走路、乱七八糟的声音吵醒。我等了半个小时，看了看手表，才六点四十五分。披着晨袍我爬起来一探究竟。人声沸腾，大概整栋大楼都醒了。

我爬上楼梯，嘈杂声主要是从那里传来的。阳台上有一位老太太，也穿着晨袍，不过衣衫整齐，头发一丝不苟，七十岁左右。

"发生什么事了？"

她微笑道："您不知道啊？再过三天是大扫除，是春天最重要的节庆。"

"什么意思？"

"是打扫节。把我们没有用的东西全部丢掉，全都丢到路上。家具、书、文件、破烂、锅碗瓢盆，可以堆那么高。然后会有市政府的垃圾车来载走。"

她仍然保持微笑，十分和善，甚至可以说优雅可爱，虽然满脸皱纹。她的笑容又绽开了。"您有没有注意到那些老年人？"她问。

"哪些老年人？"

"全部。这几天老年人特别客气、有耐心、乐于助人。您知道为什么吗？"

我没答腔。

"大扫除那一天，"她解释给我听，"家家户户都可以把没用的东西丢掉，所以老人也会跟垃圾和废铁仪器被清出去。"

我瞪大了眼看着她："太太，您……您不怕吗？"

"年轻人！"她笑着说，"我害怕？怕什么？怕跟垃圾一起被丢出来？您不知道那是多棒的事！"

她跟年轻人一样放声大笑。打开一扇门，门上写的名字是卡林恩。

"菲德拉！"她喊着，"强尼！你们来一下。"

幽静的玄关冒出两个人来：菲德拉和强尼。

"这位是布扎蒂先生。"她为我们介绍，"我侄子强尼·卡林恩和他的妻子菲德拉。"她喘一口气，然后说："你们听好，强尼，这真是太好玩了。你知道这位先生刚才问我什么？"

强尼爱怜地看着她。

"他问我说，大扫除我怕不怕？我会不会怕被……被……你不觉得这很好玩吗？"

强尼和菲德拉都笑了，爱怜地看着她。现在换他们笑了，为我荒诞的想法放声大笑。他们，强尼和菲德拉，把亲爱的、宝贝的姑妈丢出家门？

十四号晚上真是全体总动员。卡车呼啸来去、乒乓作响、摔门、吱吱嘎嘎。我早上出门一看，好像在做街头保卫战。每一户人家前面的人行道上都堆满了各式各样的垃圾、断腿缺脚的家具、生锈的热水器、暖炉、衣架、旧书、破了的皮草大衣、好久以前被海浪冲回沙滩上的我们不要的东西、过时的电灯、老旧的雪橇、缺口的花瓶、空笼子、没人看过的书、褪了色的国旗、便盆、马铃薯袋、木屑袋，还有装满了被人遗忘的诗篇的袋子！

我发现自己站在一座由衣橱、椅子、缺了底的五斗柜、一堆堆办公室文件、老式脚踏车、无法形容的布料、腐物、死掉的猫、破马桶、长年痛苦的同居生活造成的难以形容的杂物、磨损到见不得人的内衣等等堆起的小山上。我往上看，一幢高耸的大楼遮住了光线，有十万扇漆黑的窗户。然后我发现有一个袋子里面有东西在蠕动，还传出"喔，喔"的声音，微弱、沙哑、认命。

我吓傻了，看看旁边。

我身边一个女人带着一个大采购袋，装满了上帝的赐予，注意到我的反应："您怎么啦？不过就是其中一个嘛。老头子。也该是时候了啦！"

扎着马尾的一个傲慢年轻男孩靠近袋子踢了一脚。回应他的是痛苦的呻吟。

药房走出笑眯眯的老板娘，手上提着满满一桶水，一边埋怨一边往袋子那里走去：

"你从凌晨就开始吵。你活够了喔？你现在还要要求什么？给你这个！"

她便把一桶水往关在袋子里的男人泼去，人老了，累了，生产能力降低了，不再能跑、跳、恨、做爱，所以被清掉。再过几分钟就会有市政府的垃圾车来把他载走，丢到垃圾场。

有人拍我的肩膀。是她，贝泽波丝夫人，蛇蝎美人，亚马逊女王。

331

"嗨，先生，你不想到上面来看看吗？"

她抓住我的手腕拖着我走。第一天的玻璃门，第一天的电梯，第一天的办公室兼实验室。还是那些背信忘义的女孩，还是那些荧幕，透过这些荧幕可以窥探挤在周围数公里内的上百万人的隐私。

这个荧幕上看到的是一间卧房。床上躺着一位七十多岁的胖太太，上半身全上了石膏。正跟一位中年美妇人在说话。

"您送我去医院吧，太太，送我去医院吧，太太，我在这里是个累赘，我什么都不能做了，什么忙都帮不上。"

"奶妈，你怎么这么说，"妇人说，"待会儿医生就来了，等他来我们再决定……。"

魔女解释给我听："她奶大了妈妈，又当小孩的保姆，现在还帮忙照顾孙子，五十年都在为这个家服务。她摔断了股骨。你等着看吧。"

荧幕上的画面是：吵吵闹闹闯进五个小孩和两位年轻的母亲，欢天喜地地喊着："医生来了！"他们又喊又叫。"医生一定会治好奶妈！医生来了！医生一定能治好奶妈！"一边喊一边打开窗户，把床推到窗户旁。"要让奶妈呼吸一点新鲜的空气！"他们大声喊，"现在要让奶妈运动一下！"三个女人加上五个小孩一起把老太太拉起床，拉到窗台边，用力一推。"奶妈万岁！"然后听到下面恐怖的扑通声。

贝泽波丝夫人又带我去看另一个荧幕："这是名人华特·施鲁普，钢铁大王。获颁骑士勋章，员工要为他庆祝。"工厂空旷的中庭站在粉红色踏板上的是老施鲁普，他正在感谢在场的所有人，激动的眼泪顺着两颊流下。他在说话的时候，有两名身穿蓝色双排扣西装的高级主管由后方走来，弯下腰去将一条铁链绕过他的脚，两个人站起来，猛地一扯。"你们知道我把你们大家都当做自己的孩子看待，"老先生正在说，"希望你们能拿我当你们的父……"天空垂下起重机的钩子，将他头下脚上像吊猪肉那样吊了起来，脸狠狠地撞上踏板，吓傻了的他口齿不清地讲了几句话。"这不再是你的天下了，老头子！"大家排队甩他耳光。二十几下之后他已经失去了眼镜、牙齿和知觉。起重机把他高高举起带走。

第三个荧幕是：一栋小公寓，里面的人似曾相识。对了，是和气的杜丝姑妈、她侄子强尼·卡林恩和他可爱的妻子菲德拉，还有两个小孩。大家神情愉快地围坐在餐桌前，讨论大扫除，为那些可怜的老人抱不平。强尼和菲德拉尤其气愤填膺。这时门铃响了。是为市政府服务的两名差役，戴着帽子，白衬衫。"您是泰瑞莎·卡林恩太太，大家都叫你杜丝吗？"一面出示证件一面问。"是我。"老太太回答说。"怎么啦？""对不起，太太，要麻烦您跟我们走一趟。""去哪里？这个时候？为什么？"杜丝姑妈脸色惨白，迷惘地看了看四周，有不祥预感，望着侄子求救，望着侄媳妇求救。他们两个人一声都不吭。

"别啰唆了，"其中一个家伙说，"我们有您侄子卡林恩的签名文件，一切都是按规矩来的。"

"不可能！"杜丝姑妈惊呼，"我的侄子不会签名的。他不会这么做的……强尼，你说话呀，你说这是个错误，是误会。"

可是强尼不讲话，不说明。他不出声，他妻子亦然，小孩则看得很高兴。

"你说话啊！强尼，我求求你……说话啊！"杜丝姑妈边后退边哀求。

一个差役扑上去扣住她的手腕。她跟小女孩一样轻盈、脆弱。"快走，老巫婆，好日子结束了！"

他们以专业的、迅雷不及掩耳的动作，把赖在地上的她拖出房间，拖出公寓，拖下楼梯，任凭她一阶撞完又一阶，骨头发出断裂的声音。强尼、菲德拉和两个小孩对一切视若无睹。他长长吁了一口气："总算，这个也解决了。"他说，继续吃饭。"这个炖肉还蛮好吃的。"

7. 兽性

或许，就地狱的"特派记者"人选而言，总编找我这样一个害羞、软弱、墙头草、经验不足的人并不恰当。只要有一点尴尬我就脸红、结巴。我畏畏缩缩，老觉得矮人家一等，心不在焉，如果说有几次表现不错多半是因为我够热心。好在我买了车。

不过在地狱这种地方，热心没什么用。表面上看起来这里跟正常生活完全一样，某些时候我还真以为自己人在米兰：有些街景确实一模一样，商店招牌、海报、行人的脸、走路的神态等等。可是当你跟身边的人一接触，只是问个资讯，或者买烟、喝咖啡的时候随便闲聊两句，那么一会儿工夫就知道还是不一样，疏离，存在一条无法跨越、灰色的冷漠鸿沟。就好像摸一条柔软的羽毛被却发现下面是一块铁板或大理石板。而这块让人气馁的石板大如城市，在这地狱都会里不管你走到哪里都会撞上它。所以应该要派比我强壮、有毅力的人来才对。幸好现在我买车了。

米兰和地狱在某些地方相像到我不禁怀疑：既然没有差别，这两地实质上就是同一个地方，米兰也是一样——我说米兰，其实指的是我们每一个人的城市，正常的城市——米兰也是一样，轻轻一压，柔软的表层、内里下面一样是块铁板，冷漠、冰冷的铁板。

好在我买了一辆车，情况有所改善。在地狱，买车是件大事。

我去领车的时候，发生了一件奇怪的事：准备交货的车在一间没有尽头的大厅里排成长长的一列。你们猜谁穿着湛蓝工作服在那里忙碌？罗赛拉，贝泽波丝夫人的侍女，可爱的小魔女。我们第一眼就认出了对方："你在这里把自己弄得脏兮兮的干吗？"

"我？我来工作啊。"

"你离开夫人啦？"

"怎么可能！我在这里是临时的，反正都是同一家工厂。"她微微一笑，手上握着一个像大针筒的东西。

"你负责做什么？"

"车身精加工。"她说，"很好玩耶。一切顺利啰，拜拜。"她转身要走，又回头跟我说："我看过你的车了。车型不错喔！恭喜你！我们有帮你做过特殊处理喔。"

就在那个时候有人叫我准备领车。黑色车，车内还有新漆特有的味道，年轻的味道。究竟罗赛拉在汽车工厂干什么？是巧合，我来，她刚好在那儿？什么叫作"特殊处理"？没错，我一坐到驾驶位子上，就觉得信心十足。

可是真正的改变是两个小时以后的事。我不知道，我的感觉是从驾驶盘上释放出一股热流，一股蛮横的能量沿着我的手臂散布到全身。

"野牛三七〇"是辆好车。不俗，不豪华，也不会太招摇。双人座，但不是跑车。外形厚重、有个性。可是我每次开车，就变了一个人。

开着"野牛三七〇"，我觉得自己更年轻，更有活力，甚至变得更帅气，而我向来为我不出色的外表而自卑。我感觉上变得比较从容、有朝气、时髦，异性看到我应该很难不动心。我若是放慢速度停下来，美女都会蜂拥而上，要应付她们如雨点般落下的吻还真不容易。

我的正面有改进，四十五度角更明显，但最不一样的是我的侧面。那是古罗马帝国总督的轮廓，兼具男子气概和贵族风范，属于拳击冠军的轮廓。我原本的鼻子虽直，但是线条太软，不突出。而今我是微塌的鹰钩鼻，是很少有的。我不知道能不能说那是一种古典美，不过现在我看着后视镜，更喜欢我自己。

更奇妙的是我开着"野牛"时,对自己信心加倍。直到昨天为止,我只是个小人物,今天我突然变得重要起来,甚至觉得自己是个大人物,不,是整个大都会最重要的人物,没有更恰当的形容词了。

我的自信、身体上的改变、充沛的野性活力、体育选手的傲慢;我的胸肌好比主教堂的大门,我想要让全世界知道我是谁,想找人吵架,你们想想看,那个光想到在大庭广众之下争辩就会昏倒的我。我踩下油门,到处晃,炙热的排气管轰轰作响,我的八十匹马力跑遍大街小巷,它们的隆隆蹄声释放出所有的力量,八十、九十、一百二十、六十万匹纯种马。

刚才有一个家伙从右边转出来。我刹车。但他看到我的脸后,也踩了刹车,示意让我先行。我火大了,骂他没知识的乡巴佬,叫你走你就走,在那里搞什么东西?我开门准备要下车。他赶紧溜掉。

还有那个卡车司机,红绿灯前我要左转,我停在十字路口中央,挡住了后面的卡车。他探头出来,块头大得惊人,伸出大猩猩的手臂疯狂地拍打着他的车门,大吼说:"快走啊,蜗牛!"因为他说的是方言,大家都笑了。我下了车,站在卡车前面,四周静了下来(我那时候不知道是什么表情?)。"你,"我平静地问那只猩猩,"你想说什么?""我?没有,对不起。我是在开玩笑。"

听说地狱这里会涂一种很特别的漆在方向盘上,跟刺激杰克博士乱性的一种毒药类似。或许这就是许多本性温和、顺从的人一开车就会变成口出秽言的刽子手。什么礼貌全都丢到脑后，狼性大发，什么礼让是神圣使命，多荒谬，支配我们的是急躁、鲁莽和不耐。我的车一定又受到特别照顾。罗赛拉的"特殊处理"，八成是剂量用得更多。

所以我在开"野牛三七〇"时很以自己的兽性自得：野兽般的精力无穷，放肆的欲望，想炫耀，让大家都怕我敬畏我，被侵犯和骂脏话的快感，这些曾经是我最瞧不起的。

更有甚者：我心里的恶行恶状应该都反映到脸上来了，我的表情，我的肢体语言。我自以为比以前漂亮。然而当我的怒气一上来，我看到围观者眼中的厌恶与惧怕，就跟海德先生的经验一样。是撒旦在我心里作祟吗？

然后到了晚上，当我一个人在家被寂寞包围时，回想这一天发生的种种事情，自己吓一跳。地狱已与我合而为一，在我血脉内，我喜欢看别人痛苦，喜欢驾驭他人，常常会有鞭笞、打、撕裂、杀人的倾向。有的时候我会开着我的战车在城里没有目标地兜圈子好几个小时，只是希望能出个车祸，以发泄满心的仇恨与暴力。

那个白痴没看到我在后面？他没有后照镜吗？他为什么没有闪灯？一辆中型车突然从路边杀出来，挡住我的路，害我撞个正着，神气的右车灯毁了。

"白痴！"我跳起来，"你看你干了什么好事！天底下找不到比你更蠢的了！"

对方四十来岁，旁边坐着一位可爱的金发美女。

他笑眯眯的，摇下车窗："先生，您知道吗？"

"什么？"

"您说的一点都没错。"

"干吗，还要幽默？"

他也下车了。发现我的外表让他害怕，我还无耻地沾沾自喜。

"真的对不起。"他递给我一张名片，"幸好我有保险。"

"你以为这样就算了？你以为这样就算了？"我食指和中指交叉在他鼻子上弹打。

"东尼，快走了啦！"女孩在车里叫他。

弹到第五下，他推了我一下作为反击，还是很斯文。

"好！"我大喊，"你还敢动手？"

我抓住他的手，用力扭到背后，让他弯下身去。

"混蛋！"他喊，"救命啊！救命啊！"

"你，现在去亲我车子被你撞到的地方，像狗那样用舌头舔。这样你才知道将来该怎么混。"

围观的人一脸错愕。我怎么了？为什么那么恨那个人？为什么一定要他屈服？为什么那么喜欢欺压别人，这么恶霸？是谁对我下了蛊？我横行霸道，欺善怕恶，粗暴凶残。而我令人讨厌地自得其乐。

8. 花园

地狱并非一切都那么可怕。

在贝泽波丝夫人办公室其中一个荧幕上，我看到在混乱的都市最高处有一个花园，真的有草地、树、花坛和小喷泉的花园，四周围着高墙；在炎热季节中是绝佳的植物联欢会。那是一块净土，和平、安详、希望、健康、芬芳和宁静。

更奇怪的是：当那有气无力、混浊的阳光笼罩着病恹恹的城市时，投射在花园的光线却跟山上的阳光一样明亮。仿佛有一根无形的管子让太阳直通花园，避开了城市的恶臭和污秽的空气。

花园里有一栋古色古香的两层楼老房子，由一楼大开的窗户望进去，可以看见布置得跟以前有钱人家大厅一个模样的客厅，简朴但坚固，角落不能免俗地也摆了一架三角钢琴，一位六十五岁、满头银发、面容慈祥的老太太在弹奏舒伯特的一首即兴曲。音乐并没有打扰到花园的静谧，因为那首曲子原本就是为了不破坏平和心境而谱的。下午两点四十五分，阳光灿烂。

花园另一边有一间管理员住的略带乡村风味的小屋，他也是园丁。小屋走出一个三岁的小女孩，在草地上蹦蹦跳跳，哼着没人听得懂的童谣。穿过草地，小女孩蹲在矮树丛的树荫下，一只把窝建在那里的小野兔立刻现身，它是她的朋友。女孩抱起兔子去晒太阳。一切是那么愉悦、快乐、完美，跟十一世纪德国某些有点矫揉造作的画一模一样。

我回头跟盯着我一举一动的贝泽波丝夫人说："这怎么说？这

也是地狱吗？"

大厅角落的女孩们窃窃私语。亚马逊女王说："我的孩子，先有天堂，才有地狱。"

说完，便叫我看另外一个荧幕，是客厅里的那位老太太。没有弹琴，因为有访客；一位四十岁上下的先生，戴眼镜，在向她解释一个计划案，而她摇头笑着说："我绝对不会卖掉这个花园的，我宁愿死也不会这么做，感谢老天我的钱还够用。"

那个人依然坚持，说了一个庞大的数目字，就快要跪下去的样子。可是老太太不为所动，还是拒绝，除非她死。

贝泽波丝夫人又拖我去看第三个荧幕。经过之前画面是花园的荧幕时，我瞥见那只兔子正在吃卷心菜叶，女孩在旁边，有母亲的满足感。

第三个荧幕是在一间气派的大厅里举行的盛大会议。是市府各局处在开会，所有的局长、处长都坐着听负责统筹公园和花园管理的马辛卡局长的报告。马辛卡正在为中毒颇深的城市的肺，也就是草地、树木等绿化问题，进行辩论。他讲得很好，简洁有力，最后得到如雷掌声。同时天也黑了。

再回头看客厅里的老太太。又来了一个访客，这个比之前的那个态度恶劣。他从公文夹中抽出一份盖了市政府、省政府、监察机构、各部会的印章的文件：为了兴建该区不可少的公车总站，要征收一部分的花园。

老太太抗议，生气，哭泣，访客把那张盖满了可恶印章的公文摆在钢琴上就走了，同时外面已经听到隆隆巨响。一台长得像犀牛的机器顶着那像镰刀，像钳子，像利齿，充满恨意和毁灭的怪臂，捣毁了花园的围墙，冲向树木、矮树丛和小径旁的花坛，短短几分钟，就把那一区域弄成了烂泥巴。小兔子的窝也在那边，小女孩在千钧一发之际把它救了出来。我身后半明半暗的大厅里，没良心的女孩们嗤嗤冷笑。

再回头看市府会议，距离上一次才两个月，马辛卡严厉抨击近来大量摧毁仅存的绿地的愚蠢举动，在场的无不鼓掌叫好，大家都满腔热血。掌声未歇，门房进到老太太的客厅递给她一张盖满了印章的公文：为应都市结构迫切之需要，必须开一条新的交通干线以疏解过度拥挤的市中心交通，所以再度征收部分花园。老太太的哭声随即被喜欢破坏的推土机放肆的嘈杂声盖过。空气中弥漫着一股选举的气氛。睡梦中惊醒的小女孩刚好赶到，把新窝又被压扁的兔子救了出来，算是奇迹。

花园围墙越来越逼近房子，所谓花园也只剩下一小块草地和三棵树，好在阳光在天气好的时候还是会照到，小女孩还是可以跑来跑去，不过只有短短一段路，跳几下就得回头，否则会撞上墙壁。

市府会议中再次听到公园与花园管理局局长马辛卡的怒声斥责，他成功地让大家一致同意保留城市里最后的绿地是攸关生死的重要课题。同一时间老太太的客厅里坐着另一个人渣，试图说服老太太第三次征收在即，最好的方法就是赶快把剩下的花园按市场行情卖掉。听到这些残酷的谈话，泪水无声地在老太太苍白的两颊流下。那个人出价越来越高，一平方公尺一百万,三千万,六亿,一边说一边把待签名的契约书和签名用的圆珠笔递过去。老太太颤抖的手还没来得及将她贵族的姓氏签完,外面已经开始动工,仿佛世界末日。

贝泽波丝夫人和她的侍女都围在我身边,面带微笑看着工程进行。那是晴朗的一月天,花园不见了,剩下一个黑洞,一个光秃秃的灰色小洞,卡车极其灵巧地自洞口来来去去。阳光再也照不进去,宁静、生活的趣味都成明日黄花。从丑陋的庭院看不到天空,连一小片天空也看不见,不管你从洞口哪一边看出去,眼前只有为进步和自动化做准备的密密麻麻的电线和电缆线。总算看到小女孩,坐着垂泪,膝盖上是她的兔子,死了。没多久,不知道妈妈是怎么哄她的,把兔子带走了。跟所有同年龄的小孩一样,女孩很快就恢复了。不再有草地,不再有小花,庭院角落里用水泥块和沥青砌了一间房子,或许是她心爱的兔子的墓碑吧。她也不再是之前那天真的小女孩,笑的时候,嘴角有隐隐的两道皱纹。

有人会叫我更正,因为地狱不可能有小孩子。其实有,怎么没有。最糟的莫过于孩童的伤痛与绝望,少了它,地狱怎能算是地狱呢?连我这个去过地狱的人都说不清楚究竟地狱真的是在冥界,还是在那里和我们这里之间游走。就我所闻所见,我倒怀疑地狱根本就在我们这里,我不曾离开,它不是惩罚,不是祸害,而是我们未知的命运。

图书在版编目（CIP）数据

魔法外套 / (意) 迪诺·布扎蒂著；倪安宇译. --
成都：四川人民出版社，2019.5
ISBN 978-7-220-11296-6

Ⅰ.①魔… Ⅱ.①迪…②倪… Ⅲ.①短篇小说—小
说集—意大利—现代 Ⅳ.① I546.45

中国版本图书馆 CIP 数据核字 (2019) 第 043505 号

四川省版权局
著作权合同登记号
图字：21-2018-615

Il colombre by Dino Buzzati
© Dino Buzzati Estate
Rights arranged with Peony Literary Agency Limited acting in association with The Italian Literary Agency.

MOFA WAITAO

魔法外套

［意］迪诺·布扎蒂 著

倪安宇 译

选题策划	**后浪出版公司**
出版统筹	吴兴元
编辑统筹	朱岳 梅天明
责任编辑	杨立 罗爽
特约编辑	陈志炜
装帧制造	墨白空间·张静涵
营销推广	ONEBOOK

出版发行	四川人民出版社（成都槐树街 2 号）
网　址	http://www.scpph.com
E - mail	scrmcbs@sina.com
印　刷	北京天宇万达印刷有限公司
成品尺寸	143mm×210mm
印　张	11
字　数	222 千
版　次	2019 年 5 月第 1 版
印　次	2019 年 5 月第 1 次
书　号	978-7-220-11296-6
定　价	45.00 元